I0641752

Y.

Tranquille g 2

COLLECTION

COMPLETTE

DES

ŒUVRES

DE

Mr. DE VOLTAIRE.

DERNIERE ÉDITION.

TOME SECOND.

16°Z.

15081

(2)

BIBLIOTHÈQUE NATIONALE
R.F.
ESTAMPES

MÉLANGES

DE

POÉSIES,

&c. &c. &c.

M. DCC. LXXII.

édition dif.

MÉLANGES

DE POÉSIES,

&c. &c. &c.

EPITRE DE L'AUTEUR,

En arrivant dans sa terre près du lac de Genève,
en Mars 1755. a)

O Maison d'Aristippe, ô jardins d'Epicure,
Vous qui me présentez, dans nos enclos divers,
Ce qui souvent manque à mes vers,
Le mérite de l'art soumis à la nature;
Empire de Pomone & de Flore sa sœur,
Recevez votre possesseur;
Qu'il soit ainsi que vous solitaire & tranquile,
Je ne me vante point d'avoir en cet asyle
Rencontré le parfait bonheur;

---

a) Quoique ce soit un de ses derniers ouvrages, on a cru
qu'il devait servir de frontispice à ce recueil de vers.

A 3

Il n'est point retiré dans le fond d'un bocage;
Il est encor moins chez les rois;
Il n'est pas même chez le sage:
De cette courte vie il n'est point le partage;
Il y faut renoncer; mais on peut quelquefois
Embrasser au moins son image.

Que tout plaît en ces lieux à mes sens étonnés!
D'un tranquile Océan b) l'eau pure & transparente
Baigne les bords fleuris de ces champs fortunés;
D'innombrables côteaux ces champs sont couronnés;
Bacchus les embellit: leur insensible pente
Vous conduit par degrés à ces monts sourcilleux c);
Qui pressent les enfers, & qui fendent les cieux.
Le voilà ce théâtre & de neige & de gloire,
Eternel boulevard qui n'a point garanti
Des Lombards le beau territoire.
Voilà ces monts affreux, célébrés dans l'histoire,
Ces monts qu'ont traversé, par un vol si hardi,
Les Charles, les Othons, Catinat, & Conti,
Sur les aîles de la victoire.
Au bord de cette mer où s'égarent mes yeux,
Ripaille, je te vois. O bizarre Amédée d),
Est-il vrai que dans ces beaux lieux,
Des soins & des grandeurs écartant toute idée,
Tu vécu en vrai sage, en vrai volupteux,
Et que lassé bientôt de ton doux hermitage,
Tu voulus être pape, & cessas d'être sage?
Dieux sacrés du repos, je n'en ferai pas tant;
Et malgré les deux clefs dont la vertu nous frape,
Si j'étais ainsi pénitent,
Je ne voudrais point être pape.

b) Le lac de Genève.   c) Les Alpes.

d) Le premier duc de Savoye *Amédée*, pape ou antipape, sous le nom de *Félix*.

Que le chantre flateur du tyran des Romains,
L'auteur harmonieux de douces Géorgiques,
Ne vante plus ces lacs & leurs bords magnifiques,
Ces lacs que la nature a creusés de ses mains
   Dans les campagnes Italiques.
Mon lac est le premier. C'est sur ses bords heureux
Qu'habite des humains la déesse éternelle,
L'ame des grands travaux, l'objet des nobles vœux,
Que tout mortel embrasse, ou desire, ou rappelle,
Qui vit dans tous les cœurs, & dont le nom sacré
Dans les cours des tyrans est tout bas adoré,
LA LIBERTÉ. J'ai vû cette déesse altière,
Avec égalité répandant tous les biens,
Descendre de Morat en habit de guerrière,
Les mains teintes du sang des fiers Autrichiens,
   Et de Charles le téméraire.

  Devant elle on portait ces piques & ces dards,
On traînait ces canons, ces échelles fatales
Qu'elle même brisa, quand ses mains triomphales
De Genève en danger défendaient les remparts.
Un peuple entier la suit : sa naïve allégresse
Fait à tout l'Apennin répéter ses clameurs ;
Leurs fronts sont couronnés de ces fleurs que la
   Grèce
Aux champs de Marathon prodiguait aux vainqueurs.
C'est là leur diadême : ils en font plus de compte
Que d'un cercle à fleurons de marquis & de comte,
Et des larges moitiers à grands bords abattus,
Et de ces mitres d'or aux deux sommets pointus.
On ne voit point ici la grandeur insultante
   Portant de l'épaule au côté
   Un ruban que la vanité
   A tissu de sa main brillante,
   Ni la fortune insolente
   Repoussant avec fierté

      A 4

LE LAC DE GENÈVE

La prière humble & tremblante
De la triste pauvreté.
On ne méprise point les travaux nécessaires ;
Les états sont égaux & les hommes sont frères.

Liberté, liberté, ton trône est en ces lieux.
La Grèce où tu naquis, t'a pour jamais perdue ;
Avec ses sages & ses dieux.
Rome depuis Brutus ne t'a jamais revûe.
Chez vingt peuples polis à peine es-tu connue.
Le Sarmate à cheval t'embrasse avec fureur ;
Mais le bourgeois à pied, rampant dans l'esclavage,
Te regarde, soupire, & meurt dans la douleur.
L'Anglais pour te garder signala son courage ;
Mais on prétend qu'à Londre on te vend quelquefois ;
Non, je ne le crois point ; ce peuple fier & sage
Te paya de son sang, & soutiendra tes droits.
Au marais du Batave on dit que tu chancelles ;
Tu peux te rassurer : la race des Nassaux,
Qui te dressa sept autels c) à tes loix immortelles,
Maintiendra de ses mains fidelles,
Et tes honneurs & tes faisceaux.
Venise te conserve, & Gènes t'a reprise.
Tout à côté du trône à Stockholm on t'a mise ;
Un si beau voisinage est souvent dangereux.
Préside à tout état ou la loi t'autorise,
Et restes-y, si tu le peux.

Ne va plus, sous les noms & de *Ligue* & de
Fronde,
Protectrice funeste en nouveautés féconde,
Troubler les jours brillans d'un peuple de vainqueurs ;
Gouverné par les loix, plus encor par les mœurs ;
Il chérit la grandeur suprême,
Qu'a-t-il besoin de tes faveurs,

c) L'union des sept Provinces.

Quand fon joug eſt ſi doux qu'on le prend pour toi-
      même ?
Dans le vaſte Orient ton fort n'eſt pas ſi beau.
Aux murs de Conſtantin tremblante , conſternée ,
Sous les pieds d'un viſir tu languis enchaînée ,
      Entre le ſabre & le cordeau.
Chez tous les Lévantins tu perdis ton chapeau.
Que celui du grand TELL ƒ) orne en ces lieux ta
      tête.
Deſcen dans mes foyers en tes beaux jours de fête ;
      Vien m'y faire un deſtin nouveau.
Embelli ma retraite où l'amitié t'appelle ,
Sur de ſimples gazons vien t'aſſeoir avec elle :
Elle fuit comme toi les vanités des cours ,
Les cabales du monde , & ſon règne frivole.
O deux divinités , vous êtes mon recours !
L'une élève mon ame , & l'autre la conſole ;
      Préſidez à mes derniers jours !

ƒ) L'auteur de la liberté Helvétique.

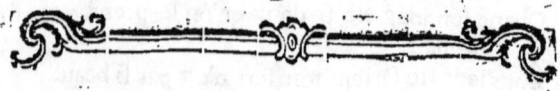

DISCOURS EN VERS

SUR

L'HOMME.

*L*ES trois premiers *font de l'année* 1734. *Les quatre derniers font de l'an* 1737. *L'auteur les a tous revûs en dernier lieu.*

Le premier prouve l'égalité des conditions ; c'eſt-à dire, qu'il y a dans chaque profeſſion une meſure de biens & de maux, qui les rends toutes égales.

Le ſecond, que l'homme eſt libre, & qu'ainſi c'eſt à lui à faire ſon bonheur.

Le troiſiéme, que le plus grand obſtacle au bonheur eſt l'envie.

Le quatriéme, que pour être heureux il faut être modéré en tout.

Le cinquiéme, que le plaiſir vient de DIEU.

Le ſixiéme, que le bonheur parfait ne peut-être le partage de l'homme en ce monde, & que l'homme n'a point à ſe plaindre de ſon état.

Le ſeptiéme, que la vertu conſiſte à faire du bien à ſes ſemblables, & non pas dans de vaines pratiques de mortification.

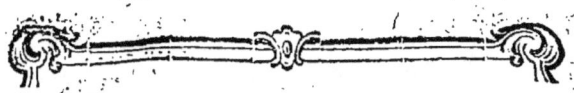

PREMIER DISCOURS.

DE

L'ÉGALITÉ

DES CONDITIONS.

Tu vois, sage Ariston, d'un œil d'indifférence
La grandeur tyrannique & la fière opulence ;
Tes yeux d'un faux éclat ne sont point abusés.
Ce monde est un grand bal, où des fous déguisés,
Sous les risibles noms d'éminence & d'altesse,
Pensent enfler leur être & hausser leur bassesse.
En vain des vanités l'appareil nous surprend,
Les mortels sont égaux ; leur masque est différent.
Nos cinq sens imparfaits, donnés par la nature,
De nos biens, de nos maux, sont la seule mesure.
Les rois en ont-ils six ? & leur ame & leur corps
Sont-ils d'une autre espèce ? ont-ils d'autres ressorts ?
C'est du même limon que tous ont pris naissance ;
Dans la même faiblesse ils traînent leur enfance :
Et le riche & le pauvre, & le faible & le fort,
Vont tous également des douleurs à la mort.
    Eh quoi, me dira-t-on, quelle erreur est là
      vôtre !
N'est-il aucun état plus fortuné qu'un autre ?
Le ciel a-t-il rangé les mortels au niveau ?
La femme d'un commis, courbé sur son bureau,
Vaut-elle une princesse auprès du trône assise ?

N'est-il pas plus plaisant pour tout homme d'église,
D'orner son front tondu d'un chapeau rouge ou verd,
Que d'aller, d'un vil froc obscurément couvert,
Recevoir à genoux, après *laude* ou matine,
De son prieur cloîtré vingt coups de discipline ?
Sous un triple mortier n'est-on pas plus heureux,
Qu'un clerc enseveli dans un greffe poudreux ?
Non ; Dieu serait injuste, & la sage nature
Dans ses dons partagés garde plus de mesure.
Pense-t-on qu'ici-bas son aveugle faveur
Au char de la fortune attache le bonheur ?
Un jeune colonel a souvent l'impudence
De passer en plaisirs un maréchal de France.
Etre heureux comme un roi, dit le peuple hébété.
Hélas, pour le bonheur que fait la majesté ?
En vain sur ces grandeurs un monarque s'appuie.
Il gémit quelquefois, & bien souvent s'ennuie.
Son favori sur moi jette à peine un coup d'œil,
Animal composé de bassesse & d'orgueil,
Accablé de dégouts en inspirant l'envie,
Tour à tour on t'encense & l'on te calomnie.
Parle, qu'as-tu gagné dans la chambre du roi ?
Un peu plus de flateurs & d'ennemis que moi.
 Sur les énormes tours de notre observatoire
Un jour en consultant leur céleste grimoire,
Des enfans d'Uranie un essaim curieux,
D'un tube de cent pieds braqué contre les cieux,
Observait les secrets du monde planétaire.
Un rustre s'écria, ces sorciers ont beau faire,
Les astres sont pour nous, aussi-bien que pour eux.
On en peut dire autant du secret d'être heureux.
Le simple, l'ignorant, pourvû d'un instinct sage,
En est tout aussi près, au fond de son village,
Que le fat important qui pense le tenir,
Et le triste savant qui croit le définir.

On dit, qu'avant la boëte apportée à Pandore,
Nous étions tous égaux ; nous le sommes encore.
Avoir les mêmes droits à la félicité,
C'est pour nous la parfaite & seule égalité.
Vois-tu dans ces vallons ces esclaves champêtres,
Qui creusent ces rochers, qui vont fendre ces hêtres,
Qui détournent ces eaux, qui, la bêche à la main,
Fertilisent la terre en déchirant son sein ?
Ils ne sont point formés sur le brillant modelle
De ces pasteurs galans qu'a chanté Fontenelle.
Ce n'est point Timarette, & le tendre Tircis,
De roses couronnés, sous des myrtes assis,
Entrelassans leurs noms sur l'écorce des chênes,
Vantant avec e prit leurs plaisirs & leurs peines :
C'est Pierrot, c'est Colin, dont le bras vigoureux
Soulève un char tremblant dans un fossé bourbeux.
Perrette au point du jour est aux champs la première,
Je les vois haletans, & couverts de poussière,
Braver dans ces travaux, chaque jour répétés,
Et le froid des hyvers, & le feu des étés.
Ils chantent cependant ; leur voix fausse & rustique
Gaîment de Pellegrin a) détonne un vieux cantique,
La paix, le doux sommeil, la force, la santé,
Sont le fruit de leur peine & de leur pauvreté.
Si Colin voit Paris, ce fracas de merveilles,
Sans rien dire à son cœur, assourdit ses oreilles :
Il ne desire point ces plaisirs turbulens ;
Il ne les conçoit pas : il regrette ses champs ;
Dans ses champs fortunés l'amour même l'appelle,

a) L'abbé *Pellegrin* a fait des cantiques de dévotion sur des airs du Pont-neuf ; c'est-là qu'on trouve à ce qu'on dit,

Quand on a perdu Jesus-Christ, Adieu paniers, Vendanges sont faites.

Ces cantiques sont chantés à la campagne & dans des couvents de province.

Et tandis que Damis, courant de belle en belle,
Sous des lambris dorés, & vernis par Martin *b*);
Des intrigues du temps composant son destin,
Dupé par sa maîtresse, & haï par sa femme,
Prodigue à vingt beautés ses chansons & sa flamme ;
Quitte Eglé qui l'aimait, pour Cloris qui le fuit,
Et prend pour volupté le scandale & le bruit ;
Colin, plus vigoureux, & pourtant plus fidelle,
Revole vers Lisette en la saison nouvelle.
Il vient après trois mois de regrets & d'ennui,
Lui présenter des dons aussi simples que lui.
Il n'a point à donner ces riches bagatelles,
Qu'Hebert *c*) vend à crédit pour tromper tant de
    belles.
Sans tous ces riens brillans il peut toucher un cœur ;
Il n'en a pas besoin : C'est le fard du bonheur.
   L'aigle, fière & rapide, aux ailes étenduës,
Suit l'objet de sa flamme, élancé dans les nuës.
Dans l'ombre des vallons le taureau bondissant
Cherche en paix sa genisse, & plaît en mugissant ;
Au retour du printems la douce Philomèle
Attendrit par ses chants la compagne fidèle ;
Et du sein des buissons, le moucheron léger
Se mêle en bourdonnant aux insectes de l'air.
De son être content ; qui d'entr'eux s'inquiète
S'il est quelqu'autre espèce, ou plus ou moins
    parfaite ?
Et qu'importe à mon sort, à mes plaisirs présens,
Qu'il soit d'autres heureux, qu'il soit des biens plus
    grands ?
   Mais, quoi ! cet indigent, ce mortel famélique,
Cet objet dégoûtant de la pitié publique,

b) Fameux vernisseur.

c) Fameux marchand de curiosités à Paris. Il avait beaucoup
de gout, & cela seul lui avait procuré une grande fortune.

D'un cadavre vivant traînant le reste affreux,
Respirant pour souffrir, est-il un homme heureux ?
Non, sans doute; & Thamas qu'un esclave détrône,
Ce visir déposé, ce grand qu'on emprisonne,
Ont-ils des jours sereins, quand ils sont dans les fers ?
Tout état a ses maux, tout homme a ses revers.
Moins hardi dans la paix, plus actif dans la guerre,
Charles aurait sous ses Loix retenu l'Angleterre,
Et *d*) Dufreni, plus sage & moins dissipateur,
Ne fût point mort de faim, digne mort d'un
    auteur.
Tout est égal enfin : la cour a ses fatigues :
L'église a ses combats : la guerre a ses intrigues :
Le mérite modeste est souvent obscurci.
Le malheur est par-tout, mais le bonheur aussi.
Ce n'est point la grandeur, ce n'est point la bassesse,
Le bien, la pauvreté, l'âge mûr, la jeunesse,
Qui fait, ou l'infortune, ou la félicité.
    Jadis le pauvre Irus, honteux & rebuté,
Contemplant de Crésus l'orgueilleuse opulence,
Murmurait hautement contre la providence.
Que d'honneurs ! disait-il; que d'éclat ! que de bien!
Que Crésus est heureux ! il a tout, & moi rien.
Comme il disait ces mots, une armée en furie
Attaque en son palais le tyran de Carie.
De ses vils courtisans il est abandonné;
Il fuit, on le poursuit, il est pris, enchaîné;
On pille ses trésors, on ravit ses maîtresses;
Il pleure, il apperçoit au fort de ses détresses,
Irus, le pauvre Irus, qui parmi tant d'horreurs,
Sans songer aux vaincus boit avec les vainqueurs.
O Jupiter ! dit-il; ô sort inexorable !

  d) *Louis XIV*. disait, il y a deux hommes que je ne pourrai jamais enrichir, *Dufreni* & *Bontemps*. *Dufreni* mourut dans
la misère, après avoir dissipé de grandes richesses. Il a laissé de
jolies comédies.

Irus est trop heureux, je suis seul misérable.
Ils se trompaient tous deux, & nous nous trompons
    tous.
Ah ! du destin d'autrui ne soyons point jaloux.
Gardons-nous de l'éclat qu'un faux déhors imprime.
Tous les cœurs sont cachés; tout homme est un
    abîme:
La joye est passagère, & le rire est trompeur.
    Hélas! où donc chercher, où trouver le bonheur?

En tout lieu, en tout temps, dans toute la nature,
Nulle part tout entier; partout avec mesure,
Et partout passager, hors dans son seul auteur.
Il est semblable au feu, dont la douce chaleur
Dans chaque autre élément en secret s'insinuë,
Descend dans les rochers, s'élève dans la nuë,
Va rougir le corail dans le sable des mers,
Et vit dans les glaçons qu'ont durci les hyvers.
    Le ciel en nous formant mélangea notre vie,
De désirs, de dégouts, de raison, de folie,
De momens de plaisir, & de jours de tourmens:
De notre être imparfait voilà les élémens.
Ils composent tout l'homme, ils forment son essence,
Et DIEU nous pesa tous dans la même balance.

VARIANTES DU DISCOURS

Sur l'égalité des conditions.

CE ne fut qu'en 1738 que ce discours parut la première fois imprimé à Paris, ainsi que le second & le troisiéme, sous le titre général d'*Epitres sur le bonheur*. Le commencement du premier discours a été plusieurs fois refondu. Voici les différentes leçons jusqu'à l'édition de 1757 exclusivement.

PREMIERE LEÇON.

Eh bien ! jeune Hermotime, en province élevé,
Avec un cœur tout neuf, à Paris arrivé,
Tu ne sais pas encor quel parti tu dois suivre :
Tu voudrais des leçons sur le grand art de vivre ;
Il faut prendre un état ; incertain dans tes vœux,
Tu veux choisir, dis-tu, le sort le plus heureux :
Mais ce sort quel est-il ? Tu ne sais : tu peux être
Magistrat, financier, courtisan, guerrier, prêtre ;
Ton goût doit décider. Ce n'est pas ton emploi
Qui doit te rendre heureux : ce bonheur est dans toi.
Les états sont égaux, mais les hommes différent :
Où l'imprudent perit, les habiles prospèrent ;
Le bonheur est le port où tendent les humains ;
Les écueils sont fréquens, les vents sont incertains ;
Le ciel, pour aborder cette rive étrangère,
Accorde à tout mortel une barque légère.
Ainsi que les secours, les dangers sont égaux.
Qu'importe quand l'orage à soulevé les flots,
Que ta poupe soit peinte, & que ton mât déploye
Une voile de pourpre & des cables de soye ?
Le vent est sans respect, il renverse à la fois,
Les batteaux des pêcheurs & les barques des rois.
Si quelque heureux pilote échapé de l'orage,
Près du port arrivé, gagne au moins le rivage,
Son vaisseau, plus heureux, n'était pas mieux
   construit :
Mais le pilote est sage, & Dieu l'avait conduit.
Eh quoi ! me dites-vous, &c.

SECONDE LEÇON.

Ami, dont la vertu, toujours facile & pure,
A suivi par raison l'instinct de la nature,

   Mélanges, &c. **B**

Qui sais à ton état conformer tes desirs,
Satisfait sans fortune, & sage en tes plaisirs ;
Heureux, qui, comme toi, docile à son génie,
Dirige prudemment la course de sa vie ;
Son cœur n'entend jamais la voix du repentir :
Enfermé dans sa sphère, il n'en veut point sortir.
Les états sont égaux, &c.

. . . .

. . . . & des cables de soye.
L'art du pilote est tout, & pour domter les vents,
Il faut la main du sage, & non des ornemens.
Eh! quoi! me dira-t-on, &c.

SUITE DU MÊME DISCOURS.

PREMIÈRE LEÇON.

Il serait beau vraiment que sa triste faveur
Eût au grade, en ce monde, attaché le bonheur!
Jamais un colonel n'aura donc l'impudence
D'égaler en plaisir un maréchal de France!
L'empereur est toujours, graces à ses honneurs,
Plus fortuné lui seul que les sept électeurs !
Et le cœur d'un sujet se gardera bien d'être
Aussi tendre, aussi gai, que celui de son maître!
Non, n'accusons point Dieu de cette absurdité :
Pour les cœurs qu'il a faits, il a trop de bonté.
Tous sont heureux par lui, tous au moins peuvent
        l'être :
En leur donnant la vie, il leur doit le bien être ;
Il veut en les rangeant sous différentes loix,
En faire autant d'heureux, non pas autant de rois:
Le casque, le mortier, la barette, la mitre,
A la félicité n'apportent aucun titre.
Et ce Bernard qu'on vante est heureux en effet,

Non par le bien qu'il a, mais par le bien qu'il fait.
On dit qu'avant la boëte, &c.

SECONDE LEÇON.

. . . .
. . . . que les sept électeurs ;
Et le roi des romains serait un téméraire,
De prétendre un moment au bonheur du Saint-Père.
Crois-moi, Dieu d'un autre œil voit les faibles
    humains,
Nés du même limon façonné par ses mains.
Admirons de ses dons le différent partage.
Chacun de ses enfans reçut un héritage.
Le terrain le moins vaste à sa fécondité,
Et l'ingrat qui se plaint est seul déshérité.
Possédons sans fierté, subissons sans murmure
Le sort que nous a fait l'auteur de la nature ;
Dieu qui nous a rangés sous différentes loix,
Peut faire autant d'heureux non pas autant de rois.
On dit qu'avant la boëte, &c.

SUITE.

PREMIERE LEÇON.

. . . .
. . . . . . L'amour même l'appelle,
L'amour ce Dieu des cieux, cette flamme éternelle,
Qui peuple les forêts, les ondes & les airs,
Qui va d'un pôle à l'autre animer l'univers.
Ses traits toujours lancés des mains de la nature,
Souffrent les ornemens, mais plaisent sans parure :
Un éclat étranger est le fard du bonheur :
Tu n'en as pas besoin, tu peux donner ton cœur ;
Sans tous ces riens brillans, ces nobles bagatelles,
Qu'Hébert vend à crédit pour tromper tant de belles.

B 2

L'amour n'a pas toujours un tranquille destin,
Sous les lambris dorés & vernis par Martin.
L'aigle fier & rapide , &c.
          . . . . *tout homme a ses revers :*
. . . .
Concini moins altier, plus fidèle à ses maîtres,
N'aurait point de son sang appaisé nos ancêtres.

. . . . où la félicité !

Où donc trouver , dis-tu , cet être si vanté,
Fugitif, inconnu , qu'on croit imaginaire ?
Où chez toi , dans ton cœur & dans ton caractère :
Quel que soit ton état, quel que soit ton destin,
Sois sage, il te suffit, ton bonheur est certain.

SECONDE LEÇON DE CETTE FIN.

Et vit dans les glaçons qu'ont durci les hyvers.
Mortel, en quelque état que le ciel t'ait fait naître,
Sois soumis, soit content, & rends grace à ton maître.

DEUXIEME DISCOURS.

DE LA LIBERTÉ.

On entend par ce mot Liberté *le pouvoir de faire ce qu'on veut. Il n'y a, & ne peut y avoir d'autre* Liberté. *C'est pourquoi* Loke *l'a si bien définie* Puissance.

Dans le cours de nos ans, étroit & court passage,
Si le bonheur qu'on cherche est le prix du vrai sage,
Qui pourra me donner ce trésor précieux ?
Dépend - il de moi-même ? est - ce un présent des cieux ?
Est-il comme l'esprit, la beauté la naissance,
Partage indépendant de l'humaine prudence ?
Suis-je libre en effet ? ou mon ame & mon corps
Sont-ils d'un autre agent les aveugles ressorts ?
Enfin, ma volonté, qui me meut, qui m'entraîne,
Dans le palais de l'ame est-elle esclave ou reine ?
  Obscurément plongé dans ce doute cruel,
Mes yeux, chargés de pleurs, se tournaient vers le ciel,
Lorsqu'un de ces esprits, que le souverain être
Plaça prés de son trône, & fit pour le connaître,
Qui respirent dans lui, qui brûlent de ses feux,
Descendit jusqu'à moi de la voute de cieux ;
Car on voit quelquefois ce fils de la lumière,
Eclairer d'un mondain l'ame simple & grossière,

Et fuir obstinément tout docteur orgueilleux,
Qui dans sa chaire assis, pense être au-dessus d'eux,
Et le cerveau troublé des vapeurs d'un systême,
Prend ces brouillards épais pour le jour du ciel
   même.

   Ecoute, me dit-il, promt à me consoler,
Ce que tu peux entendre, & qu'on peut révéler.
J'ai pitié de ton trouble, & ton ame sincère,
Puisqu'elle sait douter, mérite qu'on l'éclaire.
Oui, l'homme sur la terre est libre ainsi que moi ;
C'est le plus beau présent de notre commun roi.
La liberté, qu'il donne à tout être qui pense,
Fait des moindres esprits & la vie & l'essence.
Qui conçoit, veut, agit, est libre en agissant ;
C'est l'attribut divin de l'Etre tout puissant.
Il en fait un partage à ses enfants qu'il aime.
Nous sommes ses enfants, des ombres de lui-même.
Il connut, il voulut, & l'univers naquit ;
Ainsi, lorsque tu veux, la matière obéit.
Souverain sur la terre, & roi par la pensée,
Tu veux & sous tes mains la nature est forcée.
Tu commandes aux mers, au souffle des zéphirs,
A ta propre pensée, & même à tes desirs.
Ah ! sans la liberté que seraient donc nos ames ?
Mobiles agités par d'invisibles flâmes ;
Nos vœux, nos actions, nos plaisirs nos dégoûts,
De notre être, en un mot, rien ne serait à nous.
D'un artisan suprême impuissantes machines,
Automates pensans, mûs par des mains divines,
Nous serions à jamais de mensonge occupés,
Vils instrumens d'un DIEU, qui nous aurait trom-
   pés.

   Comment, sans liberté, serions-nous ses images ?
Que lui reviendrait-il de ses brutes ouvrages ?

On ne peut donc lui plaire, on ne peut l'offenser ;
Il n'a rien à punir, rien à récompenser.
Dans les cieux, sur la terre, il n'est plus de justice.
a) Pucelle est sans vertu, des Fontaines sans vice.
Le destin nous entraine à nos affreux penchans,
Et ce cahos du monde est fait pour les méchans.
L'oppresseur insolent, l'usurpateur avare,
Cartouche, Miriweis, ou tel autre barbare,
Plus coupable enfin qu'eux, le calomniateur
Dira : Je n'ai rien fait, Dieu seul en est l'auteur ;
Ce n'est pas moi, c'est lui qui manque à ma parole,
Qui frappe par mes mains, pille, brûle, viole.
C'est ainsi que le Dieu de justice & de paix,
Serait l'auteur du trouble, & le Dieu des forfaits.
Les tristes partisans de ce dogme effroyable
Diraient-ils rien de plus s'ils adoraient le Diable ?
  J'étais, à ce discours, tel qu'un homme enyvré,
Qui s'éveille en sursaut d'un grand jour éclairé,
Et dont la clignotante & débile paupière
Lui laisse encor à peine entrevoir la lumière.
J'osai répondre enfin d'une timide voix :
Interprète sacré des éternelles loix,
Pourquoi, si l'homme est libre, a-t-il tant de fai-
      blesse ?
Que lui sert le flambeau de sa vaine sagesse ?
Il le fuit, il s'égare ; & toujours combattu,
Il embrasse le crime en aimant la vertu.
Pourquoi ce roi du monde, & si libre & si sage,
Subit-il si souvent un si dur esclavage ?

---

a) L'abbé Pucelle, célèbre conseiller au Parlement. L'abbé des Fontaines, homme souvent repris de Justice, qui tenait une boutique ouverte, où il vendait des louanges & des satyres.

L'esprit consolateur à ces mots répondit :
Quelle douleur injuste accable ton esprit ?
La liberté, dis-tu , t'est quelquefois ravie :
DIEU te la devait-il immuable, infinie,
Egale en tout état, en tout tems, en tout lieu ?
Tes destins sont d'un homme, & tes vœux font d'un
    DIEU.
Quoi ! dans cet Océan cet atome qui nage
Dira : L'immensité doit être mon partage ?
Non , tout est faible en toi, changeant & limité ;
Ta force, ton esprit , tes talens, ta beauté.
La nature, en tout sens, a des bornes prescrites ,
Et le pouvoir humain serait seul sans limites !
Mais, di-moi , quand ton cœur, formé de passions ,
Se rend malgré lui-même à leurs impressions ,
Qu'il sent dans ses combats sa liberté vaincuë ,
Tu l'avais donc en toi, puisque tu l'as perduë ?
Une fièvre brûlante , attaquant tes ressorts,
Vient, à pas inégaux , miner ton faible corps,
Mais, quoi ! par ce danger répandu sur ta vie,
Ta santé pour jamais n'est point anéantie,
On te voit revenir des portes de la mort ,
Plus ferme, plus content, plus tempérant , plus fort,
Connai mieux l'heureux don que ton chagrin réclame.
La liberté dans l'homme est la santé de l'ame.
On la perd quelquefois ; la soif de la grandeur,
La colére , l'orgueil , un amour suborneur ,
D'un désir curieux les trompeuses saillies ;
Hélas ! combien le cœur a-t-il de maladies ?
Mais contre leurs assauts tu seras raffermi ;
Prend ce livre sensé , consulte cet ami,
(Un ami , don du ciel , est le vrai bien du sage.)
Voilà l'Helvetius, le Silva, le Vernage, *b*)

b) Fameux médecins de Paris.

Que le DIEU des humains, promt à les secourir,
Daigne leur envoyer sur le point de périr.
Est-il un seul mortel de qui l'ame insensée,
Quand il est en péril, ait une autre pensée ?
Voi de la liberté cet ennemi mutin,
Aveugle partisan d'un aveugle destin.
Enten comme il consulte, approuve ou délibère ;
Enten de quel reproche il couvre un adversaire ;
Voi comment d'un rival il cherche à se venger,
Comme il punit son fils, & veut le corriger.
Il le croyait donc libre ? Oui, sans doute, & lui-
    même
Dément à chaque pas son funeste systême.
Il mentait à son cœur, en voulant expliquer
Ce dogme absurde à croire, absurde à pratiquer.
Il reconnaît en lui le sentiment qu'il brave.
Il agit comme libre, & parle comme esclave.
    Sûr de ta liberté, rapporte à son auteur
Ce don que sa bonté te fit pour ton bonheur.
Commande à ta raison d'éviter ces querelles,
Des tyrans de l'esprit disputes immortelles.
Ferme en tes sentimens, & simple dans ton cœur,
Aime la vérité, mais pardonne à l'erreur.
Fui les emportemens d'un zèle atrabilaire ;
Ce mortel qui s'égare est un homme, est ton frère ;
Sois sage pour toi seul, compatissant pour lui ;
Fai ton bonheur, enfin, par le bonheur d'autrui.
    Ainsi parlait la voix de ce sage suprême ;
Ses discours m'élevaient au-dessus de moi-même.
J'allais lui demander, indiscret dans mes vœux,
Des secrets réservés pour les peuples des cieux :
Ce que c'est que l'esprit, l'espace, la matière,
L'eternité, le tems, le ressort, la lumière ;
Etranges questions, qui confondent souvent

Le profond c) s'Gravefande, & le fubtil d) Mairan,
Et qu'expliquait en vain, dans fes doctes chimères,
L'auteur des tourbillons que l'on ne croit plus
    guères.
Mais déja s'échappant à mon œil enchanté,
Il volait au féjour où luit la vérité.
Il n'était pas vers moi defcendu pour m'apprendre
Les fecrets du Très - Haut , que je ne puis com-
    prendre ;
Mes yeux d'un plus grand jour auraient été bleffés ;
Il m'a dit : Sois heureux ; il m'en a dit affez.

c) Mr. s'Gravefande, profeffeur à Leide , le premier qui aît
enfeigné en Hollande les découvertes de Newton.

d) Mr. Dortous de Mairain gentilhomme de Befiers , fecrétaire de l'académie des fciences de Paris.

VARIANTES DU DISCOURS.

Sur la liberté.

L ORSQU'UN de ses esprits. . . . . .

. . . .
Descendit jusqu'à moi de la voute des cieux.
Ainsi le trait brillant du jour qui nous éclaire,
Part, arrive, illumine & couvre l'hémisphère :
Il avait pris un corps, ainsi que l'un d'entre eux,
Que nos pères ont vu dans des jours ténébreux,
Sous les traits de Newton, sous ceux de Galilée,
Apporter la lumière à la terre aveuglée.
Ecoute, me dit-il, &c.

. . . .
Caton fut sans vertu, Catilina sans vice.

. . . .
Et s'il a daigné dire à mes yeux empressés
Le secret d'être heureux, il en a dit assez.

Dans une seconde édition, on ne trouverait que
quatre ou cinq vers de changés.

Ce don que sa bonté te fit pour ton bonheur.

. . . .
Epargne à ta raison ces disputes frivoles,
Ce poison de l'esprit né du sein des écoles.
Ferme en tes sentimens, &c.

. . . .
Mes yeux d'un plus grand jour auraient été blessés :
Sois heureux m'a-t-il dit, n'en est-ce pas assez.

TROISIEME DISCOURS.

Sur l'Envie.

SI l'homme est créé libre, il doit se gouverner :
Si l'homme à des tyrans, il les doit détroner.
On ne le sait que trop ; ces tyrans sont les vices.
Le plus cruel de tous dans ses sombres caprices,
Le plus lâche à la fois & le plus acharné,
Qui plonge au fond du cœur un trait empoisonné ;
Ce bourreau de l'esprit, quel est-il ? C'est l'envie.
L'orgueil lui donna l'être au sein de la folie ;
Rien ne peut l'adoucir, rien ne peut l'éclairer :
Quoiqu'enfant de l'orgueil, il craint de se montrer.
Le mérite étranger est un poids qui l'accable ;
Semblable à ce géant si connu dans la fable,
Triste ennemi des dieux, par les dieux écrasé,
Lançant en vain les feux dont il est embrasé ;
Il blasphême, il s'agite en sa prison profonde ;
Il croit pouvoir donner des secousses au monde.
Il fait trembler l'Etna, dont il est oppressé ;
L'Etna sur lui retombe, il en est terrassé.
J'ai vû des courtisans, yvres de fausse victoire,
Détester dans Villars l'éclat de la victoire.
Ils haïssaient le bras qui faisait leur appui.
Il combattait pour eux, ils parlaient contre lui.
Ce Héros eut raison, quand cherchant les batailles,
Il disait à Louïs : Je ne crains que Versailles ;
Contre vos ennemis je marche sans effroi :
Défendez-moi des miens, ils sont près de mon roi.

Cœurs jaloux ! à quel maux êtes-vous donc en
   proie ?
Vos chagrins sont formés de la publique joie.
Convives dégoûtés, l'aliment le plus doux,
Aigri par votre bile, est un poison pour vous.
O vous qui de l'honneur entrez dans la carrière,
Cette route à vous seul appartient-elle entière ?
N'y pouvez-vous souffrir les pas d'un concurrent ?
Voulez-vous ressembler à ces rois d'Orient,
Qui de l'Asie esclave oppresseurs arbitraires,
Pensent ne bien régner qu'en étranglant leurs frères ?
   Lorsqu'aux jeux du théâtre, écueil de tant d'esprits,
Une affiche nouvelle entraîne tout Paris :
Quand Dufrêne a) & Gossin, d'une voix attendrie,
Font parler Orosmane, Alzire, Zénobie,
Le spectateur content, qu'un beau trait vient saisir,
Laisse couler des pleurs, enfants de son plaisir :
Rufus désespéré, que ce plaisir outrage,
Pleure aussi dans un coin, mais ses pleurs sont de
   rage.
   Hé bien ! pauvre affligé, si ce fragile honneur,
Si ce bonheur d'un autre a déchiré ton cœur,
Mets du moins à profit le chagrin qui t'anime :
Mérite un tel succès, compose, efface, lime.
Le public applaudit aux vers du Glorieux ;
Est-ce un affront pour toi ? Courage, écri, fai mieux,
Mais garde-toi sur-tout, si tu crains les critiques,
D'envoyer à Paris tes ayeux chimériques b) :
Ne fai plus grimacer tes odieux portraits,
Sous des crayons grossiers, pillés chez Rabelais.
Tôt ou tard on condamne un rimeur satyrique,
Dont la moderne muse emprunte un air gothique,

---

a) Du Fresne, célèbre actrice de Paris. Mademoiselle
Gossin actrice pleine de graces, qui joua Zayre.

b) Mauvaise comédie, qui n'a pu être jouée.

Et dans un vers forcé que surcharge un vieux mot,
Couvre son peu d'esprit des phrases de Marot *c*).
Ce jargon dans un conte est encor supportable :
Mais le vrai veut un air, un ton plus respectable.
Si tu veux, faux dévot, séduire un seul lecteur,
Au miel d'un froid sermon mêle un peu moins d'ai-
     greur.
Que ton jaloux orgueil parle un plus doux langage ;
Singe de la vertu, masque mieux ton visage.
La gloire d'un rival s'obstine à t'outrager ;
C'est en le surpassant que tu dois t'en venger.
Erige un monument plus haut que son trophée ;
Mais pour siffler Rameau l'on doit être un Orphée ;
Il faut être Psyché pour censurer Vénus.
Eh ! pourquoi censurer ? Quel triste & vain abus !
On ne s'embellit point en blâmant sa rivale.
Qu'a servi contre Bayle une infame cabale ?
Par le fougueux Jurieu *d*) Bayle persécuté,
Sera des bons esprits à jamais respecté.
Et le nom de Jurieu, son rival fanatique,
N'est aujourd'hui connu que par l'erreur publique.
    Souvent dans ses chagrins un misérable auteur
Descend au rôle affreux de calomniateur.

c) Il est à remarquer que Mr. de Voltaire s'est toujours élevé contre ce mélange de l'ancienne langue & de la nouvelle. Cette bigarrure est non-seulement ridicule, mais elle jetterait dans l'erreur les étrangers qui apprennent le Français.

d) Jurieu était un ministre protestant, qui s'acharna contre Bayle & contre le bon sens ; il écrivit en fol, & il fit le prophète : Il prédit que le royaume de France éprouverait des révolutions, qui ne sont jamais arrivées. Quant à Bayle, on sait que c'est un des grands hommes que la France ait produits. Le parlement de Toulouse lui a fait un honneur unique, en faisant valoir son testament, qui devait être annullé comme celui d'un réfugié, selon la rigueur de la loi, & qu'il déclara valide, comme le testament d'un homme, qui avait éclairé le monde, & honoré sa patrie. L'arrêt fut rendu sur le rapport de Mr. de Senaux, conseiller.

Au lever de Séjan, chez Nestor , chez Narcisse,
Il distile à longs traits son absurde malice.
Pour lui tout est scandale , & tout impiété.
Assurer que ce globe, en sa course emporté,
S'élève à l'équateur , en tournant sur lui-même,
C'est un rafinement d'erreur & de blasphême.
Malbranche est Spinosiste, & Locke , en ses écrits,
Du poison d'Epicure infecte les esprits.
Pope est un scélérat , de qui la plume impie
Ose vanter de Dieu la clémence infinie,
Qui prétend follement , ô le mauvais chrétien !
Que Dieu nous aime tous , & qu'ici tout est bien.
   Cent fois plus malheureux , & plus infame
     encore ,
Et ce fripier d'écrits, que l'intérêt dévore,
Qui vend au plus offrant son encre & ses fureurs;
Méprisable en son goût, détestable en ses mœurs ;
Médisant , qui se plaint des brocards qu'il essuye;
Satyrique ennuyeux , disant que tout l'ennuye ;
Criant que le bon goût s'est perdu dans Paris,
Et le prouvant très-bien, du moins par ses écrits.
On peut à Despréaux pardonner la satyre ;
Il joignit l'art de plaire au malheur de médire.
Le miel que cette abeille avait tiré de fleurs ,
Pouvait de sa piqûre adoucir les douleurs.
Mais pour un lourd frêlon , méchamment imbé-
     cile,
Qui vit du mal qu'il fait , & nuit sans être utile,
On écrase à plaisir cet insecte orgueilleux ,
Qui fatigue l'oreille , & qui choque les yeux.
Quelle était votre erreur, ô vous, peintres vul-
     gaires !
Vous , rivaux clandestins, dont les mains témé-
     raires,
Dans ce cloître où Bruno semble encor respirer ,

Par une lâche envie ont pû défigurer *e*)
Du Zeuxis des Français les favántes peintures ?
L'honneur de fon pinceau s'accrut par vos injures :
Ces lambeaux déchirés en font plus précieux ;
Ces traits en font plus beaux, & vous plus odieux.
    Déteftons à jamais un fi dangereux vice.
Ah ! qu'il nous faut chérir ce trait plein de juftice,
D'un critique modefte, & d'un vrai bel-efprit,
Qui lorfque Richelieu follement entreprit
De rabaiffer du Cid la naiffante merveille,
Tandis que Chapelain ofait juger Corneille,
Chargé de condamner cet ouvrage imparfait,
Dit, pour ton jugement, Je voudrais l'avoir fait : *f*)
C'eft ainfi qu'un grand cœur fait penfer d'un grand-
    homme.
A la voix de Colbert, Bernini vint de Rome,
De *g*) Perrault dans le Louvre, il admira la main.
Ah ! dit-il, fi Paris renferme dans fon fein
Des travaux fi parfaits, un fi rare génie,
Falait-il m'appeller du fond de l'Italie ?
Voilà le vrai mérite. Il parle avec candeur ;
L'envie eft à fes pieds, la paix eft dans fon cœur.
Qu'il eft grand ! qu'il eft doux, de fe dire à foi-
    même,
Je n'ai point d'ennemis, j'ai des rivaux que j'aime !
Je prens part à leur gloire, à leurs maux, à leurs
    biens,
Les Arts nous ont unis, leurs beaux jours font les
    miens !
C'eft ainfi que la terre avec plaifir raffemble
Ces chênes, ces fapins, qui s'élèvent enfemble :

e) Quelques peintres, jaloux de le Sueur, gâtèrent fes
tableaux qui font aux chartreux.

f) Habert de Cerifi de l'académie.

g) La belle façade du vieux Louvre eft de Mr. Perrault.

                      Un

Un fuc toujours égal eft préparé pour eux :
Leur pied touche aux enfers, leur cîme eft dans les
    cieux :
Leur tronc inébranlable , & leur pompeufe tête ,
Réfifte , en fe couchant, aux coups de la tempête.
Ils vivent l'un par l'aurre , ils triomphent du tems ,
Tandis que fous leur ombre on voit de vils ferpens
Se livrer en fiflant, des guerres inteftines ,
Et de leur fang impur arrofer leurs racines.

VARIANTES DU DISCOURS

Sur l'envie.

Il en est terrassé.
Quelle était la raison du magistrat perfide,
Qui voulait en exil envoyer Aristide?
Il fut dans son dépit contraint de l'avouer ;
Je suis las, disait-il, de l'entendre louer,
J'ai vu des courtisans, &c.

Un petit monstre noir, peint de rouge & de blanc,
Ne doit point censurer ou Vénus, ou Rohan.
Ta rivale est aimée ; un bon couplet contre elle
Ne peut ni l'enlaidir, ni te rendre plus belle.
Par le fougueux Jurieu, &c.

Détestable en ses mœurs,
Médisant acharné, quelle étrange manie,
Fait aboyer ta voix contre une académie?
As-tu, vieux candidat, chez les quarante élus,
Approché seulement de l'honneur d'un refus?
Hélas! quel est le fruit de tes cris imbéciles?
La Police est sévère : on fouette les Zoïles.
Chacun avec mépris se détourne de toi,
Tout fuit jusqu'aux enfans, & l'on sait trop pour-
quoi.
Détestons, Hermotime, un si dangereux vice.
Oh! qu'il nous faut chérir, &c.
Voilà le vrai mérite : il se peint dans ces traits.
C'est ainsi qu'en son ame on conserve la paix.
Qu'il est grand, &c.

QUATRIEME DISCOURS,

DE LA MODÉRATION EN TOUT,

Dans l'étude, dans l'ambition, dans les plaisirs.

A Mr. H***.

Tout vouloir eſt d'un fou, l'excès eſt ſon partage,
La modération eſt le tréſor du ſage.
Il ſait régler ſes goûts, ſes travaux ſes plaiſirs,
Mettre un but à ſa courſe, un terme à ſes déſirs.
Nul ne peut avoir tout ; l'amour de la ſcience
A guidé ta jeuneſſe au ſortir de l'enfance ;
La nature eſt ton livre, & tu prétens y voir
Moins ce qu'on a penſé, que ce qu'il faut ſavoir.
La raiſon te conduit ; avance à ſa lumière ;
Marche encor quelque pas ; mais borne ta carrière ;
Au bord de l'infini ton cours doit s'arrêter ;
Là commence un abîme, il le faut reſpecter.
   Réaumur, dont la main ſi ſavante & ſi ſûre,
A percé tant de fois la nuit de la nature,
M'apprendra-t-il jamais, par quels ſubtils reſſorts
L'éternel artiſan fait végéter les corps ?
Pourquoi l'aſpic affreux, le tigre, la panthère,
N'ont jamais adouci leur cruel caractère,
Et que reconnaiſſant la main qui le nourrit :
Le chien meurt en léchant le maître qu'il chérit ?

C 2

D'où vient qu'avec cent pieds, qui semblent inutiles,
Cet insecte tremblant traîne ses pas débiles ?
Pourquoi ce ver changeant se bâtit un tombeau,
S'enterre, & ressuscite avec un corps nouveau,
Et le front couronné, tout brillant d'étincelles,
S'élance dans les airs en déployant ses aîles ?
Le sage Du Fay *a*) parmi ces plants divers,
Végétaux rassemblés des bouts de l'univers,
Me dira-t-il pourquoi la tendre sensitive
Se flétrit sous nos mains, honteuse & fugitive ?

   Malade & dans un lit, de douleurs accablé,
Par l'éloquent Silva vous êtes consolé :
Il sait l'art de guérir, autant que l'art de plaire.
Demandez à Silva par quel secret mystère
Ce pain, cet aliment dans mon corps digéré,
Se transforme en un lait doucement préparé ?
Comment toujours filtré dans ses routes certaines,
En longs ruisseaux de pourpre il court enfler mes
    veines,
A mon corps languissant rend un pouvoir nouveau,
Fait palpiter mon cœur, & penser mon cerveau ?
Il lève au ciel les yeux, il s'incline, il s'écrie :
Demandez-le à ce DIEU, qui nous donna la vie.

   Couriers de la physique, Argonautes nouveaux,
Qui franchissez les monts, qui traversez les eaux,
Ramenez des climats soumis aux trois couronnes,
Vos perches, vos secteurs, & surtout deux La-
   ponnes ; *b*)

   a) Mr. du Fay était directeur du jardin du roi, qui avait
été très-négligé jusqu'à lui, & qui a été ensuite porté par Mr.
de Buffon à un point qui fait l'admiration des étrangers. On
y conserve outre les plantes beaucoup d'autres raretés.

   b) Messieurs de Maupertuis, Clairaut, le Mounier, &c. allèrent en 1736. à Torneo, mesurer un degré de méridien, &
ramenèrent deux Laponnes. Les trois couronnes sont les armes
de la Suède à qui Torneo appartient.

Vous avez confirmé dans ces lieux pleins d'ennui
Ce que Newton connut sans sortir de chez lui.
Vous ayez arpenté quelque faible partie
Des flancs toujours glacés de la terre applatie.
Dévoilez ces ressorts, qui font la pesanteur.
Vous connaissez les loix qu'établit son auteur.
Parlez, enseignez - moi, comment ses mains fé-
    condes
Font tourner tant de cieux, graviter tant de mondes ?
Pourquoi, vers le soleil notre globe entraîné
Se meut autour de soi sur son axe incliné ?
Parcourant en douze ans les célestes demeures,
D'où vient que Jupiter a son jour de dix heures ?
Vous ne le savez point. Votre savant compas
Mesure l'univers, & ne le connait pas.
Je vous vois dessiner, par un art infaillible,
Les dehors d'un palais à l'homme inaccessible ;
Les angles, les côtés sont marqués par vos traits ;
Le dedans à vos yeux est fermé pour jamais.
Pourquoi donc m'affliger, si ma débile vuë
Ne peut percer la nuit sur mes yeux répandue ?
Je n'imiterai point ce malheureux savant,
Qui des feux de l'Etna scrutateur imprudent,
Marchant sur des monceaux de bitume & de cendre,
Fut consumé du feu qu'il cherchait à comprendre.
   Moderons-nous surtout dans notre ambition,
C'est du cœur des humains la grande passion.
L'empesé magistrat, le financier sauvage,
La prude aux yeux dévots, la coquette volage,
Vont en poste à Versaille, essuyer des mépris,
Qu'ils reviennent soudain rendre en poste à Paris.
Les libres habitans des rives du Permesse
Ont saisi quelquefois cette amorce traîtresse :
Platon va raisonner à la cour de Denis :
Racine janséniste est auprès de Louis.

C 3

L'auteur voluptueux qui célébra Glycère,
Prodigue au fils d'Octave un encens mercenaire.
Moi-même renonçant à mes premiers desseins,
J''ai vécu, je l'avoue, avec des souverains.
Mon vaisseau fit naufrage aux mers de ces Sirènes ;
Leur voix flata mes sens, ma main porta leurs
    chaînes ;
On me dit, je vous aime ; & je crus comme un sot,
Qu'il était quelque idée attachée à ce mot.
J'y fus pris. J'asservis au vain désir de plaire
La mâle liberté qui fait mon caractère ;
Et perdant la raison dont je devais m'armer,
J'allai m'imaginer qu'un roi pouvait aimer.
Que je suis revenu de cette erreur grossière !
A peine de la cour j'entrai dans la carrière,
Que mon ame éclairée, ouverte au repentir,
N'eut d'autre ambition que d'en pouvoir sortir.
Raisonneurs beaux esprits, & vous qui croyez l'être,
Voulez-vous vivre heureux ? vivez toujours sans
    maître.
    O vous, qui ramenez dans les murs de Paris
Tous les excès honteux des mœurs de Sibaris,
Qui plongés dans le luxe, énervés de mollesse,
Nourrissez dans votre ame une éternelle yvresse,
Apprenez, insensés, qui cherchez le plaisir,
Et l'art de le connaître, & celui de jouïr.
Les plaisirs sont les fleurs, que notre divin maître
Dans les ronces du monde autour de nous fait naître.
Chacune a sa saison, & par des soins prudens
On peut en conserver dans l'hiver de nos ans.
Mais s'il faut les cueillir, c'est d'une main légère ;
On flétrit aisément leur beauté passagère.
N'offrez pas à vos sens de mollesse accablés
Tous les parfums de Floré à la fois exhalés.
Il ne faut point tout voir, tout sentir, tout entendre,
Quittons les voluptés pour savoir les reprendre.

Le travail est souvent le père du plaisir.
Je plains l'homme accablé du poids de son loisir.
Le bonheur est un bien que nous vend la nature.
Il n'est point ici-bas de moissons sans culture :
Tout veut des soins sans doute , & tout est acheté.
  Regardez c) Brossoret, de sa table entêté,
Au sortir d'un spectacle , où de tant de merveilles
Le son perdu pour lui frape en vain ses oreilles ;
Il se traîne à souper , plein d'un secret ennui ,
Cherchant en vain la joie , & fatigué de lui.
Son esprit offusqué d'une vapeur grossière ,
Jette encor quelques traits sans force & sans lumière ;
Parmi les voluptés dont il croit s'enyvrer,
Malheureux, il n'a pas le tems de désirer.
  Jadis trop caressé des mains de la mollesse ,
Le plaisir s'endormit au sein de la paresse :
La langueur l'accabla ; plus de chants, plus de vers ;
Plus d'amour ; & l'ennui détruisait l'univers.
Un DIEU, qui prit pitié de la nature humaine ,
Mit auprès du plaisir, le travail & la peine.
La crainte l'éveilla , l'espoir guida ses pas ;
Ce cortège aujourd'hui l'accompagne ici-bas.
  Semez vos entretiens de fleurs toûjours nouvelles ;
Je le dis aux amans , je le répète aux belles.
Damon , tes sens trompeurs , & qui t'ont gouverné ,
T'ont promis un bonheur qu'ils ne t'ont point donné.
Tu crois, dans les douceurs qu'un tendre amour
      aprête ,
Soutenir de Daphné l'éternel tête-à-tête :
Mais ce bonheur usé n'est qu'un dégoût affreux ,
Et vous avez besoin de vous quitter tous deux.
Ah, pour vous voir toujours sans jamais vous dé-
      plaire ,
Il faut un cœur plus noble , une ame moins vulgaire

c) C'était un conseiller au parlement fort riche , homme
voluptueux & qui faisait excellente chère.

Un efprit vrai, fenfé, fécond, ingénieux,
Sans humeur, fans caprice, & furtout vertueux :
Pour les cœurs corrompus, l'amitié n'eft point faite.
   O divine amitié ! félicité parfaite !
Seul mouvement de l'ame, où l'excès foit permis,
Change en biens tous les maux où le ciel m'a foumis.
Compagne de mes pas dans toutes mes demeures,
Dans toutes les faifons & dans toutes les heures,
Sans toi tout homme eft feul; il peut, par ton apui,
Multiplier fon être & vivre dans autrui.
Idole d'un cœur jufte, & paffion du fage,
Amitié, que ton nom couronne cet ouvrage;
Qu'il préfide à mes vers, comme il règne en mon
   cœur;
Tu m'apris à connaître, à chanter le bonheur.

VARIANTES DU DISCOURS

Sur la modération.

IL ne parut à Paris qu'en 1739 : c'était alors une épître adreffée à M. *Helvétius*, fermier général, fils du premier Médecin de la reine,

Demandez-le à ce Dieu qui nous donna la vie.
Revole, Maupertuis, de ces déferts glacés,
Où les rayons du jour font fix mois éclipfés :
Apôtre de Newton, digne appui d'un tel maître,
Né pour la vérité, vien la faire connaître.
Héros de la phyfique, Argonautes nouveaux,
Qui franchiffez les monts, qui traverfez les eaux,

Dont le travail immense & l'exacte mesure
De la terre étonnée ont fixé la figure,
Dévoilez ces ressorts, &c.

. . . .

C'est du cœur des humains la grande passion :
On cherche à s'élever beaucoup plus qu'à s'instruire.
Vingt savans qu'Appollon prenait soin de conduire,
De l'éclat des grandeurs n'ont pu se détromper :
Au Parnasse ils régnaient, la cour les vit ramper.
La cour est de Circé le palais redoutable,
La fortune y préside enchanteresse aimable ;
Qui des mains des plaisirs, préparant son poison,
Par un filtre invincible, assoupit la raison.
Qui la voit est changé, c'est en vain qu'on la brave :
On est arrivé libre, on se retrouve esclave.
Le guerrier tout couvert du sang des ennemis,
Le magistrat austère, & le grossier commis,
Et la dévote adroite, & le marquis volage ;
Tout y cherche à l'envi l'argent & l'esclavage.
Laissons ces insensés que leur espoir séduit,
Courir en malheureux au bonheur qui les fuit ;
Mes vers ne peuvent rien contre tant de folie ;
La seule adversité peut réformer leur vie.
Parlons de nos plaisirs, ce sujet plein d'appas,
Est bien moins dangereux & ne s'épuise pas ;
De nos réflexions c'est la source féconde,
Il vaut mieux en parler que des maîtres du monde :
Que m'importe leur trône, & quel suprême honneur,
Quel éclat peut valoir un sentiment du cœur ?
Les plaisirs sont les fleurs, &c.

Dans une édition postérieure on trouvait dans la tirade qui remplace celle qu'on vient de lire, les quatre vers suivants, qui ont été retranchés.

Prodigue au fils d'Octave un encens mercénaire ;
S'ils ont cherché la cour, ils ont porté des fers.

Mais leur sagesse au moins les ont rendu légers :
Horace modéré vécut riche & tranquile.
Qui veut tout n'obtient rien , le discret est l'habile.
O vous qui ramenez &c.

. . . .

Ce cortège aujourd'hui l'accompagne ici-bas.
Ne nous en plaignons point ; imitons la nature ,
Elle couvre nos champs de glace ou de verdure ;
Tout renait au printemps , tout meurit dans l'été ;
Livrons-nous donc comme elle à la diversité.
Climène a peu d'esprit, elle est vive , légère ;
Touché de ses appas, vous avez su lui plaire.
Vous pensez sur la foi de vos emportemens ,
De vos jours à ses pieds couler tous les momens :
Mais bientôt de vos sens vous voyez l'imposture ;
Ce feu folet s'éteint faute de nourriture ;
Votre bonheur usé , n'est qu'un dégoût affreux.
Et vous , &c.

Dans la seconde édition , on lisait les trois vers
suivans , après celui-ci :

Je le dis aux amans, je le répète aux belles ,
De l'uniformité l'importune langueur
Glace un cœur émoussé par l'excès du bonheur :
D'un séducteur plaisir redoutez l'imposture.
Ce feu folet , &c.

CINQUIEME DISCOURS

SUR LA NATURE DU PLAISIR.

Jusqu'à quand verrons-nous ce rêveur fanatique
Fermer le ciel au monde , & d'un ton despotique
Damnant le genre-humain , qu'il prétend convertir ;
Nous prêcher la vertu pour la faire haïr ?
Sur les pas de Calvin , ce fou sombre & sévère ,
Croit que Dieu , comme lui , n'agit qu'avec colère.
Je crois voir d'un tyran le ministre abhorré ,
D'esclaves qu'il a faits tristement entouré , .
Dictant d'un air hideux ses volontés sinistres. . . .
Je cherche un roi plus doux , & de plus doux mi-
    nistres :
a) . Timon se croit parfait, depuis qu'il n'aime rien.
Il faut que l'on soit homme , afin d'être chrétien.
Je suis homme , & d'un Dieu je chéris la clémence.
Mortels ! venez à lui , mais par reconnaissance.
La nature attentive à remplir vos désirs ,
Vous appelle à ce Dieu par la voix des plaisirs.
Nul encor n'a chanté sa bonté toute entiére ;
Par le seul mouvement il conduit la matière ;
Mais c'est par le plaisir qu'il conduit les humains.
Sentez du moins les dons prodigués par ses mains.
Tout mortel au plaisir a dû son existence.

a) Cette piéce est uniquement fondée sur l'impossibilité où
est l'homme d'avoir des sensations sur lui-même. Tout sentiment prouve un Dieu , & tout sentiment agréable prouve un
Dieu bienfaisant.

Par lui le corps agit ; le cœur fent, l'efprit penfe.
Soit que du doux fommeil la main ferme vos yeux,
Soit que le jour pour vous vienne embellir les cieux,
Soit que vos fens flétris cherchant leur nourriture,
L'aiguillon de la faim preffe en vous la nature,
Ou que l'amour vous force, en des moments plus
  doux,
A produite un autre être, à revivre après vous :
Partout d'un Dieu clément la bonté falutaire
Attache à vos befoins un plaifir néceffaire.
Les mortels en un mot n'ont point d'autre moteur.
  Sans l'attrait du plaifir, fans ce charme vainqueur,
Qui des Loix de l'himen eût fubi l'efclavage ?
Quelle beauté jamais aurait eû le courage
De porter un enfant dans fon fein renfermé,
Qui déchire en naiffant les flancs qui l'ont formé ?
De conduire avec crainte une enfance imbécile,
Et d'un âge fougueux l'imprudence indocile ?
  Ah ! dans tous vos états, en tout tems, en tout
  lieu,
Mortels, à vos plaifirs reconnaiffez un Dieu.
Que dis-je ? à vos plaifirs ! C'eft à la douleur même
Que je connais de Dieu la fageffe fuprême.
Ce fentiment fi promt dans nos corps répandu,
Parmi tous nos dangers fentinelle affidu ;
D'une voix falutaire inceffamment nous crie :
Ménagez, défendez, confervez votre vie.
  Chez de fombres dévots l'amour-propre eft damné ;
Chez l'ennemi de l'homme, aux enfers il eft né.
Vous vous trompez, ingrats, c'eft un don de Dieu
  même.
Tout amour vient du ciel ; Dieu nous chérit, il
  s'aime.
Nous nous aimons dans nous, dans nos biens, dans
  nos fils,
Dans nos concitoyens, furtout dans nos amis.

Cet amour néceffaire eft l'ame de notre ame;
Notre efprit eft porté fur ces aîles de flâme,
Oui, pour nous élever aux grandes actions,
DIEU nous a par bonté donné les paffions *b*).
Tout dangereux qu'il eft, c'eft un préfent célefte;
L'ufage en eft heureux, fi l'abus eft funefte.
J'admire & ne plains point un cœur maître de foi,
Qui tenant fes défirs enchaînés fous fa loi,
S'arrache au genre-humain pour DIEU qui nous fit
      naître,
Se plait à l'éviter plutôt qu'à le connaître;
Et brûlant pour fon DIEU d'un amour dévorant,
Fuit les plaifirs permis par un plaifir plus grand.
Mais que fier de fes croix, vain de fes abftinences,
Et furtout en fecret laffé de fes fouffrances,
Il condamne dans nous tout ce qu'il a quitté,
L'hymen, le nom de père, & la fociété;
On voit de cet orgueil la vanité profonde;
C'eft moins l'ami de DIEU que l'ennemi du monde;
On lit dans fes chagrins les regrets des plaifirs:
Le ciel nous fit un cœur, il lui faut des défirs.

b) Comme prefque tous les mots d'une langue peuvent
être entendus en plus d'un fens, il eft bon d'avertir ici,
qu'on entend par le mot *paffions*, des defirs vifs & con-
tinués de quelque bien que ce puiffe être. Ce mot vient de
patir, fouffrir, parce qu'il n'y a aucun defir fans fouffrance;
defirer un bien, c'eft fouffrir l'abfence de ce bien, c'eft *patir*,
c'eft avoir une paffion; & le premier pas vers le plaifir eft
effentiellement un foulagement de cette fouffrance. Les vi-
cieux & les gens de bien ont tous également de ces defirs
vifs & continus, appellés *paffions*, qui ne deviennent des
vices que par leur objet; le defir de réuffir dans fon art, l'a-
mour conjugal, l'amour parternel, le goût des fciences, font
des paffions qui n'ont rien de criminel. Il ferait à fouhaiter que
les langues euffent des mots pour exprimer les defirs habituels
qui en foi font indifférens, ceux qui font vertueux, ceux qui
font coupables; mais il n'y a aucune langue au monde, qui
ait des fignes repréfentatifs de chacune de nos idées, & on eft
obligé de fe fervir du même mot dans une acception différente,
à-peu-près comme on fe fert quelquefois du même inftrument
pour des ouvrages de différente nature.

Des Stoïques nouveaux le ridicule maître,
Prétend m'ôter à *moi*, me priver de mon être.
DIEU, si nous l'en croyons, serait servi par nous,
Ainsi qu'en son serrail un musulman jaloux,
Qui n'admet près de lui que ces monstres d'Asie,
Que le fer a privé des sources de la vie *c*).

    Vous qui vous élevez contre l'humanité,
N'avez-vous lu jamais la docte antiquité ?
Ne connaissez-vous point les filles de Pélie ?
Dans leur aveuglement voyez votre folie.
Elles croyaient domter la nature & le tems,
Et rendre leur vieux père à la fleur de ses ans :
Leurs mains par piété dans son sein se plongèrent,
Croyant le rajeunir, ses filles l'égorgèrent.
Voilà votre portrait, Stoïques abusés ;
Vous voulez changer l'homme, & vous le détruisez.
Usez, n'abusez point : le Sage ainsi l'ordonne.
Je fuis également Epictète & Pétrone.
L'abstinence ou l'excès ne fit jamais d'heureux.

    Je ne conclus donc pas, orateur dangereux
Qu'il faut lâcher la bride aux passions humaines ;
De ce coursier fougueux je veux tenir les rênes :
Je veux, que ce torrent, par un heureux secours,
Sans inonder mes champs, les abreuve en son
      cours.
Vents, épurez les airs, & soufflez sans tempêtes ;
Soleil, sans nous brûler, marche & luis sur nos têtes.
DIEU des êtres pensans, DIEU des cœurs fortunés,
Conservez les désirs que vous m'avez donnés,
Ce goût de l'amitié, cette ardeur pour l'étude,
Cet amour des beaux arts & de la solitude.
Voilà mes passions ; mon ame en tous les tems
Goûta de leurs attraits les plaisirs consolans.

---

c) Cela ne regarde que les esprits outrés, qui veulent ôter
à l'homme tous les sentimens.

Quand sur les bords du Mein deux écumeurs bar-
    bares ,
Des loix des nations violateurs avares ,
Deux fripons à brevet, brigands accrédités ,
Epuisaient contre moi leurs lâches cruautés ,
Le travail occupait ma fermeté tranquile ;
Des arts qu'ils ignoraient leur antre fut l'asyle.
Ainsi le dieu des bois enflait ses chalumeaux ,
Quand le voleur Cacus enlevait ses troupeaux.
Il n'interrompit point sa douce mélodie.
Heureux qui jusqu'au tems du terme de sa vie,
Des beaux arts amoureux peut cultiver leurs fruits !
Il brave l'injustice, il calme ses ennuis ;
Il pardonne aux humains, il rit de leur délire,
Et de sa main mourante il touche encor sa lyre.

VARIANTES DU DISCOURS

Sur la nature du plaisir.

. . . . MINISTRES ;
Pascal se crut parfait , alors qu'il n'aima rien.

. . . . *Conservez votre vie,*
O moitié de notre être ! amour propre enchanteur ,
Sans nous tyranniser , règne dans notre cœur ;
Pour aimer un autre homme , il faut s'aimer soi-
    même.
Que Dieu soit notre exemple , il nous chérit , il
    s'aime.
Nous nous aimons dans nous , &c.
. . . . *Et vous le détruisez.*
Un monarque de l'Inde honnête homme & peu sage ;

Vers les rives du Gange après un long orage,
Voyant de vingt vaisseaux les débris dispersés ;
Des mâts demi-rompus & des morts entassés,
Fit fermer par pitié le port de son rivage,
Défendit que jamais, par un profane usage,
Les pins de ses forêts façonnés en vaisseaux ;
Portassent sur les mers à des peuples nouveaux ;
Les fruits trop dangereux de l'humaine avarice.
Un Bonze l'applaudit, on vanta sa justice :
Mais bientôt triste roi d'un état indigent,
Il se vit sans pouvoir ainsi que sans argent.
Un voisin moins bigot, & bien plus sage prince,
Conquit en peu de tems sa stérile province ;
Il rendit la mer libre, & l'état fut heureux ;
Je suis loin d'en conclure, orateur dangereux,
Qu'il faut, &c.
Voilà mes passions, a) vous qui les approuvez ;
Vous l'honneur de ces arts par vos mains cultivés ;
Vous dont la passion nouvelle & généreuse,
Est d'éclairer la terre & de la rendre heureuse :
Grand prince, esprit sublime, heureux présent du
  ciel,
Qui connait mieux que vous les dons de l'Eternel ?
Aidez ma voix tremblante & ma lyre affaiblie,
A chanter le bonheur qu'il répand sur la vie.
Qu'un autre en frémissant craigne ses cruautés ;
Un cœur aimé de vous, ne sent que ses bontés.

a) S. M. le roi de Prusse, alors prince royal.

SIXIEME

SIXIEME DISCOURS.

DE LA NATURE DE L'HOMME.

LA voix de la vertu préside à tes concerts,
Elle m'appelle à toi par le charme des vers.
Ta grande étude est l'homme, & de ce labyrinthe
Le fil de la raison te fait chercher l'enceinte,
Montre l'homme à mes yeux; honteux de m'ignorer,
Dans mon être, dans moi, je cherche à pénétrer.
Despréaux & Pascal en ont fait la satyre,
Pope & le grand Leibnitz, moins enclins à médire,
Semblent dans leurs écrits prendre un sage milieu,
Ils descendent à l'homme, ils s'élèvent à DIEU.
Mais quelle épaisse nuit voile encor la nature ?
Sur l'Œdipe nouveau de cette énigme obscure,
Chacun a dit son mot; on a longtems rêvé;
Le vrai sens de l'énigme est-il enfin trouvé ?
Je sais bien qu'à souper chez Laïs ou Catulle,
Cet examen profond passe pour ridicule.
Là pour tout argument quelques couplets malins
Exercent plaisamment nos cerveaux libertins.
Autre tems, autre étude, & la raison sévère
Trouve accès à son tour, & peut ne point déplaire.
Dans le fond de son cœur on se plait à rentrer;
Nos yeux cherchent le jour, lent à nous éclairer.
Le grand monde est léger, inappliqué, volage;
Sa voix trouble & séduit : est-on seul ? on est sage.
Je veux l'être, je veux m'élever avec toi,
Des fanges de la terre au trône de son roi.
Montre-moi, si tu peux, cette chaîne invisible
Du monde des esprits & du monde sensible,

Mélanges, &c. D

Cet ordre fi caché de tant d'êtres divers,
Que Pope après Platon crût voir dans l'univers.
      Vous me preffez en vain. Cette vafte fcience,
Ou paffe ma portée, ou me force au filence.
Mon efprit refferré fous le compas Français,
N'a point la liberté des Grecs & des Anglais.
Pope a droit de tout dire, & moi je dois me taire.
A Bourge un bachelier peut percer ce myftère.
Je n'ai point mes dégrés, & je ne prétens pas
Hafarder pour un mot de dangereux combats.
Ecoutez feulement un récit véritable;
Que peut-être Fourmont d) prendra pour une fable,
Et que je lus hier dans un livre Chinois,
Qu'un jéfuite à Péquin traduifit autrefois.
      Un jour quelques fouris fe difaient l'une à l'autre,
Que ce monde eft charmant ! quel empire eft le nôtre,
Ce palais fi fuperbe eft élevé pour nous,
De toute éternité DIEU nous fit ces grands trous.
Vois-tu ces gras jambons fous cette voute obfcure ?
Ils y furent créés des mains de la nature.
Ces montagnes de lard, éternels alimens,
Sont pour nous en ces lieux jufqu'à la fin des tems.
Oui, nous fommes, grand DIEU, fi l'on en croit
      nos fages,
Le chef-d'œuvre, la fin, le but de tes ouvrages :
Les chats font dangereux & promts à nous manger;
Mais c'eft pour nous inftruire & pour nous corriger.
      Plus loin, fur le duvet d'une herbe renaiffante,
Près des bois, près des eaux une troupe innocente
De canards nafillans, de dindons rengorgés,
De gros moutons bêlans, que leur laine a chargés,
Difaient, tout eft à nous, bois, prés, étangs, mon-
      tagnes;
Le ciel pour nos befoins fait verdir les campagnes.

    d) Homme très-favant dans l'hiftoire des Chinois, & même
dans leur langue.

L'âne paiſſait auprès, & ſe mirant dans l'eau,
Il rendait grace au ciel, en ſe trouvant ſi beau.
Pour les ânes, dit-il, le ciel a fait la terre;
L'homme eſt né mon eſclave, il me panſe, il me
 ferre,
Il m'étrille, il me lave, il prévient mes deſirs,
Il bâtit mon ſerrail, il conduit mes plaiſirs.
Reſpectueux témoins de ma noble tendreſſe,
Miniſtre de ma joie, il m'amène une âneſſe;
Et je ris, quand je vois cet eſclave orgueilleux
Envier l'heureux don que j'ai reçu des cieux.
 L'homme vint, & cria : je ſuis puiſſant & ſage;
Cieux, terres, élémens, tout eſt pour mon uſage;
L'Océan fut formé pour porter mes vaiſſeaux;
Les vents ſont mes couriers, les aſtres mes flam-
 beaux.
Ce globe, qui des nuits blanchit les ſombres voiles,
Croît, décroît, fuit, revient, & préſide aux étoiles;
Moi, je préſide à tout; mon eſprit éclairé
Dans les bornes du monde eût été trop ſerré :
Mais enfin de ce monde, & l'oracle, & le maître,
Je ne ſuis point encor ce que je devrais être.
Quelques anges à ors, qui là-haut dans les cieux
Règlent ces mouvements imparfaits à nos yeux,
En faiſant tournoyer ces immenſes planètes,
Diſaient, pour nos plaiſirs ſans doute elles ſont faites.
Puis de-là ſur la terre ils jettaient un coup d'œil;
Ils ſe mocquaient de l'homme & de ſon ſot orgueil.
Le tien * les entendit, il voulut que ſur l'heure
On les fit aſſembler dans ſa haute demeure,
Ange, homme, quadrupède, & ces êtres divers,
Dont chacun forme un monde en ce vaſte univers.
 Ouvrage de mes mains, enfans du même père,
 Qui portez, leur dit-il, mon divin caractère;

* Dieu des Chinois.

Vous êtes nés pour moi, rien ne fut fait pour vous :
Je suis le centre unique où vous répondez tous.
Des destins & des tems connaissez le seul maître.
Rien n'est grand ni petit, tout est ce qu'il doit être.
D'un parfait assemblage instrumens imparfaits,
Dans votre rang placés, demeurez satisfaits.
L'homme ne le fut point. Cette indocile espèce,
Sera-t-elle occupée à murmurer sans cesse ?
Un vieux lettré Chinois, qui toujours sur les bancs
Combattit la raison par de beaux argumens,
Plein de Confucius, & sa logique en tête,
Distinguant, concluant, présenta sa requête.
Pourquoi suis-je en un point resserré par le tems ?
Mes jours devraient aller par-delà vingt mille ans ;
Ma taille pour le moins dût avoir cent coudées.
D'où vient que je ne puis, plus promt que mes idées,
Voyager dans la Lune, & réformer son cours ?
Pourquoi faut-il dormir un grand tiers de mes jours ?
Pourquoi ne puis-je, au gré de ma pudique flamme,
Faire au moins en trois mois cent enfans à ma
        femme ?
Pourquoi fus-je en un jour si las de ses attraits ?
Tes *pourquoi*, dit le DIEU, ne finiraient jamais :
Bientôt tes questions vont être décidées :
Va chercher ta réponse aux pays des idées ;
Pars. Un ange aussi-tôt l'emporte dans les airs,
Au sein du vuide immense, où se meut l'univers,
A travers cent soleils entourés de planètes,
De lunes, & d'anneaux, & de longues comètes :
Il entre dans un globe, où d'immortelles mains
Du roi de la nature ont tracé les desseins,
Où l'œil peut contempler les images visibles,
Et des mondes réels & des mondes possibles.
    Mon vieux lettré chercha, d'espérance animé,
Un monde fait pour lui, tel qu'il l'aurait formé.

Il cherchait vainement : l'ange lui fait connaître,
Que rien de ce qu'il veut en effet ne peut-être ;
Que si l'homme eût été tel qu'on feint les géans,
Faisant la guerre au ciel, ou plutôt au bon sens,
S'il eût à vingt mille ans étendu sa carrière ;
Ce petit amas d'eau, de sable & de poussiére,
N'eût jamais pû suffire à nourir dans son sein
Ces énormes enfants d'un autre genre humain.
Le Chinois argumente ; on le force à conclure
Que dans tout l'univers chaque être a sa mesure ;
Que l'homme n'est point fait pour ces vastes désirs ;
Que sa vie est bornée, ainsi que ses plaisirs ;
Que le travail, les maux, la mort sont nécessaires ;
Et que sans fatiguer, par de lâches prières,
La volonté d'un DIEU qui ne saurait changer,
On doit subir la loi qu'on ne peut corriger,
Voir la mort d'un œil ferme & d'une ame soumise.
Le lettré convaincu, non sans quelque surprise,
S'en retourne ici-bas, ayant tout approuvé ;
Mais il y murmura, quand il fut arrivé.
   Convertir un docteur est une œuvre impossible.
      Mathieu * Garo chez nous eut l'esprit plus flexible :
Il loua DIEU de tout. Peut-être qu'autrefois
De longs ruisseaux de lait serpentaient dans nos bois ;
La Lune était plus grande & la nuit moins obscure :
L'hiver se couronnait de fleurs & de verdure :
L'homme, ce roi du monde, & roi très-fainéant,
Se contemplait à l'aise, admirait son néant,
Et formé pour agir, se plaisait à rien faire.
Mais pour nous, fléchissons sous un sort tout con-
      traire :

* Voyez la fable de la Fontaine :

   En louant DIEU de toute chose,
   Garo retourne à la maison.

D 3

Contentons-nous des biens, qui nous font deftinés,
Paffagers comme nous, & comme nous bornés :
Sans rechercher en vain ce que peut notre maître,
Ce que fut notre monde, & ce qu'il devrait être.
Obfervons ce qu'il eft, & recueillons le fruit
Des tréfors qu'il renferme, & des biens qu'il produit.
Si du DIEU, qui nous fit, l'éternelle puiffance
Eût à deux jours au plus borné notre exiftance,
Il nous aurait fait grace, il faudrait confumer
Ces deux jours de la vie à lui plaire, à l'aimer :
Le tems eft affez long pour quiconque en profite ;
Qui travaille & qui penfe en étend la limite.
On peut vivre beaucoup fans végéter longtems :
Et je vais te prouver par mes raifonnements. . . . .
Mais malheur à l'auteur qui veut toujours inftruire !
Le fecret d'ennuyer eft celui de tout dire.
     C'eft ainfi que ma mufe, avec fimplicité,
Sur des tons différens chantait la vérité,
Lorfque de la nature éclairciffant les voiles,
Nos français à Quitto cherchaient d'autres étoiles ;
Que Clairaut, Maupertuis entourés de glaçons,
D'un fecteur à lunette étonnaient les Lapons,
Tandis que d'une main ftérilement vantée,
Le hardi Vaucaufon, rival de Promethée,
Semblait, de la nature imitant les refforts,
Prendre le feu des cieux pour animer les corps.
     Pour moi, loin des cités, fur les bords du Per-
          meffe,
Je fuivais la nature, & cherchais la fageffe ;
Et des bords de la fphère où s'emporta Milton,
Et de ceux de l'abîme ou pénétra Newton,
Je les voyais franchir leur carrière infinie,
Amant de tous les arts & de tout grand génie :
Implacable ennemi du calomniateur,
Du fanatique abfurde & du vil délateur ;

Ami fans artifice, auteur fans jaloufie,
Adorateur d'un DIEU, mais fans hypocrifie;
Dans un corps languiffant, de cent maux attaqué,
Gardant un efprit libre, à l'étude appliqué;
Et fachant qu'ici-bas la félicité pure
Ne fut jamais permife à l'humaine nature.

VARIANTES DU DISCOURS

Sur la nature de l'homme.

. . . . **A***Infi que fes plaifirs ;*
Que Dieu feul a raifon, fans qu'il nous en informe,
Le Lettré convaincu de fa fotife énorme,
S'en retourne ici-bas, &c.

D 4

SEPTIEME DISCOURS.

SUR LA VRAIE VERTU.

L E nom de la vertu retentit sur la terre ;
On l'entend au théâtre, au barreau, dans la chaire ;
Jusqu'au milieu des cours, il parvient quelquefois :
Il s'est même glissé dans les traités des rois.
C'est un beau mot sans doute, & qu'on se plaît d'en-
    tendre.
Facile à prononcer, difficile à comprendre.
On trompe, on est trompé. Je crois voir des jettons
Donnés, reçus, rendus, troqués par des fripons ;
Ou bien ces faux billets, vains enfants du système
De ce fou d'Ecossais qui se dupa lui-même.
Qu'est-ce que la vertu ? Le meilleur citoyen,
Brutus, se repentit d'être un homme de bien :
La vertu, disait-il, est un nom sans substance,
    L'école de Zénon dans sa fière ignorance,
Prit jadis pour vertu l'insensibilité.
Dans les champs Levantins le derviche hébété,
L'œil au ciel, les bras hauts & l'esprit en prières,
Du Seigneur en dansant invoque les lumières,
En tournant dans un cercle au nom de Mahomet,
Croit de la vertu même atteindre le sommet.
    Les reins ceints d'un cordon ; l'œil armé d'impu-
    dence,
Un hermite à sandale engraissé d'ignorance,
Parlant du nez à DIEU, chante au dos d'un lutrin,
Cent cantiques Hébreux mis en mauvais Latin.

Le ciel puiſſe bénir ſa piété profonde !
Mais quel en eſt le fruit ? quel bien fait-il au monde ?
Malgré la ſainteté de ſon auguſte emploi,
C'eſt n'être bon à rien, de n'être bon qu'à ſoi.

Quand l'ennemi divin des ſcribes & des prêtres,
Chez Pilate autrefois fut traîné par des traîtres ;
De cet air inſolent, qu'on nomme dignité,
Le Romain demanda, *Qu'eſt-ce que vérité ?*
L'homme-DIEU, qui pouvait l'inſtruire ou le con-
    fondre ;
A ce juge orgueilleux dédaigna de répondre,
Son ſilence éloquent diſait aſſez à tous,
Que ce vrai tant cherché ne fut point fait pour nous.
Mais lorſque pénétré d'une ardeur ingénue,
Un ſimple citoyen l'aborda dans la rue,
Et que diſciple ſage, il prétendit ſavoir
Quel eſt l'état de l'homme, & quel eſt ſon devoir ;
Sur ce grand intérêt, ſur ce point qui nous touche,
Celui qui ſavait tout ouvrit alors la bouche,
Et dictant d'un ſeul mot ſes décrets ſolemnels,
Aimez DIEU, lui dit-il, mais aimez les mortels.
Voilà l'homme & ſa loi ; c'eſt aſſez, le ciel même
A daigné tout nous dire en ordonnant qu'on aime,
Le monde eſt médiſant ; vain, léger, envieux,
Le fuir eſt très-bien fait, le ſervir encor mieux ;
A ſa famille, aux ſiens, je veux qu'on ſoit utile.

Où vas-tu loin de moi, fanatique indocile ?
Pourquoi ce teint jauni, ces regards effarés,
Ces élans convulſifs, & ces pas égarés ? *a.*)
Contre un ſiécle indévot plein d'une ſainte rage,
Tu cours chez ta béate à ſon cinquiéme étage ;
Quelques ſaints poſſédés dans cet honnête lieu,
Jurent, tordent les mains en l'honneur du BON
    DIEU ;

a) Les convulſionnaires.

Sur leurs tréteaux montés, ils rendent des oracles,
Prédisent le passé, font cent autres miracles;
L'aveugle y vient pour voir, & des deux yeux privé,
Retourne aux Quinze-Vingts marmotant son *Avé*.
Le boiteux saute & tombe; & sa sainte famille
Le ramène enchantant, porté sur sa béquille.
Le sourd au front stupide écoute & n'entend rien.
D'aise alors tout pâmés, de pauvres gens de bien,
Qu'un sot voisin bénit, & qu'un fourbe seconde,
Aux filles du quartier prêchent la fin du monde.
    Je sais que ce mystère a de nobles appas.
Les saints ont des plaisirs que je ne connais pas.
Les miracles sont bons; mais soulager son frère,
Mais tirer son ami du sein de la misère,
Mais à ses ennemis pardonner leurs vertus,
C'est un plus grand miracle, & qui ne se fait plus.
    Ce magistrat, dit-on, est sévère, inflexible:
Rien n'amolit jamais sa grande ame insensible.
J'entens: il fait haïr sa place & son pouvoir;
Il fait des malheureux par zèle & par devoir.
Mais l'a-t-on jamais vû, sans qu'on le sollicite,
Courir d'un air affable au-devant du mérite,
Le choisir dans la foule, & donner son appui
A l'honnête homme obscur qui se tait devant lui?
De quelques criminels il aura fait justice!
C'est peu d'être équitable, il faut rendre service.
Le juste est bienfaisant. On conte qu'autrefois
Le ministre odieux d'un de nos meilleurs rois,
Lui disait en ces mots son avis despotique:
Timante est en secret bien mauvais catholique,
On a trouvé chez lui la bible de Calvin;
A ce funeste excès vous devez mettre un frein;
Il faut qu'on l'emprisonne, ou du moins qu'on l'exile.
Comme vous, dit le roi, Timante m'est utile;
Vous m'apprenez assez, quels sont ses attentats;

Il m'a donné son sang , & vous n'en parlez pas.
De ce roi bienfaisant la prudence équitable
Peint mieux que vingt sermons la vertu véritable.
   Du nom de vertueux seriez-vous honoré,
Doux & discret Cyrus , en vous seul concentré,
Prêchant le sentiment , vous bornant à séduire,
Trop faible pour servir , trop paresseux pour nuire,
Honnête homme , indolent , qui dans un doux loisir,
Loin du mal & du bien , vivez pour le plaisir ?
Non , je donne ce titre au cœur tendre & sublime,
Qui soutient hardiment son ami qu'on opprime.
Il t'était dû sans doute , éloquent Pelisson,
Qui défendis Fouquet du fond de ta prison.
Je te rens grace , ô ciel , dont la bonté propice
M'accorda des amis dans les temps d'injustice,
Des amis courageux , dont la mâle vigueur
Repoussa les assauts du calomniateur,
Du fanatisme ardent , du ténébreux Zoïle,
Du ministre abusé par leur troupe imbécile,
Et des petits tyrans bouffis de vanité,
Dont mon indépendance irritait la fierté.
Oui , pendant quarante ans poursuivi par l'envie,
Des amis vertueux ont consolé ma vie.
J'ai mérité leur zèle & leur fidélité ;
J'ai fait quelques ingrats , & ne l'ai point été.
   Certain législateur , b) dont la plume féconde
Fit tant de vains projets pour le bien de ce monde,
Et qui depuis trente ans écrit pour des ingrats,
Vient de créer un mot qui manque à Vaugelas.
Ce mot est *bienfaisance* , il me plaît , il rassemble,

   b) L'abbé de Saint-Pierre. C'est lui qui a mis le mot de
bienfaisance à la mode à force de le répéter. On l'appelle législateur , parce qu'il n'a écrit que pour réformer le gouvernement. Il s'est rendu un peu ridicule en France par l'excès de ses
bonnes intentions.

3

Si le cœur en est cru, bien de vertus ensemble.
Petits grammairiens, grands précepteurs des sots,
Qui pesez la parole, & mesurez les mots,
Pareille expression vous semble hasardée :
Mais l'univers entier doit en chérir l'idée.

VARIANTES DU DISCOURS

Sur la vraie vertu.

. . . . *LA fin du monde.*
Je sais que ce saint œuvre a des charmes puissans :
Mais, dis-moi, n'a-tu point des devoirs plus
    pressans ?
D'où vient que ton ami languit dans la misère ?
Pourquoi lui refuser le plus vil nécessaire ?
Chez toi, chez tes pareils, le seul riche est sauvé ;
Et le pauvre inutile est le seul réprouvé.
Ce magistrat, &c.

. . . . *La vertu véritable.*
Ce beau nom de vertu sera-t-il accordé
Au mérite farouche, à l'art toujours fardé,
A l'indolent Germont, dont la pitié discrète
Craint de parler pour moi ; quand Séjan m'inquiète ;
Au faible & doux Cyrus tout le jour occupé
Des propos d'un flatteur, & des soins d'un soupé ?
Non, je donne ce titre au cœur tendre & sublime,
Qui prévient les besoins d'un ami qu'on opprime ;
Je le donne à Normand, je le donne à Cochin,
Dont l'éloquente voix protégea l'orphelin :
Non pas à toi, Griffon, babillard mercénaire ;

Qui prodiguant envain ta vénale colère,
Et changeant un air noble en un lâche métier,
N'a fait qu'un plat libelle, au lieu d'un plaidoyer.

Tendre & solide ami, bienfaiteur généreux,
Qui peut te refuser le nom de vertueux ?
Jouïs de ce grand titre, ô toi, dont la sagesse
N'est point le fruit amer d'une austère rudesse !
Toi qui malgré l'éclat dont tu blesses les yeux,
Peux compter plus d'amis que tu n'as d'envieux !
Certain Légiflateur, &c.

LA VIE

DE PARIS

ET

DE VERSAILLES.

EPITRE

A MADAME DE ****

Ivons pour nous, ma chère Rosalie ;
Que l'amitié, que le sang qui nous lie
Nous tienne lieu du reste des humains ;
Ils sont si sots, si dangereux, si vains !
Ce tourbillon qu'on appelle le monde,
Est si frivole, en tant d'erreurs abonde,
Qu'il n'est permis d'en aimer le fracas
Qu'à l'étourdi qui ne le connait pas.
   Après diné, l'indolente Clycère
Sort pour sortir, sans avoir rien à faire ;
On a conduit son insipidité
Au fond d'un char, où montant de côté,
Son corps pressé gémit sous les barrières
D'un lourd panier qui flotte aux deux portières ;

Chez son amie au grand trot elle va,
Monte avec joie, & s'en repent déja,
L'embrasse, & bâille ; & puis lui dit, Madame,
J'apporte ici tout l'ennui de mon ame ;
Joignez un peu votre inutilité
A ce fardeau de mon oisiveté.
Si ce ne sont ses paroles expresses,
C'en est le sens. Quelques feintes caresses,
Quelques propos sur le jeu, sur le tems,
Sur un sermon, sur le prix des rubans,
Ont épuisé leurs ames excédées ;
Elles chantaient déja faute d'idées.
Dans le néant leur cœur est absorbé,
Quand dans la chambre entre monsieur l'abbé,
Fade plaisant, galant, escroc, & prêtre,
Et du logis pour quelques mois le maître.
Vient à la piste un fat en manteau noir,
Qui se rengorge & se lorgne au miroir.
Nos deux pédans sont tous deux sûrs de plaire.
Uu officier arrive & les fait taire,
Prend la parole, & conte longuement
Ce qu'à Plaisance eût fait son régiment,
Si par malheur on n'eût pas fait retraite.
Il vous le mène au col de la Boquette,
A Nice, au Var, à Digne il le conduit :
Nul ne l'écoute, & le cruel poursuit.
Arrive Isis, dévote au maintien triste,
A l'air sournois. Un petit janséniste,
Tout plein d'orgueil & de Saint Augustin,
Entre avec elle en lui serrant la main.
D'autres oiseaux de différent plumage,
Divers de goût, d'instinct & de ramage,
En sautillant font entendre à la fois
Le gazouillis de leurs confuses voix :
Et dans les cris de la folle cohuë
La médisance est à peine entenduë.

Ce chamaillis de cent propos croifés
Reffemble aux vents l'un à l'autre oppofés.
Un profond calme, un ftupide filence,
Succède au bruit de leur impertinence :
Chacun redoute un honnête entretien ;
On veut penfer, & l'on ne penfe à rien.
O roi David a) ô reffource affurée,
Vien ranimer leur langueur défœuvrée.
Grand roi David, c'eft toi dont les fizains
Fixent l'efprit & le goût des humains ;
Sur un tapis dès qu'on te voit paraître,
Noble, bourgeois, clerc, prélat, petit-maître ;
Femmes furtout, chacun met fon efpoir
Dans tes cartons, peints de rouge & de noir ;
Leur ame vuide eft du moins amufée
Par l'avarice en plaifir déguifée.
De ces exploits le beau monde occupé,
Quitte à la fin le jeu pour le foupé ;
Chaque convive en liberté déploye
A fon voifin, fon infipide joie ;
L'homme machine, efprit qui tient du corps,
Et bien mangeant remonte fes refforts.
Avec le fang l'ame fe renouvelle,
Et l'eftomach gouverne la cervelle.
Ciel quel propos ! ce pédant du palais
Blâme la guerre, & fe plaint de la paix.
Ce vieux Créfus, en fablant du Champagne ;
Gémit des maux que fouffre la campagne,
Et coufu d'or, dans le luxe plongé,
Plaint le pays de tailles furchargé.
Monfieur l'abbé vous entame une hiftoire,
Qu'il ne croit point, & qu'il veut faire croire ;
On l'interrompt par un propos du jour,
Qu'un autre conte interromt à fon tour.

a) Tous les jeux de cartes font à l'enfeigne du roi David

De

Des froids bons-mots, des équivoques fades,
Des quolibets & des turlupinades,
Un rire faux, que l'on prend pour gaîté,
Font le brillant de la société.
C'est donc ainsi, troupe absurde & frivole,
Que nous usons de ce tems qui s'envole;
C'est donc ainsi que nous perdons des jours,
Longs pour les sots, pour qui pense si courts.
Mais que ferai-je ? Où fuir loin de moi-même ?
Il faut du monde; on le condamne, on l'aime:
On ne peut vivre avec lui ni sans lui;
Notre ennemi le plus grand, c'est l'ennui.
Tel qui chez soi se plaint d'un sort tranquille,
Vole à la cour, dégoûté de la ville.
Si dans Paris chacun parle au hasard,
Dans cette cour on se tait avec art,
Et de la joie, ou fausse ou passagère,
On n'a pas même une image légère.
Heureux qui peut de son maître approcher !
Il n'a plus rien désormais à chercher.
Mais Jupiter au fond de l'empirée
Cache aux humains sa présence adorée:
Il n'est permis qu'à quelques demi-dieux
D'entrer le soir aux cabinets des cieux.
Faut-il aller, confondu dans la presse,
Prier les dieux de la seconde espèce,
Qui des mortels font le mal ou le bien ?
Comment aimer des gens qui n'aiment rien,
Et qui portés sur ces rapides sphères,
Que la fortune agite en sens contraires,
L'esprit troublé de ce grand mouvement,
N'ont pas le temps d'avoir un sentiment ?
A leur lever, pressez-vous pour attendre,
Pour leur parler sans vous en faire entendre,
Pour obtenir, après trois ans d'oubli,
Dans l'antichambre un refus très-poli.

Mélanges, &c.   E

Non , dites-vous , la cour ni le beau monde ;
Ne font point faits pour celui qui les fronde.
Fui pour jamais ces puiffans dangereux ;
Fui les plaifirs , qui font trompeurs comme eux.
Bon citoyen , travaille pour la France ,
Et du public atten ta récompenfe.
Qui ? le public ! ce phantôme inconftant ,
Monftre à cent voix , Cerbère dévôrant ,
Qui flate & mord , qui dreffe par fotife
Une ftatue , & par dégoût la brife ?
Tyran jaloux de quiconque le fert ,
Il profana la cendre de Colbert ,
Et prodiguant l'infolence & l'injure ,
Il a flétri la candeur la plus pure.
Il juge , il loue , il condamne au hafard
Toute vertu , tout mérite & tout art.
C'eft lui qu'on vit de critiques avide ,
Déshonorer le chef-d'œuvre d'Armide ,
Et pour Judith , Pirame , & Régulus ,
Abandonner Phèdre & Britannicus ;
Lui qui dix ans profcrivit Athalie ,
Qui protecteur d'une fcène avilie ,
Frapant des mains , bat à tort , à travers ,
Au mauvais fens qui hurle en mauvais vers.
Mais il revient , il répare fa honte ;
Le tems l'éclaire , oui ; mais la mort la plus promte
Ferme mes yeux dans ce fiécle pervers ,
En attendant que les fiens foient ouverts.
Chez nos neveux on me rendra juftice ;
Mais moi vivant il faut que je jouïffe.
Quand dans la tombe un pauvre homme eft inclus ,
Qu'importe un bruit , un nom qu'on n'entend plus ?
L'ombre de Pope avec les rois repofe ;
Un peuple entier fait fon apothéofe ,
Et fon nom vole à l'immortalité ;
Quand il vivait il fut perféçuté.

Ah! cachons-nous, passons avec les sages
Le soir serein d'un jour mêlé d'orages,
Et dérobons à l'œil de l'envieux
Le peu de tems que me laissent les dieux.
Tendre amitié, don du ciel, beauté pure,
Porte un jour doux dans ma retraite obscure,
Puissai-je vivre & mourir dans tes bras,
Loin du méchant qui ne te connait pas,
Loin du bigot, dont la peur dangereuse
Corrompt la vie & rend la mort affreuse!

LE
MONDAIN. *a)*

REgrettera qui veut le bon vieux tems,
Et l'âge d'or & le règne d'Aſtrée,
Et les beaux jours de Saturne & de Rhée,
Et le jardin de nos premiers parens.
Moi je rens grace à la nature ſage,
Qui pour mon bien m'a fait naître en cet âge
Tant décrié par nos triſtes frondeurs;
Ce tems profane eſt tout fait pour mes mœurs.
J'aime le luxe, & même la molleſſe,
Tous les plaiſirs, les arts de toute eſpèce,
La propreté, le goût, les ornemens :
Tout honnête homme a de tels ſentimens.
Il eſt bien doux pour mon cœur très-inmonde,
De voir ici l'abondance à la ronde,
Mère des arts, & des heureux travaux,
Nous apporter de ſa ſource féconde,
Et des beſoins & des plaiſirs nouveaux.
L'or de la terre & les tréſors de l'onde,
Leurs habitans & les peuples de l'air,
Tout ſert au luxe, aux plaiſirs de ce monde.
O le bon tems que ce ſiécle de fer !
Le ſuperflu, choſe très-néceſſaire,
A réuni l'un & l'autre hémiſphère.

a) Cette piéce eſt de 1736. C'eſt un badinage dont le fonds
eſt très-philoſophique & très-utile : ſon utilité ſe trouve expli-
quée dans la piéce ſuivante. Voyez auſſi la lettre de Mr. Me-
lon à madame la comteſſe de Verrue.

Voyez-vous pas ces agiles vaiſſeaux,
Qui du Texel, de Londres, de Bourdeaux,
S'en vont chercher, par un heureux échange
De nouveaux biens nés aux ſources du Gange ;
Tandis qu'au loin, vainqueurs des Muſulmans,
Nos vins de France enyvrent les Sultans ?
Quand la nature était dans ſon enfance,
Nos bons ayeux vivaient dans l'ignorance,
Ne connaiſſant, ni le *tien* ni le *mien* ;
Qu'auraient-ils pû connaître ? Ils n'avaient rien,
Ils étaient nuds, & c'eſt choſe très-claire,
Que qui n'a rien n'a nul partage à faire.
Sobres étaient. Ah ! je le crois encor,
Martialo *b*) n'eſt point du ſiécle d'or.
D'un bon vin frais, ou la mouſſe, ou la ſève,
Ne grata point le triſte goſier d'Eve ;
La ſoie & l'or ne brillaient point chez eux.
Admirez-vous pour cela nos ayeux ?
Il leur manquait l'induſtrie & l'aiſance ;
Eſt-ce vertu ? C'était pure ignorance.
Quel idiot, s'il avait eu pour lors
Quelque bon lit, aurait couché dehors ?
Mon cher Adam, mon gourmand, mon bon père,
Que faiſais-tu dans les jardins d'Eden ?
Travaillais-tu pour le ſot genre humain ?
Careſſais-tu madame Eve, ma mère ?
Avouez-moi que vous aviez tous deux
Les ongles longs, un peu noirs & craſſeux,
La chevelure aſſez mal ordonnée,
Le teint bruni, la peau bize & tannée.
Sans propreté l'amour le plus heureux
N'eſt plus amour, c'eſt un beſoin honteux.
Bientôt laſſés de leur belle avanture,
Deſſous un chêne ils ſoupent galamment,

b) Auteur du Cuiſinier-Français.

E 3

Avec de l'eau, du millet & du gland;
Le repas fait, ils dorment sur la dure:
Voilà l'état de la pure nature.

Or maintenant, voulez-vous, mes amis,
Savoir un peu, dans nos jours tant maudits,
Soit à Paris, soit dans Londre, ou dans Rome,
Quel est le train des jours d'un honnête homme ?
Entrez chez lui; la foule des beaux arts,
Enfans du goût, se montre à vos regards.
De mille mains l'éclatante industrie,
De ces dehors orna la symmétrie.
L'heureux pinceau, le superbe dessein,
Du doux Corrège & du savant Poussin,
Sont encadrés dans l'or d'une bordure :
C'est c) Bouchardon qui fit cette figure;
Et cet argent fut poli par Germain. d)
Des Gobelins l'aiguille & la teinture,
Dans ces tapis surpassent la peinture.
Tous ces objets sont vingt fois répétés,
Dans des trumeaux tous brillans de clartés.
De ce sallon je vois par la fenêtre,
Dans des jardins, des myrtes en berceaux;
Je vois jaillir les bondissantes eaux.
Mais du logis j'entens sortir le maître.
Un char commode, avec grâces orné,
Par deux chevaux rapidement traîné,
Paraît aux yeux d'une maison roulante,
Moitié dorée & moitié transparente;
Nonchalamment je l'y vois promené :
De deux ressorts la liante souplesse
Sur le pavé le porte avec mollesse.
Il court au bain : les parfums les plus doux

c) Fameux sculpteur né à Chaumont en Champagne.

d) Excellent orfèvre dont les desseins & les ouvrages sont
du plus grand goût,

Rendent fa peau plus fraiche & plus polie ;
Le plaifir preffe, il vole au rendez-vous :
Chez Camargot, chez Goffin, chez Julie.
Il eft comblé d'amour & de faveurs.
Il faut fe rendre à ce palais magique,
Où les beaux vers, la danfe, la mufique,
L'art de tromper les yeux par les couleurs,
L'art plus heureux de féduire les cœurs,
Dé cent plaifirs font un plaifir unique.
Il va fifler quelque opéra nouveau,
Ou malgré lui court admirer Rameau.
Allons fouper. Que ces brillans fervices,
Que ces ragoûts ont pour moi de délices !
Qu'un cuifinier eft un mortel divin !
Cloris, Eglé me verfent de leur main,
D'un vin d'Aï, dont la mouffe preffée,
De la bouteille avec force élancée,
Comme un éclair fait voler fon bouchon ;
Il part, on rit, il frappe le plafond.
De ce vin frais l'écume pétillante
De nos Français eft l'image brillante.
Le lendemain donne d'autres défirs,
D'autres foupers & de nouveaux plaifirs.
Or maintenant, monfieur du Télémaque,
Vantez-nous bien votre petite Ithaque,
Votre Salente & vos murs malheureux,
Où vos Crétois, triftement vertueux,
Pauvres d'effet, & riches d'abftinence,
Manquent de tout pour avoir l'abondance.
J'admire fort votre ftile flateur,
Et votre profe, encor qu'un peu traînante.
Mais, mon ami, je confens de grand cœur,
D'être feffé dans vos murs de Salente,
Si je vais là pour chercher mon bonheur.
Et vous jardin de ce premier bon-homme,
Jardin fameux par le Diable & la pomme,

E 4

C'eſt bien en vain que triſtement ſéduits,
Huet, Calmet, dans leur ſavante audace,
Du paradis ont recherché la place.
Le paradis terreſtre eſt où je ſuis. *e*)

e) Les curieux d'anecdotes ſeront bien aiſes de ſavoir que ce badinage, non ſeulement très-innocent, mais dans le fond très-utile, fut compoſé dans l'année 1736. immédiatement après le ſuccès de la tragédie d'*Alzire*. Ce ſuccès anima tellement les ennemis littéraires de l'auteur, que l'abbé Desfontaines alla dénoncer la petite plaiſanterie du *Mondain* à un prêtre nommé C..... qui avait du crédit ſur l'eſprit du cardinal de Fleuri. Desfontaines falſifia l'ouvrage, y mit des vers de ſa façon comme il avait fait à la *Henriade*. L'ouvrage fut traité de ſcandaleux, & l'auteur de *la Henriade*, de *Merope*, de *Zayre*, fut obligé de s'enfuir de ſa patrie. Le roi de Pruſſe lui offrit alors le même aſyle qu'il lui a donné depuis : mais l'auteur aima mieux alors aller retrouver ſes amis dans ſa patrie. Nous tenons cette anecdote de la bouche même de Mr. de Voltaire.

LETTRE a)

DE

MONSIEUR DE MELON,

ci-devant fecretaire du Régent du royaume,

A MADAME

LA COMTESSE DE VERRUE.

SUR L'APOLOGIE DU LUXE.

J'Ai lu, madame, l'ingénieufe apologie du luxe. Je
regarde ce petit ouvrage comme une excellente
leçon de politique, cachée fous un badinage agréable.
Je me flatte d'avoir démontré dans mon *Effai politique fur le commerce*, combien ce goût des beaux-
arts, & cet emploi des richeffes, cette ame d'un
grand état qu'on nomme *luxe*, font néceffaires pour
la circulation de l'efpèce, & pour le maintien de l'in-
duftrie; je vous regarde, madame, comme un des
grands exemples de cette vérité. Combien de familles
de Paris fubfiftent uniquement par la protection que
vous donnez aux arts? *b*) Que l'on ceffe d'aimer les

a) Cette lettre fut écrite dans le tems que la piéce du *Mondain* parut en 1736.

b) Madame la comteffe de Verrue, mère de madame la
princeffe de Carignan, dépenfait cent mille francs par an en

tableaux, les estampes, les curiosités en toute sorte de genre; voilà vingt mille hommes, au moins, ruinés tout-d'un-coup dans Paris, & qui sont forcés d'aller chercher de l'emploi chez l'étranger. Il est bon que dans un canton Suisse on fasse des loix somptuaires, par la raison qu'il ne faut pas qu'un pauvre vive comme un riche. Quand les Hollandais ont commencé leur commerce, ils avaient besoin d'une extrême frugalité; mais à présent que c'est la nation de l'Europe qui a le plus d'argent, elle a besoin de luxe, &c.

curiosités : elle s'était formé un des beaux cabinets de l'Europe en raretés & en tableaux. Elle rassemblait chez elle une société de philosophes, auxquels elle fit des legs par son testament. Elle mourut avec la fermeté & la simplicité de la philosophie la plus intrépide.

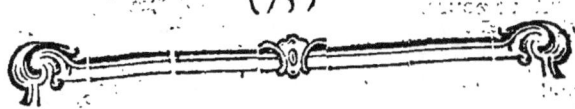

DÉFENSE
DU MONDAIN,
OU
L'APOLOGIE DU LUXE.

A Table hier, par un trifte hafard,
J'étais affis près d'un maître caffard,
Lequel me dit : Vous avez bien la mine
D'aller un jour échauffer la cuifine
De Lucifer ; & moi, prédeftiné,
Je rirai bien quand vous ferez damné.
Damné ! comment ? pourquoi ? Pour vos folies.
Vous avez dit en vos œuvres non pies,
Dans certain conte en rimes barbouillé,
Qu'au paradis Adam était mouillé,
Lorfqu'il pleuvait fur notre premier père ;
Qu'Eve avec lui buvait de belle eau claire ;
Qu'ils avaient même, avant d'être déchus,
La peau tannée & les ongles crochus.
Vous avancez dans votre folle yvreffe,
Prêchant le luxe, & vantant la molleffe,
Qu'il vaut bien mieux, ô blafphèmes maudits !
Vivre à préfent qu'avoir vécu jadis.
Parquoi, mon fils, votre mufe polluë
Sera rôtie, & c'eft chofe concluë.
  Difant ces mots, fon gofier altéré
Humait un vin, qui d'ambre coloré,
Sentait encor la grape parfumée,

Dont fut pour nous la liqueur exprimée.
Un rouge vif enluminait son teint :
Lors je lui dis : Pour DIEU , monsieur le saint ,
Quel est ce vin ? d'où vient-il, je vous prie ?
D'où l'avez-vous ? il vient de Canarie :
C'est un nectar, un breuvage d'élû :
DIEU nous le donne, & DIEU veut qu'il soit bû.
Et ce caffé dont, après cinq services,
Votre estomac goûte encor les délices ,
Par le seigneur il me fut destiné.
Bon. Mais avant que DIEU vous l'ait donné ,
Ne faut-il pas que l'humaine industrie
L'aille ravir aux champs de l'Arabie ?
La porcelaine & la frêle beauté
De cet émail à la Chine empâté,
Par mille mains fut pour vous préparée,
Cuite, recuite, & peinte & diaprée :
Cet argent fin, ciselé, gaudronné ,
En plat, en vase, en soucoupe tourné ,
Fut arraché de la terre profonde ,
Dans le Potose, au sein d'un nouveau monde.
Tout l'univers a travaillé pous vous,
Afin qu'en paix, dans votre heureux couroux ,
Vous insultiez , pieux atrabilaire,
Au monde entier épuisé pour vous plaire.
     O faux dévot, véritable mondain,
Connaissez vous ; & dans votre prochain
Ne blâmez plus ce que votre indolence
Souffre chez vous avec tant d'indulgence.
Sachez surtout que le luxe enrichit
Un grand état, s'il en perd un petit.
Cette splendeur, cette pompe mondaine,
D'un régne heureux est la marque certaine,
Le riche est né pour beaucoup dépenser ,
Le pauvre est fait pour beaucoup amasser.
Dans ces jardins regardez ces cascades,

L'étonnement & l'amour des Nayades,
Voyez ces flots, dont les napes d'argent
Vont inonder ce marbre blanchissant ;
Les humbles prés s'abreuvent de cette onde ;
La terre en est plus belle & plus féconde.
Mais de ces eaux si la source tarit,
L'herbe est séchée & la fleur se flétrit.
Ainsi l'on voit en Angleterre, en France,
Par cent canaux circuler l'abondance :
Le goût du luxe entre dans tous les rangs ;
Le pauvre y vit des vanités des grands.
Et le travail gagé par la molesse,
S'ouvre à pas lents la route à la richesse.
J'entends d'ici des pédans à rabats,
Tristes censeurs des plaisirs qu'ils n'ont pas,
Qui me citant Denis d'Halicarnasse,
Dion, Plutarque, & même un peu d'Horace,
Vont criaillant qu'un certain Curius,
Cincinnatus, & des Consuls en Us,
Béchaient la terre au milieu des allarmes,
Qu'ils maniaient la charrue & les armes ;
Et que les bleds tenaient à grand honneur
D'être semés par la main d'un vainqueur.
C'est fort bien dit, mes maîtres : je veux croire
Des vieux Romains la chimérique histoire,
Mais, dites moi, si les dieux par hasard
Faisaient combatre Auteuil & Vaugirard,
Faudrait-il pas au retour de la guerre,
Que le vainqueur vînt labourer sa terre ?
L'auguste Rome, avec tout son orgueil,
Rome jadis était ce qu'est Auteuil ;
Quand ces enfants de Mars & de Sylvie,
Pour quelque pré signalant leur furie,
De leur village allaient au champ de Mars,
Ils arboraient du foin * pour étendars.

* Une poignée de foin au bout d'un bâton, nommée *Manipulus*, était le premier étendart des Romains.

Leur Jupiter, au tems du bon Roi Tulle,
Etait de bois; il fut d'or sous Luculle.
N'allez donc pas avec simplicité,
Nommer vertu ce qui fut pauvreté.
    Oh, que Colbert était un esprit sage!
Certain butor conseillait par ménage,
Qu'on abolît ces travaux précieux,
Des Lyonnais ouvrage industrieux.
Du conseiller l'absurde prud'hommie
Eût tout perdu par pure œconomie.
Mais le ministre, utile avec éclat,
Sut par le luxe enrichir notre état.
De tous nos arts il agrandit la source;
Et du midi, du levant & de l'ourse,
Nos fiers voisins de nos progrès jaloux,
Payaient l'esprit qu'ils admiraient en nous.
Je veux ici vous parler d'un autre homme,
Tel qu'en vit Paris, Pekin ni Rome;
C'est Salomon, ce sage fortuné,
Roi philosophe, & Platon couronné,
Qui connut tout, du cèdre jusqu'à l'herbe;
Vit-on jamais un luxe plus superbe?
Il faisait naître au gré de ses désirs
L'argent & l'or, mais surtout les plaisirs.
Mille beautés servaient à son usage;
Mille? on le dit, c'est beaucoup pour un sage.
Qu'on m'en donne une, & c'est assez pour moi.
Qui n'ai l'honneur, d'être sage ni roi.
    Parlant ainsi, je vis que les convives
Aimaient assez mes peintures naïves:
Mon doux béat, très-peu me répondait,
Riait beaucoup, & beaucoup plus buvait;
Et tout chacun présent à cette fête,
Fit son profit de mon discours honnête.

EPITRE

SUR

LA CALOMNIE.

Ecoutez-moi, respectable Emilie ;
Vous êtes belle ; ainsi donc la moitié
Du genre humain sera votre ennemie.
Vous possedez un sublime génie ;
On vous craindra. Votre tendre amitié
Est confiante, & vous serez trahie.
Votre vertu dans sa démarche unie,
Simple & sans fard, n'a point sacrifié
A nos devots ; craignez la calomnie.
Attendez - vous, s'il vous plait, dans la vie,
Aux traits malins, que tout fat à la cour
Par passe-tems souffre & rend tour-à-tour.
La médisance est la fille immortelle
De l'amour-propre & de l'oisiveté.
Ce monstre ailé paraît mâle & femelle.
Toujours parlant, & toujours écouté.
Amusememt & fléau de ce monde,
Elle y préside, & sa vertu féconde
Du plus stupide échauffe les propos :
Rebut du sage, elle est l'esprit des sots.
En ricanant, cette maigre furie
Va de sa langue épandre les venins
Sur tous états. Mais trois sortes d'humains,

Plus que le reste, alimens de l'envie,
Sont exposés à sa dent de harpie :
Les beaux esprits, les belles & les grands
Sont de ses traits les objets différens.
Quiconque en France avec éclat attire
L'œil du public, est sûr de la satyre :
Un bon couplet, chez ce peuple falot,
De tout mérite est l'infaillible lot.
La jeune Eglé, de pompons couronnée,
Devant un prêtre à minuit amenée,
Va dire un *oui*, d'un air tout ingénu,
A son mari qu'elle n'a jamais vû.
Le lendemain en triomphe on la mène
Au cours, au bal, chez Bourbon, chez la reine.
Le lendemain, sans trop savoir comment,
Dans tout Paris on lui donne un amant.
Roi * la chansonne, & son nom par la ville
Court ajusté sur l'air d'un vaudeville.
Eglé s'en meurt, ses cris sont superflus.
Consolez-vous, Eglé, d'un tel outrage,
Vous pleurerez, hélas ! bien davantage,
Lorsque de vous on ne parlera plus.
Et nommez-moi la beauté, je vous prie,
De qui l'honneur fut toujours à couvert.
Lisez-moi Bayle, à l'article *Scomberg*,
a) Vous y verrez, que la vierge Marie

---

* Poëte connu en son tems par quelques opéra, & par quelques petites satyres nommées *Calottes*, qui sont tombées dans un profond oubli.

a) Cette calomnie citée dans Bayle & dans l'abbé Houteville est tirée d'un ancien livre Hébreu, intitulé *Toldos Jescut*, dans lequel on donne pour époux à cette personne sacrée Jonathan ; & celui que Jonathan soupçonne, s'appelle Joseph Panther. Ce livre cité par les premiers pères est incontestablement du premier siécle.

Des chanfonniers comme une autre a fouffert.
Jérufalem a connu la fatyre.
Perfans, Chinois, batifés, circoncis,
Prennent fes loix, la terre eft fon empire;
Mais croyez-moi, fon trône eft à Paris.
Là tous les foirs la troupe vagabonde
D'un peuple oifif, appellé le beau monde,
Va promener de réduit en réduit
L'inquiétude & l'ennui qui le fuit.
Là font en foule antiques mijaurées,
Jeunes oifons, & bégueules titrées,
Difant des riens d'un ton de perroquet,
Lorgnant des fots, & trichant au piquet.
Blondains y font, beaucoup plus femmes qu'elles,
Profondément remplis de bagatelles,
D'un air hautain, d'une bruyante voix,
Chantant, danfant, minaudant à la fois.
Si par hazard quelque perfonne honnête,
D'un fens plus droit & d'un goût plus heureux,
Des bons écrits ayant meublé fa tête,
Leur fait l'affront de penfer à leurs yeux;
Tout auffi-tôt leur brillante cohue,
D'étonnement & de colère émue,
Bruyant effaim de Frelons envieux,
Pique & pourfuit cette abeille charmante,
Qui leur apporte, hélas! trop imprudente,
Ce miel fi pur & fi peu fait pour eux.
　　Quant aux héros, aux princes, aux miniftres,
Sujets ufés de nos difcours finiftres:
Qu'on m'en nomme un dans Rome & dans Paris,
Depuis Céfar jufqu'au jeune LOUIS,
De Richelieu jufqu'à l'ami d'Augufte,
Dont un Pafquin n'ait barbouillé le bufte,
Ce grand Colbert, dont les foins vigilans
Nous avaient plus enrichis en dix ans,
Que les *mignons*, les *Catins* & les *prêtres*

Mélanges, &c. F

N'ont en mille ans appauvri nos ancêtres:
Cet homme unique, & l'auteur & l'appui
D'une grandeur, où nous n'osions prétendre,
Vit tout l'état murmurer contre lui;
Et le Français osa troubler (*b*) la cendre
Du bienfaiteur qu'il révère aujourd'hui.

Lorsque LOUIS, qui d'un esprit si ferme
Brava la mort comme ses ennemis,
De ses grandeurs ayant subi le terme,
Vers sa chapelle allait à Saint-Denis;
J'ai vû son peuple aux nouveautés en proie,
Yvre de vin, de folie & de joie,
De cent couplets égayant le convoi,
Jusqu'au tombeau maudire encor son roi.

Vous avez tous connu, comme je pense,
Ce bon régent, qui gâta tout en France:
Il était né pour la société,
Pour les beaux arts & pour la volupté;
Grand, mais facile, ingénieux, affable,
Peu scrupuleux, mais de crime incapable;
Et cependant, ô mensonge, ô noirceur!
Nous avons vû la ville & les provinces,
Au plus aimable, au plus clément des princes,
Donner les noms..... Quelle absurde fureur!
Chacun les lit, ces archives d'horreur,
Ces vers impurs, appellés *Philippiques*, *c*)
De l'imposture éternelles chroniques;
Et, nul Français n'est assez généreux,
Pour s'élever, pour déposer contr'eux.

b) Le peuple voulut déterrer Mr. Colbert à St. Eustache.

c) Libelle diffamatoire en vers contre monsieur le duc
d'Orléans, régent du royaume, composé par La Grange-
Chantel. On lui a pardonné. Bayle & Arnaud sont morts hors
de leur patrie.

Que le menfonge un inftant vous outrage,
Tout eft en feu foudain pour l'appuyer :
La vérité perce enfin le nuage,
Tout eft de glace à vous juftifier.

Mais voulez-vous, après ce grand exemple,
Baiffer les yeux fur de moindres objets ?
Des fouverains defcendons aux fujets :
Des beaux efprits ouvrons ici le temple,
Temple autrefois l'objet de mes fouhaits,
Que de fi loin monfieur Bardus contemple,
Et que Damis ne vifita jamais:
Entrons : d'abord on voit la jaloufie,
Du Dieu des vers la fille & l'ennemie,
Qui fous les traits de l'émulation
Soufle l'orgueil, & porte fa furie
Chez tous ces fous courtifans d'Apollon.
Voyez leur troupe inquiète, affamée,
Se déchirant pour un peu de fumée,
Et l'un fur l'autre épanchant plus de fiel,
Que l'implacable & mordant Janfénifte
N'en a lancé fur le fin Molinifte,
Ou que Doucin, cet adroit cafuifte,
N'en a verfé deffus Pafquier, Quefnel.

Ce vieux rimeur, couvert d'ignominies,
Organe impur de tant de calomnies,
Cet ennemi du public outragé,
Puni fans ceffe, & jamais corrigé :
Ce vil Rufus d), que jadis votre père

---

d) Rouffeau avait été fécrétaire du Baron de Breteuil, &
avait fait contre lui une fatyre intitulée la Baronade. Il la lut
à quelques perfonnes, qui vivent encore, entr'autres à madame
la ducheffe de St. Pierre. Madame la marquife du Châtelet,
fille de Mr. de Breteuil, était parfaitement inftruite de ce fait,
& il y a encor des papiers originaux de madame du Châtelet
qui l'atteftent.

A par pitié tiré de la misère,
Et qui bientôt, serpent envenimé,
Piqua le sein qui l'avait ranimé:
Lui qui mêlant la rage à l'imprudence,
Devant Thémis accusa l'innocence;
L'affreux Rufus, loin de cacher en paix
Des jours tissus de honte, & de forfaits,
Vient rallumer, aux marais de Bruxelles,
D'un feu mourant les pâles étincelles,
Et contre moi croit rejetter l'affront
De l'infamie écrite sur son front.
Et que feront tous les traits satyriques,
Que d'un bras faible il décoche aujourd'hui,
Et ces ramas de larcins marotiques,
Moitié Français & moitié Germaniques,
Paîtris d'erreurs, & de haine & d'ennui ?
Quel est le but, l'effet, la récompense
De ces recueils d'impure médisance ?
Le malheureux, délaissé des humains,
Meurt des poisons qu'ont préparé ses mains.
Ne craignons rien de qui cherche à médire.
En vain Boileau, dans ses sévérités,
A de Quinault dénigré les beautés;
L'heureux Quinault, vainqueur de la satyre,
Rit de sa haine, & marche à ses côtés.
Moi-même enfin, qu'une cabale inique
Voulut noircir de son soufle caustique,
Je fais jouïr, en dépit des cagots,
De quelque gloire, & même du repos.
  Voici le point sur lequel je me fonde :
On entre en guerre, en entrant dans le monde.
Homme privé, vous avez vos jaloux,
Rampans dans l'ombre, inconnus comme vous,
Obscurément tourmentans votre vie.
Homme public, c'est la publique envie

Qui contre vous lève son front altier.
Le coq jaloux le bat sur son fumier,
L'aigle dans l'air, le taureau dans la plaine ;
Tel est l'état de la nature humaine.
La jalousie & tous ses noirs enfans,
Sont au théâtre, au conclave, aux couvens.
Montez au ciel, trois déesses rivales
Troublent le ciel, qui rit de leurs scandales.
Que faire donc ? à quel saint recourir ?
Je n'en sais point. Il faut savoir souffrir.

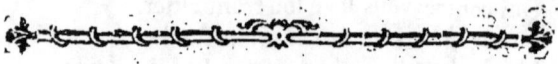

LE TEMPLE
DE L'AMITIÉ.

AU fond d'un bois à la paix consacré,
Séjour heureux de la cour ignoré,
S'élève un temple, où l'art & ses prestiges,
N'étaient point l'orgueil de leurs prodiges,
Où rien ne trompe & n'éblouit les yeux,
Où tout est vrai, simple, & fait pour les dieux ;
De bons Gaulois de leurs mains le fondèrent ;
A l'amitié leurs cœurs le dédièrent.
Las ! ils pensaient dans leur crédulité,
Que par leur race il serait fréquenté.
En vieux langage on voit sur la façade
Les noms sacrés d'Oreste & de Pilade,
Le médaillon du bon Pyrrithoüs,
Du sage Achate, & du tendre Nisus,
Tous grands héros, tous amis véritables.
Ces noms sont beaux ; mais ils sont dans les fables.
Les doctes sœurs ne chantent qu'en ces lieux,
Car on les sifle au superbe empirée.
On n'y voit point Mars & sa Cythérée ;
Car la discorde est toujours avec eux ;
L'amitié vit avec très peu de dieux,
A ses côtés sa fidèle interprête,
La vérité, charitable & discrète,
Toujours utile à qui veut l'écouter,
Attend en vain qu'on l'ose consulter :
Nul ne l'approche, & chacun la regrette.
Par contenance un livre est dans ses mains,

Où font écrits les bienfaits des humains;
Doux monumens d'eftime & de tendreffe,
Donnés fans fafte, acceptés fans baffeffe,
Du protecteur noblement oubliés,
Du protégé fans regret publiés.
C'eft des vertus l'hiftoire la plus pure :
L'hiftoire eft courte, & le livre eft réduit
A deux feuillets de gothique écriture,
Qu'on n'entend plus, & que le tems détruit.
 Or des humains quelle eft donc la manie ?
Toute amitié de leurs cœurs eft bannie :
Et cependant on les entend toujours
De ce beau nom décorer leurs difcours.
Ses ennemis ne jurent que par elle :
En la fuyant chacun s'y dit fidelle ;
Ainfi qu'on voit devers l'état Romain,
Des indévots chapelet à la main.
 De leur repos la déeffe en colère,
Voulut enfin que ces mignons chéris,
Si contens d'elle, & fi fûrs de lui plaire,
Vinffent la voir en fon facré pourpris ;
Fixa le jour & promit un beau prix
Pour chaque couple un cœur noble, & fincère,
Tendre comme elle, & digne d'être admis,
S'il fe pouvait, au rang des vrais amis.
Au jour nommé viennent d'un vol rapide,
Tous nos Français que ta nouveauté guide ;
Un peuple immenfe inonde le parvis.
Le temple s'ouvre, on vit d'abord paraître
Deux courtifans par l'intérêt unis ;
Par l'amitié tous deux ils croyaient l'être.
Vint un courier, qui dit, qu'auprès du maître
Vaquait alors un beau pofte d'honneur,
Un noble emploi de valet grand-feigneur.
Nos deux amis poliment fe quittèrent,
Déeffe, & prix, & temple abandonnèrent,

Chacun des deux en son ame jurant
D'anéantir son très-cher concurrent.
    Quatre dévots, à la mine discrète,
Dos en arcade, & missel à la main,
Unis en DIEU de charité parfaite,
Et tous brûlans de l'amour du prochain,
Psalmodiaient & brillaient en chemin.
L'un, riche abbé, prélat à l'œil lubrique,
Au menton triple, au col apoplectique,
Porc engraissé des dixmes de Sion,
Oppressé fut d'une indigestion,
On confessa mon vieux ladre au plus vite;
D'huile il fut oint, aspergé d'eau bénite,
Dûment lesté par le curé du lieu,
Pour son voyage au pays du BON DIEU.
Ses trois amis gaîment lui marmotèrent
Un *Oremus*; en leur cœur convoitèrent
Son bénéfice, & vers la cour trottèrent.
Puis chacun d'eux, dévotement rival,
En se jurant fraternité sincère,
Les yeux baissés, va chez le cardinal
De jansénisme accuser son confrère.
    Gais & brillans, après un long repas,
Deux jeunes gens se tenant sous les bras,
Lisant tout haut des lettres de leurs belles,
D'un air galant leur figure étalaient,
Et détonnant quelques chansons nouvelles;
Ainsi qu'au bal à l'autel ils allaient.
Nos étourdis pour rien s'y querellèrent,
De l'amitié l'autel ensanglantèrent:
Et le moins fou laissa, tout éperdu,
Son tendre ami sur la place étendu.
    Plus loin venaient, d'un air de complaisance,
Lise & Chloé, qui dès leur tendre enfance
Se confiaient leurs plaisirs, leurs humeurs,
Et tous ces riens qui remplissent leur cœurs;

Se careſſant, ſe parlant ſans rien dire,
Et ſans ſujet toujours prêtes à rire.
Mais toutes deux avaient le même amant :
A ſon nom ſeul, ô merveille ſoudaine !
Liſe & Chloé prirent tout doucement
Le grand chemin du temple de la haine.
 Enfin Zayre y parut à ſon tour,
Avec ces yeux, où languit la molleſſe,
Où le plaiſir brille avec la tendreſſe.
Ah ! que d'ennui, dit-elle, en ce ſéjour !
Que fait ici cette triſte déeſſe ?
Tout y languit : je n'y vois point l'amour.
Elle ſortit, vingt rivaux la ſuivirent ;
Sur le chemin vingt beautés en gémirent.
DIEU ſait alors où ma Zayre alla ;
De l'amitié le prix fut laiſſé là ;
Et la déeſſe en tout lieu célébrée,
Jamais connue & toujours déſirée,
Gela de froid ſur ſes ſacrés autels.
J'en ſuis fâché pour les pauvres mortels.

E N V O I.

MOn cœur, ami charmant & ſage,
Au vôtre n'était point point lié,
Lorſque j'ai dit qu'à l'amitié
Nul mortel ne rendait hommage
Elle a maintenant à ſa cour
Deux cœurs dignes du premier âge.
Hélas ! le véritable amour
En a-t-il beaucoup davantage ?

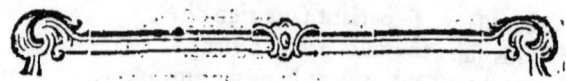

DE L'USAGE
DE LA SCIENCE
DANS LES PRINCES. *

A MONSEIGNEUR

LE PRINCE ROYAL DE PRUSSE,

DEPUIS ROI DE PRUSSE.

PRINCE, il est peu de rois, que les muses ins-
truisent,
Peu savent éclairer les peuples qu'ils conduisent.
Le sang des Antonins sur la terre est tari ;
Car depuis ce heros à Rome si chéri,
Ce philosophe roi, ce divin Marc-Aurèle,
Des princes, des guerriers, des savans le modèle,
Quel roi sous un tel joug osant se captiver,
Dans les sources du vrai sut jamais s'abreuver ?
Deux ou trois, tout-au-plus, prodiges dans l'histoire,
Du nom de philosophe ont mérité la gloire ;
Le reste est à vos yeux le vulgaire des rois
Esclaves des plaisirs, fiers oppresseurs des loix,
Fardeaux de la nature, ou fleaux de la terre,
Endormis sur le trône, en lançant le tonnerre.

* Cette piéce est de 1738.

Le monde aux pieds des rois les voit sous un faux
    jour ;
Qui fait régner fait tout, fi l'on en croit la cour.
Mais quel eft en effet ce grand art politique ,
Ce talent fi vanté dans un roi defpotique ?
Tranquille fur le trône , il parle, on obéit;
S'il fourit , tout eft gai ; s'il eft trifte , on frémit.
Quoi ! régir d'un coup d'œil une foule fervile ,
Eft-ce un poids fi pefant , un art fi difficile ?
Non : mais fouler aux pieds la coupe de l'erreur ,
Dont veut vous enyvrer un ennemi flatteur ,
Des prélats courtifans confondre l'artifice,
Aux organes des loix enfeigner la juftice,
Du féjour doctoral chaffant l'abfurdité ,
Dans fon fein ténébreux placer la vérité ;
Eclairer le favant ; & foutenir le fage ;
Voilà ce que j'admire , & c'eft-là votre ouvrage.
L'ignorance , en un mot , flétrit toute grandeur.
   Du dernier roi d'efpagne un grave *a*) ambaf-
    fadeur ,
De deux favans Anglais reçut une prière :
Ils voulaient dans l'école apportant la lumière ,
De l'air qu'un long cryftal enferme en fa hauteur ,
Aller au haut d'un mont marquer la pefanteur.
Il pouvait les aider dans ce favant voyage ,
Il les prit pour des fous : lui feul était peu fage.
Que dirai-je d'un pape & de fept cardinaux ,
D'un zèle apoftolique uniffant les travaux ,
Pour apprendre aux humains dans leurs auguftes
    codes ,
Que c'était un péché de croire aux antipodes ?
Combien de fouverains Chrétiens & Mufulmans ,
Ont tremblé d'une éclipfe , ont craint des talifmans ;

a) Cette avanture fe paffa à Londres la première année du
règne de Charles II. roi d'Efpagne.

Tout monarque indolent, dedaigneux de s'instruire,
Est le jouet honteux de qui veut le séduire.
Un astrologue, un moine, un chymiste effronté,
Se font un revenu de sa crédulité.
Il prodigue au dernier son or par avarice;
Il demande au premier, si Saturne propice,
D'un aspect fortuné regardant le soleil,
L'appelle à table, au lit, à la chasse, au conseil.
Il est aux pieds de l'autre, & d'une ame soumise,
Par la crainte du diable, il enrichit l'église.
Un pareil souverain ressemble à ces faux dieux,
Vils marbres adorés, ayant en vain des yeux;
Et le prince éclairé, que la raison domine,
Est un vivant portrait de l'essence divine.
   Je sais que dans un roi l'étude, le savoir,
N'est pas le seul mérite & l'unique devoir;
Mais qu'on me nomme enfin dans l'histoire sacrée,
Le roi dont la mémoire est la plus révérée;
C'est ce héros savant que DIEU même éclaira,
Qu'on chérit dans Sion; que la terre admira,
Qui mérita des rois le volontaire hommage.
Son peuple était heureux, il vivait sous un sage:
L'abondance à sa voix passant le sein des mers,
Volait pour l'enrichir des bouts de l'Univers,
Comme à Londre, à Bourdeaux de cent voiles suivie;
Elle apporte au printems les trésors de l'Asie.
Ce roi que tant d'éclat ne pouvait éblouïr,
Sut joindre à ses talens l'art heureux de jouïr.
Ce sont-là les leçons qu'un roi prudent doit suivre;
Le savoir en effet n'est rien sans l'art de vivre.
Qu'un roi n'aille donc point, épris d'un faux éclat,
Pâlissant sur un livre, oublier son état.
Que plus il est instruit, plus il aime sa gloire.
   De ce monarque Anglais vous connaissez l'histoire?

Dans un fatal exil Jacques *b*) laissa périr
Son gendre infortuné qu'il eût pu secourir.
Ah ! qu'il eût mieux valu rassemblant ses armées,
Délivrer des Germains les villes opprimées,
Venger de tant d'états les désolations,
Et tenir la balance entre les nations,
Que d'aller, des docteurs brigant les vains suffrages,
Au doux enfant JESUS dédier ses ouvrages !
Un monarque éclairé n'est pas un roi pedant ;
Il combat en héros, il pense en vrai savant.
Tel fut ce Julien méconnu du vulgaire,
Philosophe & guerrier, terrible & populaire.
Ainsi ce grand César, soldat, prêtre, orateur,
Fut du peuple Romain l'oracle & le vainqueur :
On sait qu'il fit encor bien pis dans sa jeunesse :
Mais tout sied au héros, excepté la faiblesse.

(*b*) Le roi Jacques fit un petit traité de théologie qu'il dédia
à l'enfant JESUS.

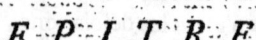

EPITRE

À UN MINISTRE D'ÉTAT

SUR

L'ENCOURAGEMENT DES ARTS.

Toi qui mêlant toujours l'agréable à l'utile,
Des plaisirs aux travaux passas d'un vol agile,
Que j'aime à voir ton goût, par des soins bienfaisans,
Encourager les arts à ta voix renaissans !
Sans accorder jamais d'injuste préférence,
Entre tous ces rivaux tien toujours la balance.
De Melpomène en pleurs anime les accens ;
De sa riante sœur chéri les agrémens ;
Anime le pinceau, le ciseau, l'harmonie ;
Et mets un compas d'or dans les mains d'Uranie.
Le véritable esprit sait se plier à tout ;
On ne vit qu'à demi, quand on n'a qu'un seul goût.
    Je plains tout esprit faible, aveugle en sa manie,
Qui dans un seul objet confina son génie,
Et qui de son idole adorateur charmé,
Veut immoler le reste au Dieu qu'il s'est formé.
Entens-tu murmurer ce sauvage algébriste,
A la démarche lente, au teint blême, à l'œil triste ?
Qui d'un calcul aride à peine encor instruit,
Sait que quatre est à deux, comme seize est à huit ?

Il méprise Racine, il insulte à Corneille;
Lully n'a point de sons pour sa pesante oreille;
Et Rubens vainement, sous ses pinceaux flatteurs,
De la belle nature assortit les couleurs.
Des xx redoublés admirant la puissance,
Il croit que Varignon fut seul utile en France;
Et s'étonne, surtout, qu'inspiré par l'amour,
Sans algèbre autrefois Quinault charmât la cour.
    Avec non moins d'orgueil & non moins de folie,
Un élève d'Euterpe, un enfant de Thalie,
Qui dans ses vers pillés nous répète aujourd'hui
Ce qu'on a dit cent fois, & toujours mieux que lui;
De sa frivole muse admirateur unique,
Conçoit pour tout le reste un dégoût léthargique;
Prend pour des arpenteurs Archimède & Newton,
Et voudrait mettre en vers Aristote & Platon.
Ce bœuf qui pesamment rumine ses problèmes,
Ce papillon folâtre ennemi des systèmes,
Sont regardés tous deux avec un ris moqueur,
Par un bavard en robe, apprentif chicaneur;
Qui de papiers timbrés barbouilleur mercenaire,
Vous vend pour un écu sa plume & sa colère.
    Pauvres fous, vains esprits, s'écrie avec hauteur
Un ignorant fourré, fier du nom de Docteur:
Venez à moi, laissez Massillon, Bourdaloue;
Je veux vous convertir; mais je veux qu'on me
    loue.
Je divise en trois points le plus simple des cas,
J'ai vingt ans, sans l'entendre, expliqué St. Thomas.
Ainsi ces charlatans, de leur art idolâtres,
Attroupent un vain peuple aux pieds de leurs théâ-
    tres.
L'honnête-homme est plus juste, il approuve en
    autrui
Les arts & les talens qu'il ne sent point en lui.

Jadis avant que D I E U, confommant fon ou-
   vrage,
Eût d'un foufle de vie animé fon image,
Il fe plut à créer des animaux divers :
L'aigle au regard perçant pour régner dans les
   airs,
Le pân pour étaler l'iris de fon plumage,
Le courfier pour fervir, le loup pour le carnage,
Le chien fidèle & promt, l'âne docile & lent,
Et le taureau farouche & l'animal bêlant,
Le chantre des forêts, la douce tourterelle,
Qu'on a cru fauffement des amans le modèle ;
L'homme les nomma tous, & par un heureux
   choix ;
Difcernant leurs inftincts affigna leurs emplois.
   On conte que l'époux de la célèbre Hortenfe *
Signala plaifamment fa fainte extravagance ;
Craignant de faire un choix par fa faible raifon,
Il tirait aux trois dés les rangs de fa maifon.
Le fort d'un poftillon faifait un fecrétaire ;
Son cocher étonné devint homme d'affaire ;
Un docteur Hibernois, fon très-digne aumônier,
Rendit grace au deftin qui le fit cuifinier.
On a vû quelquefois des choix auffi bizarres.
Il eft beaucoup d'emplois ; mais les talens font rares,
Si dans Rome avilie, un empereur brutal
Des faifceaux d'un conful honora fon cheval,
Il fut cent fois moins fou que ceux dont l'im-
   prudence
Dans d'indignes mortels a mis fa confiance,
L'ignorant a porté la robe de Cujas ;

---

* Le duc de Mazarin, mari d'Hortenfe Mancini, faifait tous
les ans une loterie de plufieurs emplois de fa maifon, & ce
qu'on rapporte ici a un fondement très-véritable.

La

La mitre a décoré des têtes de Midas :
Et tel au gouvernail a présidé sans peine,
Qui la rame à la main dût servir à la chaîne.
Le mérite est caché. Qui sait si de nos tems
Il n'est point, quoi qu'on dise, encor quelques ta-
    lens ?
Peut-être qu'un Virgile, un Ciceron sauvage,
Est chantre de paroisse ou juge de village.
Le sort, aveugle roi des aveugles humains,
Contredit la nature, & détruit ses desseins;
Il affaiblit ses traits, les change ou les efface,
Tout s'arrange au hasard, & rien n'est à sa place.

ODE
SUR
LE FANATISME. *

Charmante & fublime Emilie,
Amante de la vérité ;
Ta folide philofophie
T'a prouvé la divinité.
Ton ame éclairée & profonde,
Franchiffant les bornes du monde,
S'élance au fein de fon auteur.
Tu parais fon plus bel ouvrage ;
Et tu lui rends un digne hommage,
Exempt de faibleffe & d'erreur.

Mais fi les traits de l'athéifme
Sont repouffés par ta raifon,
De la coupe du fanatifme
Ta main renverfe le poifon :
Tu fers la juftice éternelle,
Sans l'acreté de ce faux zèle
De tant de dévots *a*) malfaifans ;
Tel qu'un fujet fincère & jufte

* Cette ode eft de l'an 1732. Elle eft addreffée à l'illuftre
m dame la marquife du Châtelet, qui s'eft rendue par fon génie
l'admiration de tous les vrais favans, & de tous les bons efprits de l'Europe.
a Faux dévots.

Sait approcher d'un trône auguste
Sans les vices des courtisans.

*

Ce fanatisme sacrilège
Est sorti du sein des autels,
Il les profane, il les assiège;
Il en écarte les mortels.
O religion bienfaisante !
Ce farouche ennemi se vante
D'être né dans ton chaste flanc.
Mère tendre, mère adorable !
Croira-t-on qu'un fils si coupable
Ait été formé de ton sang ?

*

On a vu du moins des athées
Sociables dans les erreurs :
Leurs opinions infectées
N'avaient point corrompu leurs mœurs.
Des Barreaux fut doux, juste, aimable *b*) :
Le DIEU que son esprit coupable
Avait follement combattu,
Prenant pitié de sa faiblesse,
Lui laissa l'humaine sagesse
Et les ombres de la vertu.

*

Je sentirais quelque indulgence
Pour un aveugle audacieux
Qui nierait l'utile existence
De l'astre qui brille à mes yeux.

b) Il était conseiller au parlement, il paya à des plaideurs
les frais de leur procès, qu'il avait trop différé de rapporter.

ODE

Ignorer ton être suprême,
Grand DIEU ! c'est un moindre blasphême ;
Et moins digne de ton courroux,
Que de te croire impitoyable,
De nos malheurs insatiables,
Jaloux, injuste comme nous.

Lorsqu'un dévot atrabilaire,
Nourri de superstition,
A, par cette affreuse chimère,
Corrompu la religion ;
Le voilà stupide, & farouche ;
Le fiel découle de sa bouche ;
Le fanatisme arme son bras,
Et dans sa piété profonde
Sa rage intolérait le monde
A son DIEU qu'il ne connait pas.

Ce sénat proscrit dans la France,
Cette infame inquisition,
Ce tribunal où l'ignorance
Traîna si souvent la raison ;
Ces Midas en mitre, en soutane,
Au philosophe de Toscane
Sans rougir ont donné des fers.
Aux pieds de leur troupe aveuglée,
Abjurez, sage Galilée,
Le systême de l'univers.

Ecoutez ce signal terrible
Qu'on vient de donner dans Paris
Regardez ce carnage horrible ;
Entendez ces lugubres cris.

Le frère est teint du sang du frere ;
Le fils assassine son père ;
La femme égorge son époux.
Leurs bras son armés par des prêtres.
O ciel ! sont-ce-là les ancêtres
De ce peuple léger & doux ?

Jansenistes & Molinistes ,
Vous qui combattez aujourd'hui
Avec les raisons des sophistes ,
Leurs traits , leur bile & leur ennui ;
Tremblez qu'enfin votre querelle
Dans vos murs un jour ne rappelle
Ces tems de vertige & d'horreur ;
Craignez ce zèle qui vous presse ;
On ne sent pas dans son yvresse ,
Jusqu'où peut aller sa fureur.

Riez de vos sages d'Athènes ,
Que la terre a trop respectés :
Vous dissipez leurs ombres vaines
Par vos immortelles clartés.
Mais au moins dans leur nuit profonde,
Conducteurs aveugles du monde,
Ils n'étaient point persécuteurs :
Imitez l'esprit pacifique,
Et du Lycée & du Portique,
Quand vous condamnez leurs erreurs.

Malheureux , voulez-vous entendre
La loi de la religion ?
Dans Marseille il fallait l'apprendre ,

Au sein de la contagion ;
Lorsque la tombe était ouverte,
Lorsque la Provence couverte
Par les sémences du trépas,
Pleurant ses villes désolées,
Et ses campagnes dépeuplées,
Fit trembler tant d'autres états :

Belzuns c), ce pasteur vénérable,
Sauvait son peuple périssant :
Langeron, guerrier secourable,
Bravait un trépas renaissant ;
Tandis que vos lâches cabales,
Dans la mollesse & les scandales,
Occupaient votre oisiveté,
De la dispute ridicule
Et sur Quesnel, & sur sa bulle,
Qu'oubliera la postérité.

Pour instruire la race humaine,
Faut-il perdre l'humanité ?
Faut-il le flambeau de la haine
Pour nous montrer la vérité ?
Un ignorant qui de son frère
Soulage en secret la misère,
Est mon exemple & mon docteur ;
Et l'esprit hautain qui dispute,
Qui condamne, qui persécute,
N'est qu'un détestable imposteur.

c) Mr. de Belzunce, évêque de Marseille, & Mr. de Langeron, commandant, allaient porter eux-mêmes les secours &
les remèdes aux pestiférés moribonds, dont les médecins &
les prêtres n'osaient approcher.

ODE

POUR MESSIEURS

DE L'ACADÉMIE

DES SCIENCES,

Qui ont été au cercle polaire, & sous l'équateur, déterminer la figure de la terre.

O Vérité sublime ! ô céleste Uranie !
Esprit né de l'esprit qui forma l'univers,
Qui mesures des cieux la carrière infinie,
  Et qui peses les airs ;

*

Tandis que tu conduis sur les gouffres de l'onde,
Ces voyageurs savans ministres de tes loix ;
De l'ardent équateur, ou du pole du monde,
  Enten ma faible voix.

*

Que font tes vrais enfans ? Vainqueurs de la
  nature,
Ils arrachent son voile ; & ces rares esprits
Fixent la pesanteur, la masse & la figure
  De l'univers surpris.

*

   G 4

Les enfers sont émus au bruit de leur voyage :
Je vois paraître au jour les ombres des héros,
De ces Grecs renommés, qu'admira le rivage
    De l'antique Colchos.

Argonautes fameux, demi-dieux de la Grèce,
Castor, Pollux, Orphée, & vous heureux Jason,
Vous de qui la valeur & l'amour & l'adresse
    Ont conquis la toison ;

En voyant les travaux, & l'art de nos grands
    hommes,
Que vous êtes honteux de vos travaux passés !
Votre siécle est vaincu par le siécle où nous sommes ;
    Venez & rougissez.

Quand la Grèce parlait, l'univers en silence
Respectait le mensonge annobli par sa voix ;
Et l'admiration, fille de l'ignorance,
    Chanta de vains exploits.

Heureux, qui les premiers marchent dans la
    carrière !
N'y fassent-ils qu'un pas, leurs noms sont publiés :
Ceux qui, trop tard venus, la franchissent entière,
    Demeurent oubliés.

Le mensonge réside au temple de mémoire ;
Il y grava des mains de la crédulité
Tous ces fastes des tems destinés pour l'histoire
    Et pour la vérité.

Uranie, abaissez ces triomphes des fables ;
Effacez tous ces noms qui nous ont abusés ;
Montrez aux nations les héros véritables
    Que vous seule instruisez.

Le Génois, qui chercha, qui trouva l'Amérique ;
Cortez, qui la vainquit par de plus grands travaux,
En voyant des Français l'entreprise héroïque,
    Ont prononcé ces mots :

L'ouvrage de nos mains n'avait point eu d'exem-
    ples,
Et par nos descendans ne peut être imité :
Ceux à qui l'univers a fait bâtir des temples,
    L'avaient moins mérité.

Nous avons fait beaucoup, vous faites davantage :
Notre nom doit céder à l'éclat qui vous suit.
Plutus guida nos pas dans ce monde sauvage ;
    La vertu vous conduit.

Comme ils parlaient ainsi, Newton dans l'empirée,
Newton les regardait, & du ciel entr'ouvert,
Confirmez, disait-il, à la terre éclairée,
    Ce que j'ai découvert.

Tandis que des humains, le troupeau méprisable,
Sous l'empire des sens indignement vaincu,
De ses jours indolens traînant le fil coupable,
    Meurt sans avoir vécu ;

Donnez un digne essor à votre ame immortelle ;
Eclairez des esprits nés pour la vérité :
DIEU vous a confié la plus vive étincelle
De la divinité.

De la raison qu'il donne il aime à voir l'usage ;
Et le plus digne objet des regards éternels ,
Le plus brillant spectacle est l'ame du vrai sage ,
Instruisant les mortels.

Mais sur-tout écartez ces serpens détestables ,
Ces enfans de l'envie , & leur soufle odieux ;
Qu'ils n'empoisonnent pas ces ames respectables ,
Qui s'élèvent aux cieux.

Laissez un vil Zoïle aux fanges du Parnasse ;
De ses croassemens importuner le ciel ,
Agir avec bassesse ; écrire avec audace ,
Et s'abreuver de fiel.

Imitez ces esprits , ces fils de la lumière ,
Confidens du Très-Haut , qui vivent dans son sein ;
Qui jettent comme lui , sur la nature entière ,
Un œil pur & serein.

ODE

SUR LA PAIX

de 1736.

L'Etna renferme le tonnerre
Dans ses épouvantables flancs ;
Il vomit le feu sur la terre,
Il dévore ses habitans.
Fuyez, Dryades gémissantes,
Ces campagnes toujours brûlantes,
Ces abîmes toujours ouverts,
Ces torrens de flamme & de souphre,
Echapés du sein de ce goufre,
Qui touche aux voutes des enfers.

Plus terrible dans ses ravages,
Plus fiers dans ses débordemens,
Le Pô renverse ses rivages
Cachés sous ses flots écumans :
Avec lui marchent la ruine,
L'effroi, la douleur, la famine,
La mort, les désolations ;
Et dans les fanges de Ferrare
Il entraîne à la mer avare
Les dépouilles des Nations.

Mais ces débordemens de l'onde,
Et ces combats des élémens;
Et ces secousses, qui du monde
Ont ébranlé les fondemens,
Fléaux que le ciel en colère
Sur ce malheureux hémisphère
A fait éclater tant de fois,
Sont moins affreux, sont moins sinistres;
Que l'ambition des ministres,
Et que les discordes des rois.

De l'Inde aux bornes de la France,
Le soleil, en son vaste tour,
Ne voit qu'une famille immense,
Que devait gouverner l'amour.
Mortels, vous êtes tous des frères;
Jettez ces armes mercénaires.
Que cherchez-vous dans les combats?
Quels biens poursuit votre imprudence?
En aurez-vous la jouissance
Dans l'horrible nuit du trépas?

Encor si pour votre patrie
Vous saviez vous sacrifier!
Mais non; vous vendez votre vie
Aux mains qui daignent la payer.
Vous mourez pour la cause inique
De quelque tyran politique
Que vos yeux ne connaissent pas;
Et vous n'êtes, dans vos misères,
Que des assassins mercénaires,
Armés pour des maîtres ingrats.

Tels font ces oifeaux de rapine,
Et ces animaux malfaifans,
Apprivoifés pour la ruine
Des paifibles hôtes des champs ;
Aux fons d'un inftrument fauvage,
Animés, ardens, pleins de rage,
Ils vont d'un vol impétueux,
Sans choix, fans intérêt, fans gloire,
Saifir une folle victoire,
Dont le prix n'eft jamais pour eux.

O fuperbe, ô trifte Italie !
Que tu plains ta fécondité !
Sous tes débris enfevelie,
Que tu déplores ta beauté !
Je vois tes moiffons dévorées.
Par les nations conjurées
Qui te flataient de te venger.
Faible, défolée, expirante,
Tu combats d'une main tremblante,
Pour le choix d'un maître étranger.

Que toujours armés pour la guerre,
Nos rois foient les dieux de la paix ;
Que leurs mains portent le tonnerre,
Sans fe plaire à lancer fes traits.
Nous chériffons un berger fage,
Qui dans un heureux pâturage,
Unit les troupeaux fous fes loix.
Malheur au pafteur fanguinaire,
Qui les expofe en téméraire
A la dent du tyran des bois.

Eh! que m'importe la victoire
D'un roi qui me perce le flanc,
D'un roi dont j'achète la gloire
De ma fortune & de mon sang ?
Quoi ! dans l'horreur de l'indigence ?
Dans les langueurs, dans la souffrance,
Mes jours seront-ils plus sereins,
Quand on m'apprendra que nos princes,
Aux frontières de nos provinces,
Nagent dans le sang des germains ?

Colbert, toi qui dans ta patrie,
Amenas les arts & les jeux,
Colbert, ton heureuse industrie
Sera plus chère à nos neveux,
Que la vigilance inflexible
De Louvois, dont la main terrible
Embrasait le Palatinat ;
Et qui sous la mer irritée,
De la Hollande épouvantée
Voulait anéantir l'état.

Que Louis, jusqu'au dernier âge,
Soit honoré du nom de GRAND ;
Mais que ce nom s'accorde au sage ;
Qu'on le refuse au conquérant.
C'est dans la paix que je l'admire ;
C'est dans la paix que son empire
Florissait sous ses justes loix ;
Quand son peuple aimable & fidèle
Fut des peuples l'heureux modèle ;
Et lui le modèle des rois.

O D E
AU ROI DE PRUSSE,

SUR SON AVÉNEMENT AU TRONE.

Est-ce aujourd'hui le jour le plus beau de ma vie ?
Ne me trompai-je point, dans un espoir si doux ?
Vous régnez. Est-il vrai que la philosophie
　　Va régner avec vous ?

Fuyez loin de son trône, imposteurs fanatiques,
Vils tyrans des esprits, sombres persécuteurs ;
Vous dont l'ame implacable, & les mains phrénétiques
　　Ont tramé tant d'horreurs.

Quoi ! je t'entens encor, absurde calomnie !
C'est toi, monstre inhumain, c'est toi qui poursuivis
Et Descartes & Bayle, & ce puissant génie, *
　　Successeur de Leibnitz.

Tu prenais sur l'autel un glaive qu'on révère,
Pour frapper saintement les plus sages humains,
Mon roi va te percer du fer que le vulgaire
　　Adorait dans tes mains.

* Wolf, chancelier de l'université de Hall. Il fut chassé sur
la dénonciation d'un théologien, & rétabli ensuite. Voyez la

Il te frappe, tu meurs, il venge notre injure;
La vérité renait, l'erreur s'évanouït;
La terre élève au ciel une voix libre & pure,
          Le ciel se réjouït.

Et vous de Borgia détestables maximes,
Science d'être injuste à la faveur des loix,
Art d'opprimer la terre, art malheureux des crimes
          Qu'on nomme l'art des rois.

Périssent à jamais vos leçons tyranniques;
Le crime est trop facile, il est trop dangereux.
Un esprit faible est fourbe, & les grands politiques
          Sont les cœurs généreux.

Ouvrons du monde éntier les annales fidelles,
Voyons-y les tyrans; ils sont tous malheureux;
Les foudres qu'ils portaient dans leurs mains crimi-
nelles
          Sont retombés sur eux.

Ils sont morts dans l'oprobre, ils sont morts dans
la rage,
Mais Antonin, Trajan, Marc-Aurèle, Titus,
Ont eu des jours sereins, sans nuit & sans orage,
          Purs comme leurs vertus.

Tout siécle eut ses guerriers; tout peuple a dans
la guerre
Signalé des exploits par le sage ignorés.

préface de l'histoire du Brandebourg, où il est dit, *qu'il a*
noyé le systême de Leibnitz dans un fatras de volumes, & dans
un déluge de paroles.

                                        Cent

Cent rois que l'on méprise ont ravagé la terre;
   Régnez & l'éclairez.

On a vû trop long-tems l'orgueilleuse ignorance
Ecrasant sous ses pieds le mérite abattu,
Insulter aux talens, aux arts, à la science,
      Autant qu'à la vertu.

Avec un ris moqueur, avec un ton de maître,
Un esclave de cour, enfant des voluptés,
S'est écrié souvent, Est-on fait pour connaître ?
      Est-il des vérités ?

Il n'en est point pour vous, ame stupide & fière;
Absorbé dans la nuit, vous méprisez les cieux.
Le Salomon du Nord aporte la lumière;
      Barbare, ouvrez les yeux.

ODE
SUR LA MORT
DE

L'EMPEREUR CHARLES VI.

2. *Novembre* 1740.

IL tombe pour jamais, ce cèdre dont la tête
Défia si longtems les vents & la tempête,
Et dont les grands rameaux ombrageaient tant d'états,
En un instant frapée,
Sa racine est coupée
Par la faulx du trépas.

Voilà ce roi des rois, & ses grandeurs suprêmes :
La mort a déchiré ces trente diadêmes,
D'un front chargé d'ennuis dangereux ornement.
O race auguste & fière,
Un reste de poussière
Est ton seul monument.

Son nom même est détruit, le tombeau le dévore ;
Et si le faible bruit s'en fait entendre encore,
On dira quelquefois, Il régnait, il n'est plus ;
Eloges funéraires
De tant de rois vulgaires
Dans la foule perdus.

Ah! s'il avait lui-même, en ces plaines fumantes,
Qu'Eugène ensanglanta de ses mains triomphantes,
Conduit de ses Germains les nombreux armemens,
    Et raffermi l'Empire,
    De qui la gloire expire
    Sous les fiers Ottomans !

S'il n'avait pas langui dans sa ville allarmée,
Redoutable en sa cour, aux chefs de son armée,
Puniffant ses guerriers par lui-même avilis :
    S'il eût été terrible
    Au Sultan invincible,
    Et non pas à Wallis,

Ou si plus sage encor, & détournant la guerre,
Il eût par ses bienfaits ramené sur la terre
Les beaux jours, les vertus, l'abondance & les arts,
    Et cette paix profonde,
    Que sut donner au monde
    Le second des Céfars !

La renommée alors en étendant ses aîles,
Eût répandu sur lui les clartés immortelles,
Qui de la nuit du tems percent les profondeurs ;
    Et son nom respectable
    Eût été plus durable
    Que ceux de ses vainqueurs.

Je ne profane point les dons de l'harmonie,
Le sévère Appollon defend à mon génie
De verser, en bravant & les mœurs & les loix,
    Le fiel de la satyre
    Sur la tombe où respire
    La majesté des rois.

              H 2

Mais, ô vérité sainte ! ô jufte renommée !
Amour du genre-humain, dont mon ame enflam-
mée
Reçoit avidement les ordres éternels,
  Dictez à la mémoire
  Les leçons de la gloire
  Pour le bien des mortels.

Rois, la mort vous appelle au tribunal augufte,
Où vous êtes pefés aux balances du jufte.
Votre fiécle eft témoin, le juge eft l'avenir.
  Demi-dieux mis en poudre,
  Lui feul peut vous abfoudre,
  Lui feul peut vous punir.

O D E

A LA

REINE DE HONGRIE,

Faite le 30 Juin de 1742.

Fille de ces héros que l'Empire eut pour maîtres,
Digne du trône auguste, où l'on vit tes ancêtres,
Toujours près de leur chûte, & toujours affermis ;
    Princesse magnanime,
    Qui jouïs de l'estime
    De tous tes ennemis.

Le Français généreux, si fier, & si traitable ;
Dont le goût pour la gloire est le seul goût durable,
Et qui vole en aveugle où l'honneur le conduit,
    Inonde ton empire,
    Te combat, & t'admire,
    T'adore, & te poursuit.

Par des nœuds étonnans l'altière Germanie,
A l'empire Français malgré soi réunie,
Fait de l'Europe entière un objet de pitié ;
    Et leur longue querelle
    Fut cent fois moins cruelle
    Que leur triste amitié.

H 3

Ainfi de l'Equateur, & des antres de l'Ourfe,
Les vents impétueux emportent dans leur courfe
Deux nuages épaix l'un & l'autre oppofés ;
   Et tandis qu'ils s'uniffent,
   Les foudres retentiffent
   De leurs flancs embrafés.

Quoi ! des rois bienfaifans ordonnent ces ravages ?
Ils annoncent le calme, ils forment les orages !
Ils prétendent conduire à la félicité
   Les nations tremblantes,
   Par les routes fanglantes
   De la calamité !

O * vieillard vénérable, à qui les deftinées
Ont de l'heureux Neftor accordé les années,
Sage que rien n'allarme, & que rien n'éblouit,
   Veux-tu priver le monde
   De cette paix profonde,
   Dont ton ame jouït ?

Ah ! s'il pouvait encor, au gré de fa prudence,
Tenant également le glaive & la balance,
Fermer, par des refforts aux mortels inconnus,
   De fa main refpectée
   La porte enfanglantée
   Du temple de Janus !

Si de l'or des Français les fources égarées,
Ne fertilifaient plus de lointaines contrées,
Rapportaient l'abondance au fein de nos remparts,

* Le Cardinal *de Fleury.*

Embelliſſaient nos villes,
Arroſaient les aziles,
Où languiſſent les arts !

Beaux arts, enfans du ciel, de la paix & des
  graces,
Que Louïs en triomphe amena ſur ſes traces,
Ranimez vos travaux ſi brillans autrefois;
    Vos mains découragées,
    Vos lyres négligées,
    Et vos tremblantes voix.

De l'immortalité vos ſuccès ſont le gage.
Tous ces traités rompus, & ſuivis du carnage,
Ces triomphes d'un jour ſi vains, ſi célébrés,
    Tout paſſe, & tout retombe
    Dans la nuit de la tombe,
    Et vous ſeuls demeurez.

H 4

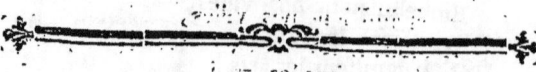

ODE

SUR

L'INGRATITUDE.

I.

O Toi, mon support & ma gloire,
Que j'aime à nourrir ma mémoire
Des biens que ta vertu m'a faits !
Lorsqu'en tous lieux l'ingratitude
Se fait une pénible étude
De l'oubli honteux des bienfaits.

II.

Doux nœuds de la reconnaissance,
C'est par vous que dès mon enfance,
Mon cœur à jamais fut lié ;
La voix du sang, de la nature,
N'est rien qu'un languissant murmure,
Près de la voix de l'amitié.

III.

Eh quel est en effet mon père ?
Celui qui m'instruit, qui m'éclaire,
Dont le secours m'est assuré ;
Et celui dont le cœur oublie
Les biens répandus sur sa vie,
C'est-là le fils dénaturé.

IV.

Ingrats, monstres que la nature,
A paîtris d'une fange impure
Qu'elle dédaigna d'animer,
Il manque à votre ame sauvage,
Des humains le plus beau partage,
Vous n'avez pas le don d'aimer.

V.

Nous admirons ce fier courage
Du lion fumant de carnage,
Symbole du DIEU des combats.
D'où vient que l'univers déteste
La couleuvre bien moins funeste?
Elle est l'image des ingrats.

VI.

Quel monstre plus hideux s'avance?
La nature fuit & s'offense
A l'aspect de ce vieux Giton;
Il a la rage de Zoïle,
De Gacon † l'esprit & le stile,
Et l'ame impure de Chausson.

VII.

C'est Desfontaines; c'est ce Prêtre,
Venu de Sodome à Bissêtre,
De Bissêtre au sacré vallon;
A-t-il l'espérance bizarre,
Que le bucher qu'on lui prépare
Soit fait des lauriers d'Apollon?

† Gacon était un misérable écrivain satyrique universellement méprisé. Chausson fut brûlé publiquement pour le même
crime pour lequel l'abbé des Fontaines fut mis à Bissêtre.

VIII.

Il m'a dû l'honneur & la vie,
Et dans son ingrate furie,
De Rufus lâche imitateur,
Avec moins d'art & plus d'audace,
De la fange où sa voix croasse,
Il outrage son bienfaiteur.

IX.

Qu'un Hibernois, * loin de la France,
Aille ensevelir dans Bizance
Sa honte à l'abri du Croissant ;
D'un œil tranquille & sans colère,
Je vois son crime & sa misère,
Il n'emporte que mon argent.

X.

Mais l'ingrat dévoré d'envie,
Trompette de la calomnie,
Qui cherche à flétrir mon honneur,
Voilà le ravisseur coupable,
Voilà le larcin détestable,
Dont je dois punir la noirceur.

XI.

Pardon, si ma main vengeresse
Sur ce monstre un moment s'abaisse
A lancer ces utiles traits,
Et si de la douce peinture,
De ta vertu brillante & pure,
Je passe à ces sombres portraits.

* Un abbé Irlandais, fils d'un chirurgien de Nantes, qui
se disait de l'ancienne maison de M * *, ayant subsisté longtems

XII.

Mais lorfque Virgile & le Taffe,
Ont chanté dans leur noble audace
Les dieux de la terre & des mers,
Leur mufe, que le ciel infpire,
Ouvre le ténébreux empire,
Et peint le monftre des enfers.

des bienfaits de Mr. de Voltaire, & lui ayant en dernier lien
emprunté deux mille livres, s'affocia en 1732. avec un Ecoffais,
nommé Ramfai, qui fe difait auffi des bons Ramfai, & avec
un Officier Français, nommé Mornay; ils pafférent tous trois
à Conftantinople, & fe firent circoncire chez le comte de
Bonneval.

STANCES
SUR
LES POETES
ÉPIQUES.

PLein de beautés & de défauts,
Le vieil Homère a mon estime;
Il est comme tous les héros,
Babillard outré, mais sublime.

Virgile orne mieux la raison,
A plus d'art, autant d'harmonie;
Mais il s'épuise avec Didon,
Et rate à la fin Lavinie.

De faux brillans, trop de magie,
Mettent la Tasse un cran plus bas.
Mais que ne tolère-t-on pas
Pour Armide & pour Herminie?

Milton, plus sublime qu'eux tous,
A des beautés moins agréables;

Il semble chanter pour les fous,
Pour les anges & pour les diables.

Après Milton, après le Tasse,
Parler de moi serait trop fort;
Et j'attendrai que je sois mort,
Pour apprendre quelle est ma place.
Vous en qui tant d'esprit abonde,
Tant de grace & tant de douceur,
Si ma place est dans votre cœur,
Elle est la première du monde.

STANCES.

SI vous voulez que j'aime encore,
Rendez-moi l'âge des amours.
Au crépuscule de mes jours
Rejoignez, s'il se peut, l'aurore.

Des beaux lieux, où le DIEU du vin
Avec l'amour tient son empire,
Le tems qui me prend par la main,
M'avertit que je me retire.

De son inflexible rigueur
Tirons au moins quelque avantage;
Qui n'a pas l'esprit de son âge,
De son âge a tout le malheur.

Laissons à la belle jeunesse
Ses folâtres emportemens;
Nous ne vivons que deux momens;
Qu'il en soit un pour la sagesse.

Quoi! pour toujours vous me fuyez,
Tendresse, illusion, folie,
Dons du ciel qui me consoliez
Des amertumes de la vie.

On meurt deux fois, je le vois bien;
Cesser d'aimer & d'être aimable,
C'est une mort insuportable;
Cesser de vivre, ce n'est rien.

Ainsi je déplorais la perte
Des erreurs de mes premiers ans,
Et mon ame aux désirs ouverte
Regrettait ses égaremens

Du ciel alors daignant descendre,
L'amitié vint à mon secours;
Elle était peut-être aussi tendre;
Mais moins vive que les amours.

Touché de sa beauté nouvelle;
Et de sa lumière éclairé,
Je la suivis; mais je pleurai
De ne pouvoir plus suivre qu'elle.

SUR
LES ÉVENEMENS

DE L'ANNÉE 1744.

DISCOURS EN VERS.

Quoi, verrai-je toûjours des fotifes en France?
Difait l'hiver dernier, d'un ton plein d'importance,
Timon, qui, du paffé profond admirateur,
Du préfent qu'il ignore eft l'éternel frondeur.
Pourquoi, s'écriait-il, le roi va-t-il en Flandre?
Quelle étrange vertu, qui s'obftines à défendre
Les débris dangereux du trône de Céfars,
Contre l'or des Anglais & le fer des houffars?
Dans le jeune Conty, quel excès de folie,
D'efcalader les monts qui gardent l'Italie,
Et d'attaquer, vers Nice, un roi victorieux,
Sur ces fommets glacés dont le front touche aux
cieux?
Pour franchir ces amas de neiges éternelles,
Dédale à cet Icare a-t-il prêté fes aîles?
A-t-il reçu du moins dans fon deffein fatal,
Pour brifer les rochers, le fecret d'Annibal?
 Il parle, & Conty vole. Une ardente jeuneffe,
Voyant peu les dangers que voit trop la vieilleffe,
Se précipite en foule autour de fon héros:
Du Var qui s'épouvante on traverfe les flots;

De

De torrens en rochers, de montagne en abîme,
Des Alpes en courroux on assiége la cime ;
On y brave la foudre ; on voit de tous côtés,
Et la nature, & l'art, & l'ennemi domtés.
Conty qu'on censurait, & que l'univers loue,
Est un autre Annibal qui n'est point de Capoue.
Critiques orgueilleux, frondeurs, en est-ce assez ?
Avec Nice & Demont vous voilà terrassés.

Mais, tandis que sous lui les Alpes s'applanissent,
Que sur les flots voisins les Anglais en frémissent,
Vers les bords de l'Escaut LOUIS fait tout trembler ;
Le Batave s'arrête, & craint de le troubler,
Ministres, généraux suivent d'un même zèle,
Du conseil aux dangers, leur prince & leur modèle.
L'ombre du grand Condé, l'ombre du grand
    LOUIS,
Dans les champs de la Flandre ont reconnu leurs
    fils :
L'envie alors se tait, la médisance admire.
Zoïle, un jour du moins, renonce à la satire ;
Et le vieux nouvelliste, une canne à la main,
Trace au palais royal, Ypre, Furne & Menin.

Ainsi lorsqu'à Paris la tendre Melpomène
De quelque ouvrage heureux vient embellir sa scène,
En dépit des sifflets de cent auteurs malins,
Le spectateur sensible applaudit des deux mains ;
Ainsi, malgré Bussy, ses chansons & sa haine,
Nos ayeux admiraient Luxembourg & Turenne.
Le Français quelquefois est léger & moqueur ;
Mais toujours le mérite eut des droits sur son
    cœur ;
Son œil perçant & juste est promt à le con-
    naître ;
Il l'aime en son égal, il l'adore en son maître.
La vertu sur le trône est dans son plus beau
    jour,

Et l'exemple du monde en est aussi l'amour.
   Nous l'avons bien prouvé, quand la fièvre
     fatale,
A l'œil creux, au teint sombre, à la marche
     inégale,
De ses tremblantes mains ministres du trépas,
Vint attaquer LOUIS au sortir des combats.
Jadis Germanicus fit verser moins de larmes :
L'univers éploré ressentit moins d'allarmes,
Et goûta moins l'excès de sa félicité,
Lorsqu'Antonin mourant reparut en santé.
Dans nos emportemens de douleur & de joye,
Le cœur seul a parlé, l'amour seul se déploye.
Paris n'a jamais vû de transports si divers,
Tant de feux d'artifice, & tant de mauvais vers.
   Autrefois, ô grand roi, les filles de Mémoire,
Chantant au pied du trône, en égalaient la gloire.
Que nous degénérons de ce tems si chéri !
L'éclat du trône augmente, & le nôtre est flétri.
O ma prose & mes vers, gardez-vous de paraître;
Il est dur d'ennuyer son héros & son maître :
Cependant nous avons la noble vanité
De mener les héros à l'immortalité;
Nous nous trompons beaucoup; un roi juste &
     qu'on aime,
Va sans nous à la gloire, & doit tout à lui-même.
Chaque âge le bénit; le vieillard expirant,
De ce prince, à son fils, fait l'éloge en pleurant;
Le fils, éternisant des images si chères,
Raconte à ses neveux le bonheur de leurs pères;
Et ce nom, dont la terre aime à s'entretenir,
Est porté par l'amour aux siécles à venir.
   Si pourtant, ô grand roi, quelqu'esprit moins
     vulgaire.
Des vœux de tout un peuple interprête sincère,
S'élevant jusqu'à vous par le grand art des vers,

Ofait, fans vous flater, vous peindre à l'univers,
Peut-être on vous verrait féduit par l'harmonie,
Pardonner à l'éloge en faveur du génie ;
Peut-être d'un regard le Parnaffe excité,
De fon luftre terni reprendrait la beauté.
L'œil du maître peut tout ; c'eft lui qui rend la vie
Au mérite expirant fous les dents de l'envie ;
C'eft lui dont les rayons ont cent fois éclairé
Le modefte talent dans la foule ignoré.
Un roi qui fait régner, nous fait ce que nous
    fommes :
Les regards d'un héros produifent les grands - hom-
    mes.

MADRIGAL,

A MADAME DE ***

SUR UN PASSAGE DE POPE.

Pope l'Anglais, ce sage si vanté,
Dans sa morale au Parnasse embellie,
Dit que les biens, les seuls biens de la vie,
Sont le repos, l'aisance & la santé.
Il s'est trompé. Quoi ! dans l'heureux partage
Des dons du ciel fait à l'humain séjour,
Ce triste Anglais n'a pas compté l'amour ?
Qu'il est à plaindre ! Il n'est heureux, ni sage.

A LA MÊME,

En lui envoyant les œuvres mystiques de
Fénélon.

Quand de la Guion le charmant directeur
Disait au monde, Aimez Dieu pour lui-même,
Oubliez-vous dans votre heureuse ardeur,
On ne crut point à cet amour extrême :
On le traita de chimère & d'erreur.
On se trompait, je connais bien mon cœur,
Et c'est ainsi, belle Eglé, qu'il vous aime

A LA MÊME.

DE votre esprit la force est si puissante ;
Que vous poúriez vous passer de beauté ;
De vos attraits la trace est si piquante ,
Que sans esprit vous m'auriez enchanté.
Si votre cœur ne sait pas comme on aime ;
Ces dons charmans sont des dons superflus ;
Un sentiment est cent fois au dessus
Et de l'esprit , & de la beauté même.

A MADAME DE **.
LES DEUX AMOURS.

CErtain enfant qu'avec crainte on caresse,
Et qu'on connaît à son malin souris,
　　Court en tous lieux précédé par les ris ;
　　Mais trop souvent suivi de la tristesse.
Dans les cœurs des humains il entre avec souplesse ;
Habite avec fierté, s'envole avec mépris.
Il est un autre amour , fils craintif de l'estime,
Soumis dans ses chagrins, constant dans ses desirs,
Que la vertu soutient , que la candeur anime,
Qui résiste aux rigueurs , & croît par les plaisirs.
　De cet amour le flambeau peut paraître
　Moins éclatant ; mais ses feux sont plus doux.
　Voilà le DIEU que mon cœur veut pour maître ;
　Et je ne veux le servir que pour vous.

I 3

A LA MEME.

Tout est égard, & la nature sage
Veut au niveau ranger tous les humains :
Esprit, raison, beaux yeux, charmant visage ;
Fleur de santé, doux loisir, jours sereins ;
Vous avez tout, c'est-là votre partage.
Moi, je parais un être infortuné,
De la nature enfant abandonné,
Et n'avoir rien semble mon apanage ;
Mais vous m'aimez, les dieux m'ont tout donné.

PIECES
DÉTACHÉES.

L'ANTI-GITON. *

A Mademoiselle le Couvreur.

O Du théâtre aimable souveraine,
Belle Chloé, fille de Melpomène !
Puissent ces vers de vous être goûtés !
Amour le veut, amour les a dictés.
Ce petit DIEU, de son aile légère,
Un arc en main parcourait l'autre jour
Tous les recoins de votre sanctuaire ;
Car le théâtre appartient à l'Amour :
Tous ses héros sont enfans de Cythère.
Hélas, Amour ! que tu fus consterné,
Lorsque tu vis ce temple profané,
Et ton rival, de son culte hérétique,
Etablissant l'usage antiphysique,
Accompagné de ses mignons fleuris,

---

* Cette piéce est de 1718. & par conséquent fort ancienne ;
l'auteur était alors fort jeune. On l'imprima comme adressée
à la comédienne Duclos.

I 4

Fouler aux piés les myrtes de Cypris !
  Cet ennemi jadis eut dans Gomore,
Plus d'un autel, & les aurait encore,
Si par le feu son pays consumé
En lac un jour n'eût été transformé.
Ce conte n'est de la métamorphose,
Car gens-de-bien m'ont expliqué la chose
Très-doctement ; & partant ne veux pas
Mécroire en rien la vérité du cas.
Ainsi que Loth, chassé de son asyle,
  Ce pauvre dieu courut de ville en ville ;
Il vint en Grèce, il y donna leçon
Plus d'une fois à Socrate, à Platon ;
Chez des héros il fit sa résidence,
Tantôt à Rome, & tantôt à Florence ;
Cherchant toujours, si bien vous l'observez,
Peuples polis & par art cultivés.
Maintenant donc nous voici dans Lutèce,
Séjour fameux des effrénés désirs,
Et qui vaut bien l'Italie & la Grèce,
Quoi qu'on en dise, au moins pour les plaisirs.
Là pour tenter notre faible nature,
Ce dieu paraît sous humaine figure.
Il n'a point l'air de ce pesant abbé,
Brutalement dans le vice absorbé,
Qui tourmentant en tous sens son espèce,
Mord son prochain, & corrompt la jeunesse
Lui, dont l'œil louche, & le mufle effronté,
Font frissonner la tendre volupté,
Et qu'on prendrait, dans ses fureurs étranges,
Pour un démon qui viole des Anges.
Ce Dieu sait trop, qu'en un pedant crasseux,
Le plaisir même est un objet hideux.
  D'un beau marquis il a pris le visage,
Le doux maintien, l'air fin, l'adroit langage ;
Trente mignons le suivent en riant ;

Philis le lorgne, & soupire en fuyant.
Ce faux amour se pavane à toute heure,
Sur le théâtre aux muses destiné,
Où par Racine en triomphe amené,
L'amour galant choisissait sa demeure.
Que dis-je ? hélas ! l'amour n'habite plus
Dans ce réduit. Désespéré, confus,
Des fiers succès du dieu qu'on lui préfère,
L'Amour honnête est allé chez sa mère,
D'où rarement il descend ici-bas.
Belle Chloé, ce n'est que sur vos pas
Qu'il vient encor. Chloé, pour vous entendre,
Du haut des cieux j'ai vû ce DIEU descendre ;
Sur le théâtre il vole parmi nous.
Quand sous le nom de Phèdre, ou de Monime,
Vous partagez entre Racine & vous
De notre encens le tribut légitime.
Que si voulez que cet enfant jaloux
De ces beaux lieux désormais ne s'envole,
Convertissons ceux qui devant l'idole
De son rival ont fléchi les genoux ;
Il vous créa la prêtresse du temple :
A l'hérétique il faut prêcher d'exemple :
Prêchez donc vite & venez, dès ce jour,
Sacrifier au véritable Amour.

LE

CADENAT. *

JE triomphais ; l'amour était le maître,
Et je touchais à ces momens trop courts
De mon bonheur & du vôtre peut-être ;
Mais un tyran veut troubler nos beaux jours ;
C'est votre époux. Geolier sexagénaire,
Il a fermé le libre sanctuaire
De vos apas ; & trompant nos desirs,
Il tient la clef du séjour des plaisirs.
Pour éclaircir ce douloureux mystère,
D'un peu plus haut reprenons cette affaire.
    Vous connaissez la déesse Cérès.
Or, en son tems Cérès eut une fille,
Semblable à vous, à vos scrupules près,
Brune, piquante, honneur de sa famille,
Tendre surtout ; & menant à sa cour
L'aveugle enfant, que l'on appelle Amour.
Un autre aveugle, hélas ! bien moins aimable,
Le triste hymen la traita comme vous.
Le vieux Pluton, riche autant qu'haïssable,
Dans les enfers fut son indigne époux :
Il était dieu, mais avare & jaloux ;
Il fut cocu ; car c'était la justice.
Pyrrithoüs, son fortuné rival,
Beau, jeune, adroit, complaisant, libéral ;

* Cette piéce est fort ancienne. L'auteur n'avait que 18 ans quand il la fit au sujet d'une dame, qui était en effet dans le cas dont il est ici question.

Au dieu Pluton donna le bénéfice
De cocuage. Or ne demandez pas,
Comment un homme avant sa dernière heure
Put pénétrer dans la sombre demeure.
Cet homme aimait, l'amour guida ses pas :
Mais aux enfers, comme aux lieux où vous êtes,
Voyez qu'il est peu d'intrigues secretes !
De sa chaudière, un traître d'espion
Vit le grand cas, & dit tout à Pluton;
Il ajouta, que même à la sourdine
Plus d'un damné festoyait Proserpine.
Le dieu cornu, dans son noir tribunal,
Fit convoquer son sénat infernal;
Il assembla les détestables ames
De tous ses saints dévolus aux enfers,
Qui dès longtems en cocuage experts,
Pendant leur vie ont tourmenté leurs femmes.
Un Florentin lui dit : Frère & seigneur,
Pour détourner la maligne influence
Dont votre altesse a fait l'expérience,
Tuer sa dame est toujours le meilleur.
Mais, las, seigneur, la vôtre est immortelle.
Je voudrais donc, pour votre sûreté,
Qu'un cadenat de structure nouvelle,
Fût le garant de sa fidélité :
A la vertu par la force asservie,
Lors vos plaisirs borneront son envie :
Plus ne sera d'amant favorisé.
Et plût aux dieux que quand j'étais en vie,
D'un tel secret je me fusse avisé !
A ce discours les damnés applaudirent,
Et sur l'airain les Parques l'écrivirent.
En un moment, feux, enclumes, fourneaux,
Sont préparés aux gouffres infernaux.
Tisiphoné, de ces lieux serrurière,
Au cadenat met la main la première;

Elle l'achève, & des mains de Pluton
Proserpina reçut ce triste don.
On m'a conté, qu'essayant son ouvrage,
Le cruel dieu fut ému de pitié,
Qu'avec tendresse il dit à sa moitié,
Que je vous plains ! Vous allez être sage.
 Or, ce secret aux enfers inventé,
Chez les humains tôt après fut porté ;
Et depuis ce, dans Venise & dans Rome,
Il n'est pédant, bourgeois, ni gentilhomme,
Qui pour garder l'honneur de sa maison
De cadenats n'ait sa provision.
Là, tout jaloux, sans craindre qu'on le blâme,
Tient sous la clef la vertu de sa femme.
Or votre époux dans Rome a fréquenté ;
Chez les méchans on se gâte sans peine ;
Et le galant vit fort à la Romaine.
Mais son trésor est-il en sûreté ?
A ses projets l'amour sera funeste ;
Ce dieu charmant sera notre vengeur ;
Car vous m'aimez ; & quand on a le cœur
De femme honnête, on a bientôt le reste.

AUX MANES
DE M. DE GENONVILLE, *
CONSEILLER AU PARLEMENT,
ET INTIME AMI DE L'AUTEUR.

Toi, que le ciel jaloux ravit dans son printems ;
Toi, de qui je conserve un souvenir fidelle,
    Vainqueur de la mort & du tems ;
     Toi dont la perte, après dix ans,
     M'est encor affreuse & nouvelle :
Si tout n'est pas détruit, si sur les sombres bords
Ce soufle si caché, cette faible étincelle,
Cet esprit, le moteur & l'esclave du corps,
Ce je ne sais quel sens qu'on nomme ame immor-
     telle,
Reste inconnu de nous, est vivant chez les morts ;
S'il est vrai que tu sois, & si tu peux m'entendre,
O ! mon cher Genonville, avec plaisir reçoi
Ces vers & ces soupirs que je donne à ta cendre,
Monument d'un amour immortel comme toi.
Il te souvient du tems où l'aimable Egerie,
     Dans les beaux jours de notre vie,
Ecoutait nos chansons, partageait nos ardeurs.
Nous nous aimions tous trois. La raison, la folie,
L'amour, l'enchantement des plus tendres erreurs,
     Tout réunissait nos trois cœurs.

---

* Cette piéce est de 1729. Il n'y avait pas tout-à-fait dix ans
que Mr. de Genonville était mort.

Que nous étions heureux! Même cette indigence,
Triste compagne des beaux jours,
Ne peut de notre joie empoisonner le cours.
Jeunes, gais, satisfaits, sans soins, sans prévoyance;
Aux douceurs du présent bornant tous nos désirs,
Quel besoin avions-nous d'une vaine abondance?
Nous possédions bien mieux, nous avions les plaisirs:
Ces plaisirs, ces beaux jours coulés dans la molleffe,
Ces ris, enfans de l'allégreffe,
Sont paffés avec toi dans la nuit du trépas.
Le ciel, en récompenfe, acorde à ta maîtreffe
Des grandeurs & de la richeffe,
Apuis de l'âge mûr, éclatant embarras,
Faible foulagement quand on perd fa jeuneffe;
La fortune eft chez elle où fut jadis l'amour.
Les plaifirs ont leur tems, la fageffe a fon tour.
L'amour s'eft envolé fur l'aîle du bel âge;
Mais jamais l'amitié ne fuit du cœur du fage.
Nous chantons quelquefois & tes vers & les miens;
De ton aimable efprit nous célébrons les charmes;
Ton nom fe mêle encor à tous nos entrètiens:
Nous lifons tes écrits, nous les baignons de larmes.
Loin de nous à jamais ces mortels endurcis,
Indignes du beau nom, du facré nom d'amis,
Ou toujours remplis d'eux, ou toujours hors d'eux-
mêmes,
Au monde, à l'inconftance ardens à fe livrer,
Malheureux, dont le cœur ne fait pas comme on
aime,
Et qui n'ont point connu la douceur de pleurer.

LA MORT

DE

MADEMOISELLE

LE COUVREUR,

FAMEUSE ACTRICE.

QUe vois-je ? quel objet ! Quoi ! ces lèvres char-
    mantes ,
Quoi ! ces yeux d'où partaient ces flammes élo-
    quentes ;
Eprouvent du trépas les livides horreurs !
Mufes, graces, amours, dont elle fut l'image,
O mes dieux & les fiens, fecourez votre ouvrage.
Que vois-je ? c'en eft fait, je t'embraffe & tu meurs.
Tu meurs ; on fait déja cette affreufe nouvelle :
Tous les cœurs font émus de ma douleur mortelle.
J'entens de tous côtés les beaux arts éperdus,
S'écrier, en pleurant, Melpomène n'eft plus.
      Que direz-vous, race future,
Lorfque vous apprendrez la flétriffante injure,
Qu'à ces arts défolés font des hommes cruels ?
      Ils privent de la fépulture
Celle qui dans la grèce aurait eu des autels.
Quand elle était au monde, ils foupiraient pour elle ;
Je les ai vû foumis, autour d'elle empreffés :
Si-tôt qu'elle n'eft plus, elle eft donc criminelle ;
Elle a charmé le monde, & vous l'en puniffez.
Non, ces bords déformais ne feront plus profanes, *

   * Elle eft enterrée fur le bord de la Seine.

Ils contiennent ta cendre ; & ce triste tombeau,
Honoré par nos chants, consacré par tes mânes,
  Est pour nous un temple nouveau.
Voilà mon Saint Denis ; ouï, c'est-là que j'adore
Tes talens, ton esprit, tes graces, tes appas.
Je les aimai vivans, je les encense encore,
   Malgré les horreurs du trépas,
   Malgré l'erreur & les ingrats,
Que seuls de ce tombeau l'opprobre déshonore.
Ah ! verrai-je toujours ma faible nation,
Incertaine en ces vœux, flétrir ce qu'elle admire,
Nos mœurs avec nos loix toujours se contredire,
Et le Français volage endormi sous l'empire
   De la superstition ?
   Quoi ! n'est-ce donc qu'en Angleterre
   Que les mortels osent penser ?
O rivale d'Athène ! ô Londre ! heureuse terre !
Ainsi que des tyrans, vous avez sû chasser
Les préjugés honteux, qui vous livraient la guerre.
C'est-là qu'on fait tout dire, & tout récompenser ;
Nul art n'est méprisé, tout succès a sa gloire.
Le vainqueur de Tallard, le fils de la victoire
Le sublime Dryden, & le sage Addisson,
Et la charmante Ophils, & l'immortel Newton,
  Ont part au temple de mémoire :
Et le Couvreur à Londre aurait eu des tombeaux
Parmi les beaux esprits, les rois & les héros.
Quiconque a des talens à Londre est un grand-hom-
 me.
   L'abondance & la liberté
Ont après deux mille ans chez vous ressuscité
   L'esprit de la Grèce & de Rome.
Des lauriers d'Apollon, dans nos stériles champs,
La feuille négligée est-elle donc flétrie ?
Dieux ! pourquoi mon pays n'est-il plus la patrie
   Et de la gloire & des talens ?

          Au

AU CAMP
DEVANT
PHILIPSBOURG.
Le 3. Juillet 1734.

C'Eſt ici que l'on dort ſans lit,
Et qu'on prend ſes repas par terre.
Je vois & j'entens l'athmoſphère,
Qui s'embraſe & qui retentit
De cent décharges de tonnerre ;
Et dans ces horreurs de la guerre,
Le Français chante, boit & rit.
Bellone va réduire en cendres
Les courtines de Philipsbourg,
Par cinquante mille Alexandres
Payés à quatre ſous par jour.
Je les vois prodiguant leur vie,
Chercher ces combats meurtriers,
Couverts de fanges & de lauriers,
Et pleins d'honneur & de folie.
   Je vois briller au milieu d'eux
Ce fantôme, nommé la gloire
A l'œil ſuperbe, au front poudreux,
Portant au cou cravate noire,
Ayant ſa trompette en ſa main,
Sonnant la charge & la victoire,

Et chantant quelques airs à boire,
Dont ils répètent le refrain.
O Nation brillante & vaine !
Illuftres fous, peuple charmant,
Que la gloire à fon char enchaîne,
Il eft beau d'affronter gaîment
Le trépas & le prince Eugène.
Mais hélas! quel fera le prix
De vos héroïques proueffes?
Vous ferez cocus dans Paris
Par vos femmes & par vos maîtreffes.

RÉPONSE

A UNE DAME,

OÙ

SOI-DISANT TELLE. *a*)

TU commences par me louer,
  Tu veux finir par me connaître.
Tu me loueras bien moins, mais il faut t'avouer
Ce que je suis, ce que je voudrais être.
J'aurai vû dans trois ans paſſer quarante hivers.
Apollon préſidait au jour qui m'a vû naître.
Au ſortir du berceau j'ai bégayé de vers ;
Bientôt ce dieu puiſſant m'ouvrit ſon ſanctuaire :
Mon cœur vaincu par lui, ſe rengea ſous ſa loi.
D'autres ont fait des vers par le déſir d'en faire ;
  Je fus poëte malgré moi.
Tous les goûts à la fois ſont entrés dans mon ame ;
Tout art a mon hommage, & tout plaiſir m'en-
  flamme.
La peinture me charme ; on me voit quelquefois,
Au palais de Philippe, où dans celui des rois,
Sous les efforts de l'art admirer la nature,
Du brillant *b*) Cagliari ſaiſir l'eſprit divin,

---

a) En 1737. il y eut un homme de Bretagne ; qui s'aviſa d'é-
crire des lettres à pluſieurs gens d'eſprit de Paris, ſous le nom
d'une femme. Chacun y fut attrapé, & cette mépriſe attira
cette réponſe.
 b) Paul Véroneſe.

Et dévorer des yeux la touche noble & fure.
   De Raphaël & du Pouffin.
De ces appartemens qu'anime la peinture,
Sur les pas du plaifir je vole à l'opéra.
   J'applaudis tout ce qui me touche,
   La fertilité de *c*) Campra,
La gaîté de Mouret, les graces de Des-Touche;
Peliffier par fon art, le More par fa voix, *d*)
Tour-à-tour ont mes vœux, & fufpendent mon
  choix.
Quelquefois embraffant la fcience hardie,
   Que la curiofité
   Honora par vanité
   Du nom de philofophie;
Je cours après Newton dans l'abîme des cieux;
Je veux voir fi des nuits la courière inégale,
Par le pouvoir changeant d'une force centrale,
En gravitant vers nous s'approche de nos yeux;
Et pèfe d'autant plus qu'elle eft près de ces lieux
   Dans les limites d'un ovale.
J'en entens raifonner les plus profonds efprits,
Maupertuis & Clairaut, calculante cabale:
Je les vois qui des cieux franchiffent l'intervalle,
Et je vois trop fouvent, que j'ai très-peu compris.
De ces obfcurités je paffe à la morale;
Je lis au cœur de l'homme, & fouvent j'en rougis.
J'examine avec foin les informes écrits,
Les monumens épars, & le ftyle énergique
De ce fameux Pafcal, ce dévôt fatyrique.
Je vois ce rare efprit trop prompt à s'enflammer,
   Je combats ces rigueurs extrêmes:
Il enfeigne aux humains à fe haïr eux-mêmes;
Je voudrais malgré lui leur apprendre à s'aimer.

 c) Muficiens agréables.
 d) Actrices de ce tems-là.

Ainſi mes jours égaux, que les muſes rempliſſent
Sans ſoins, ſans paſſions, ſans préjugés fâcheux,
Commencent avec joie, & vivement finiſſent
     Par des ſoupers délicieux.
L'amour dans mes plaiſirs ne mêle plus ſes peines
La tardive raiſon vient de briſer mes chaînes.
J'ai quitté prudemment ce dieu qui m'a quitté.
J'ai paſſé l'heureux tems fait pour la volupté.
Eſt-il donc vrai, grands dieux ! il ne faut plus que
     j'aime.
La foule des beaux arts, dont je veux tour-à-tour
     Remplir le vuide de moi-même,
N'eſt point encor aſſez pour remplacer l'amour.

K 3

LETTRE
SUR
LA TRACASSERIE,
A Mr. DE BUSSI, ÉVÊQUE DE LUÇON,
en 1724.

Ornement de la bergerie,
Et de l'églife & de l'amour ;
Auffi-tôt que Flore, à fon tour,
Peindra la campagne fleurie,
Revoyez la ville chérie ;
Eft-il pour vous d'autre patrie ?
Et ferait-il dans l'autre vie
Un plus beau ciel, un plus beau jour ?
Si l'on pouvait de ce féjour
Exiler la TRACASSERIE ?
Evitons ce monftre odieux,
Monftre femelle, dont les yeux
Portent un poifon gracieux ;
Er que le ciel, en fa furie,
De notre bonheur envieux,
A fait naître dans ces beaux lieux,
Au fein de la galanterie.
Voyez-vous, comme un miél flateur
Diftile de fa bouche impure ?
Voyez-vous comme l'impofture
Lui prête un fecours féducteur ?
Le couroux étourdi la guide ;
L'embarras, le foupçon timide,

En chancelant suivent ses pas.
Des faux rapports l'erreur avide
Court au-devant de la perfide
Et la caresse dans ses bras.
Que l'amour, secouant ses ailes,
De ces commerces infidèles,
Puisse s'envoler à jamais!
Qu'il cesse de forger des traits
Pour tant de beautés criminelles!
Je hais bien tout mauvais railleur,
De qui le bel - esprit batise
Du nom d'ennui la paix du cœur,
Et la constance de sotise.
Heureux qui voit couler ses jours
Dans la mollesse & l'incurie,
Sans intrigues, sans faux détours,
Près de l'objet de ses amours,
Et loin de la coquetterie!
Que chaque jour rapidement
Pour de pareils amans s'écoule;
Ils ont tous des plaisirs en foule,
Hors ceux du raccommodement.
Rendez-nous donc votre présence,
Galant prieur de Frigolet,
Très-aimable, & très-frivolet;
Venez voir votre humble valet
Dans le palais de la constance;
Les graces, avec complaisance:
Vous suivront en petit-collet;
Et moi, leur serviteur folet,
J'ébaudirai votre excellence
Par des airs de mon flageolet,
Dont l'amour marque la cadence.

A MONSIEUR
DE GERVASI;
MÉDECIN.

TU revenais couvert d'une gloire éternelle ;
Le Gévaudan* surpris t'avait vû triompher
Des traits contagieux d'une peste cruelle,
    Et ta main venait d'étouffer
De cent poisons cachés la semence mortelle.
Dans Maisons cependant je voyais mes beaux jours
Vers leurs derniers momens précipiter leur cours.
Déja près de mon lit la mort inexorable
Avait levé sur moi sa faulx épouvantable.
Le vieux nocher des morts à sa voix accourut.
C'en était fait, sa main tranchait ma destinée :
Mais tu lui dis, arrête,... & la mort étonnée
Reconnut son vainqueur, frémit & disparut.
Hélas ! si comme moi l'aimable Genonville
Avait de ta présence eu le secours utile,
Il vivrait & sa vie eût rempli nos souhaits ;
De son cher entretien je goûterais les charmes ;
Mes jours, que je te dois, renaîtraient sans allarmes ;
Et mes yeux, qui sans toi se fermaient pour jamais,
Ne se rouvriraient point pour répandre des larmes.

* Mr. de Gervasi, célèbre médecin de Paris, avait été
envoyé dans le Gévaudan pour la peste, & à son retour il est
venu guérir l'auteur de la petite vérole dans le château de
Maisons, à six lieues de Paris, en 1723.

C'est toi du moins, c'est toi par qui dans ma douleur
  Je peux jouïr de la douceur
  De plaire & d'être cher encore
Aux illustres amis dont mon destin m'honore.
Je reverrai Maisons, dont les soins bienfaisans
  Viennent d'adoucir ma souffrance ;
Maisons en qui l'esprit tient lieu d'expérience,
  Et dont j'admire la prudence
  Dans l'âge des égaremens.
Je me flatte en secret, qu'à mon dernier ouvrage
Le vertueux Sully donnera son suffrage ;
Que son cœur généreux, avec quelque plaisir,
Au sortir du tombeau me reverra paraître,
  Et que Mariamne peut-être
Pourra par ses malheurs enchanter son loisir.
Beaux jardins de Villars, ombrages toujours frais,
  C'est sous vos feuillages épais
Que je retrouverai ce héros plein de gloire,
  Que nous a ramené la paix
  Sur les ailes de la victoire.
C'est là que Richelieu, par son air enchanteur,
Par ses vivacités, son esprit, & ses graces,
Dès qu'il reparaîtra, saura joindre mon cœur
A tant de cœurs soumis qui volent sur ses traces.
Et toi, cher Bolingbroke, héros qui d'Apollon
  As reçu plus d'une couronne
  Qui réunis en ta personne
  L'éloquence de Cicéron,
L'esprit de Mécénas, l'agrément de Pétrone :
Enfin donc je respire, & respire pour toi ;
Je pourrai désormais te parler & t'entendre.
Mais ciel ! quel souvenir vient ici me surprendre !
Cette aimable beauté qui m'a donné sa foi,
Qui m'a juré toujours une amitié si tendre,
Daignera-t-elle encor jetter les yeux sur moi ?
Hélas ! en descendant sur le sombre rivage,

Dans mon cœur expirant je portais son image;
Son amour, ses vertus, ses graces, ses appas,
Les plaisirs que cent fois j'ai goûté dans ses bras,
A ces derniers momens flataient encor mon ame;
Je brûlais en mourant d'une immortelle flamme.
Grands dieux! me faudrait-il regretter le trépas?
M'aurait-elle oublié? serait-elle volage?
Que dis-je, malheureux! où vais-je m'engager?
   Quand on porte sur le visage,
D'un mal si redouté le fatal témoignage,
  Est-ce à l'amour qu'il faut songer?

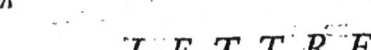

LETTRE

A SON ALTESSE ROYALE

MADAME

LA PRINCESSE DE ***

S Ouvant la plus belle princesse
Languit dans l'âge du bonheur;
L'étiquette de la grandeur,
Quand rien n'occupe & n'intéresse,
Laisse un vuide affreux dans le cœur.

Souvent même un grand roi s'étonne
Entouré de sujets soumis,
Que tout l'éclat de sa couronne,
Jamais en secret ne lui donne
Ce bonheur qu'elle avait promis.

On croirait que le jeu console;
Mais l'ennui vient à pas comptés
A la table d'un Cavagnole *
S'asseoir entre des majestés.

* Jeu à la mode à la cour.

On fait triftement grande chère,
Sans dire & sans écouter rien,
Tandis que l'hébété vulgaire
Vous affiège, vous confidère,
Et croit voir le fouverain bien.

Le lendemain quand l'hémifphère
Eft brûlé des feux du foleil,
On s'arrache au bras du fommeil,
Sans favoir ce que l'on va faire.

De foi-même peu fatisfait,
On veut du monde; il embarraffe:
Le plaifir fuit, le jour fe paffe,
Sans favoir ce que l'on a fait.

O tems, ô perte irréparable!
Quel eft l'inftant où nous vivons?
Quoi! la vie eft fi peu durable,
Et les jours paraitraient fi longs!

Princeffe au-deffus de votre âge,
De deux cours augufte ornement
Voyez employez utilement
Ce tems qui fi rapidement
Trompe la jeuneffe volage.

Vous cultivez l'efprit charmant
Que vous a donné la nature,

Les réflexions, la lecture
En font le solide aliment,
Et son usage est sa parure.

S'occuper c'est savoir jouïr.
L'oisiveté pèse & tourmente.
L'ame est un feu qu'il faut nourrir,
Et qui s'éteint s'il ne s'augmente.

EPITRE

CONNUE SOUS LE NOM

DES VOUS ET DES TU.

PHilis, qu'eſt devenu ce tems,
Où dans un fiacre promenée,
Sans laquais, ſans ajuſtemens,
De tes graces ſeules ornée,
Contente d'un mauvais ſoupé,
Que tu changeais en ambroiſie,
Tu te livrais, dans ta folie,
A l'amant heureux & trompé,
Qui t'avait conſacré ſa vie ?
Le ciel ne te donnait alors,
Pour tout rang & pour tous tréſors,
Que les agrémens de ton âge :
Un cœur tendre, un eſprit volage,
Un ſein d'albâtre, & de beaux yeux.
Avec tant d'attraits précieux,
Hélas ! qui n'eût été friponne !
Tu le fus, objet gracieux,
Et que l'amour me le pardonne,
Tu ſais que je t'en aimais mieux.

Ah ! madame que votre vie,
D'honnenr aujourd'hui ſi remplie,
Diffère de ces doux inſtans !
Ce large Suiſſe à cheveux blancs,
Qui ment ſans ceſſe à votre porte,
Philis, eſt l'image du tems ;
Il ſemble qu'il chaſſe l'eſcorte

Des tendres amours & des ris.
Sous vos magnifiques lambris
Ces enfans tremblent de paraître.
Hélas ! je les ai vû jadis
Entrer chez toi par la fenêtre,
Et se jouer dans ton taudis.
Non, madame, tous ces tapis
Qu'a tissus la Savonnerie, *a*)
Ceux que les Persans ont ourdis,
Et toute votre orfévrerie,
Et ces plats si chers que Germain *b*)
A gravés de sa main divine ;
Et ces cabinets où Martin *c*)
A surpassé l'art de la Chine ;
Vos vases Japonnais & blancs,
Toutes ces fragiles merveilles ;
Ces deux lustres de diamans
Qui pendent à vos deux oreilles ;
Ces riches carcans, ces colliers,
Et cette pompe enchanteresse,
Ne valent pas un des baisers
Que tu donnais dans ta jeunesse.

a) La Savonnerie est une belle manufacture de tapis établie
par le grand Colbert.
b) Germain, excellent orfèvre dont il est parlé dans le
Mondain.
c) Martin, excellent vernisseur.

LETTRE

A MONSEIGNEUR

LE CARDINAL DU BOIS. *

De Cambray, Juillet 1722.

Une beauté qu'on nomme Rupelmonde,
 Avec qui les amours & moi,
 Nous courons depuis peu le monde,
 Et qui nous donne à tous la loi,
 Veut qu'à l'inftant je vous écrive.
Ma mufe, comme à vous, à lui plaire attentive,
Accepte, avec tranfport, un fi charmant emploi.

Nous arrivons, monfeigneur, dans votre métro-
pole, où je crois que tous les ambaffadeurs & tous
les cuifiniers de l'Europe fe font donné rendez-
vous. Il femble que les miniftres d'Allemagne ne
foient à Cambray que pour faire boire la fanté de
l'empereur. Pour meffieurs les ambaffadeurs d'Efpagne, l'un entend deux meffes par jour, l'autre dirige la troupe des comédiens. Les miniftres Anglais
envoyent beaucoup de couriers en Champagne, &
peu à Londres. Au refte, perfonne n'attend ici
votre éminence : on ne penfe pas que vous quittiez le
palais-royal pour venir vifiter vos ouailles. Vous feriez trop fâché, & nous auffi, s'il vous falait quitter le miniftère pour l'apoftolat.

* Cette lettre eft de 1722. On l'a imprimée plufieurs fois,
mais on la donne ici fur l'original. Madame de Rupelmonde
était fille du Maréchal d'Alègre, mariée à un Seigneur Flamand, & mère du Marquis de Rupelmonde tué en Bavière.

Puiffent

Puiffent Meffieurs du Congrès,
En buvant dans cet afyle,
De l'Europe affurer la paix !
Puiffiez-vous aimer votre ville,
Seigneur, & n'y venir jamais !
Je fais que vous pouvez faire des homélies,
Marcher avec un porte-croix,
Entonner la Meffe par-fois,
Et marmoter des litanies.

Donnez, donnez plutôt des exemples aux Rois;
Uniffez à jamais l'efprit à la prudence;
Qu'on publie en tous lieux vos grandes actions :
Faites-vous bénir de la France,
Sans donner à Cambray des bénédictions.

Souvenez-vous, quelquefois, monfeigneur, d'un homme, qui n'a en vérité d'autre regret que de ne pouvoir pas entretenir votre éminence auffi fouvent qu'il le voudrait, & qui de toutes les graces que vous pouvez lui faire, regarde l'honneur de votre confervation comme la plus flateufe.

LETTRE
DE MONSIEUR LE CARDINAL
DE FLEURY,
A Mr. DE VOLTAIRE.

A Iſſi ce 14 Novembre 1640.

JE reçois dans le moment, monſieur, une ſe-
conde lettre de vous, & je n'en perds pas un auſſi
pour y répondre, dans la crainte que Mr. le marquis
de Beauveau ne ſoit parti de Berlin. Je ne puis
qu'approuver le voyage que vous y allez faire; &
vous êtes attaché par des titres trop juſtes & trop
puiſſans au roi de Pruſſe, pour ne pas lui donner
cette marque de votre reſpect & de votre réconn-
naiſſance. Le ſeul motif de la reine de Saba vous
eût ſuffi pour ne pas vous y refuſer.

Je ne ſavais pas, que le précieux préſent que
m'a fait madame la marquiſe du Châtelet, de l'*An-
ti - Machiavel*, vînt de vous; il ne m'en eſt que
plus cher, & je vous remercie de tout mon cœur.
Comme j'ai peu de momens à donner à mon plaiſir, je n'ai pû en lire juſqu'ici qu'une quarantaine
de pages, & je tâcherai de l'achever dans ce que
j'appelle fort improprement ma retraite; car elle
eſt par malheur trop troublée pour mon repos.

Quel que ſoit l'auteur de cet ouvrage, s'il n'eſt
pas prince, il mérite de l'être, & le peu que j'en
ai lu eſt ſi ſage, ſi raiſonnable, & renferme des
principes ſi admirables, que celui qui l'a fait ſe-

rait digne de commander aux autres hommes, pourvû qu'il eût le courage de les mettre en pratique.
S'il est né prince, il contracte un engagement bien
solemnel avec le public : & l'empereur Antonin ne
se serait pas acquis la gloire immortelle, qu'il con-
servera dans tous les siécles, s'il n'avait soutenu,
par la justice de son gouvernement, la belle morale,
dont il avait donné des leçons si instructives à tous
les souverains.

Vous me dites des choses si flateuses pour moi,
que je n'ai garde de les prendre à la lettre ; mais
elles ne laissent pas de me faire un sensible plaisir, parce qu'elles sont du moins une preuve de
votre amitié. Je serais infiniment touché, que sa
majesté Prussienne pût trouver dans ma conduite
quelque conformité avec ses principes ; mais du
moins puis-je vous assurer, que je sens, & regarde
les siens comme le modèle du plus parfait & du
plus glorieux gouvernement.

Je tombe sans y penser dans des réflexions politiques, & je finis en vous assûrant, que je tâcherai de ne pas me rendre indigne de la bonne
opinion que sa majesté Prussienne daigne avoir de
moi. Il a la qualité de prince de trop, & s'il n'é-
tait qu'un simple particulier, on se ferait un honneur de vivre avec lui en société. Je vous porte
envie, monsieur, d'en jouir ; & vous félicite d'autant plus, que vous ne le devez qu'à vos talens
& à vos sentimens, &c.

REPONSE

DE

MONSIEUR DE VOLTAIRE

A MONSEIGNEUR

LE CARDINAL DE FLEURY.

J'Ai reçu, Monseigneur, votre lettre du 14. que monsieur le marquis de Beauveau m'a remise. J'ai obéi aux ordres que votre éminence ne m'a point donnés. J'ai montré votre lettre au roi de Prusse ; il est d'autant plus sensible à vos éloges, qu'il les mérite ; & il me paraît, qu'il se dispose à mériter ceux de toutes les nations de l'Europe. Il est à souhaiter pour leur bonheur, ou du moins pour celui d'une grande partie, que le roi de France & le roi de Prusse soient amis. C'est votre affaire. La mienne est de faire des vœux, & de vous être toujours dévoué avec le plus profond respect.

A Berlin
ce 26 Novembre 1740.

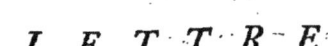

LETTRE

DE

MONSIEUR

LE CARDINAL ALBERONI,

A Mr. DE VOLTAIRE.

A Rome
ce 10. *Février* 1735.

IL m'eſt arrivé aſſez tard, monſieur, la connaiſ-
ſance de la vie que vous avez écrite du feu roi de
Suède, pour vous rendre bien de graces pour ce
qui me regarde. Votre prévention & votre pen-
chant pour ma perſonne vous a porté aſſez loin ,
puiſqu'avec votre ſtyle ſublime vous avez dit plus
en deux mots de moi, que ce qu'a dit Pline de
Trajan dans ſon panégyrique. Heurenx les princes ,
qui auront le bonheur de vous intéreſſer dans leurs
faits ! Votre plume ſuffit pour les rendre immortels.
A mon égard, monſieur , je vous proteſte les ſentimens de la plus parfaite reconnaiſſance ; & je vous
aſſure , monſieur , que perſonne au monde ne vous
eſtime & reſpecte plus que le cardinal ALBERONI.

RÉPONSE

DE

MONSIEUR DE VOLTAIRE.

MONSEIGNEUR,

LA lettre dont votre éminence m'a honoré est un
prix aussi flateur de mes ouvrages, que l'estime de
l'Europe a dû vous l'être de vos actions. Vous ne me
deviez aucun remerciment, monseigneur; je n'ai
été que l'organe du public en parlant de vous. La liberté & la vérité, qui ont toujours conduit ma plume, m'ont
valu votre suffrage. Ces deux caractères doivent plaire
à un génie tel que le vôtre. Quiconque ne les aime pas,
pourra bien être un homme puissant, mais ne sera
jamais un grand homme. Je voudrais être à portée
d'admirer de plus près celui à qui j'ai rendu justice de si
loin. Je ne me flate pas d'avoir jamais le bonheur de voir
votre éminence. Mais si Rome entend assez ses intérêts pour vouloir au moins rétablir les arts, le commerce, & remettre quelque splendeur dans un pays
qui a été autrefois le maître de la plus belle partie du
monde; j'espère alors que je vous écrirai sous un autre titre, que sous celui de votre éminence, dont j'ai
l'honneur d'être avec autant d'estime que de respect,
&c. &

PREMIERE LETTRE
D U
PRINCE ROYAL DE PRUSSE
A Mr. DE VOLTAIRE.
Du 8 Août 1736.

MONSIEUR,

QUoique je n'aye pas la satisfaction de vous connaître personnellement, vous ne m'en êtes pas moins
connu par vos ouvrages. Ce sont des trésors d'esprit,
si l'on peut s'exprimer ainsi, & des piéces travaillée-
avec tant de goût, que les beautés en paraissent nouvelles chaque fois qu'on les relit. Je crois y avoir reconnu le caractère de leur ingénieux auteur, qui fait
honneur à notre siécle & à l'esprit humain. Les
grands hommes modernes vous auront un jour
l'obligation, & à vous uniquement, en cas
que la dispute, à qui d'eux ou des anciens la préférence est dûe vienne à renaître, que vous ferez pen-
cher la balance de leur côté.

Vous ajoutez à la qualité d'excellent poëte, une infinité d'autres connaissances, qui à la vérité ont quelque affinité avec la poësie, mais qui ne lui ont été
appropriées que par votre plume. Jamais poëte ne cas
dença des pensées métaphysiques; l'honneur vous en
était réservé le premier. C'est ce goût que vous marquez dans vos écrits pour la philosophie, qui m'engage à vous envoyer la traduction que j'ai fait faire
de l'accusation & de la justification du sieur Volf, le
plus célèbre philosophe de nos jours, qui pour avoir
porté la lumière dans les endroits les plus ténébreux

L 4

de la métaphysique, & pour avoir traité ces difficiles
matières d'une manière également relevée, que précise & nette, est cruellement accusé d'irréligion &
d'athéisme. Tel est le destin des grands hommes; leur
génie supérieur les expose toujours en bute aux traits
envenimés de la calomnie & de l'envie.

Je suis à présent à faire traduire le *Traité de* DIEU,
de l'ame & du monde, émané de la plume du même
auteur. Je vous l'envoyerai, monsieur, dès qu'il sera
achevé; & je suis sûr, que la force de l'évidence
vous frapera dans toutes ses propositions, qui se
suivent géométriquement, & connectent les unes
avec les autres comme les anneaux d'une chaîne.

La douceur & le support que vous marquez pour
tous ceux qui se vouent aux arts & aux sciences,
me fait espérer, que vous ne m'exclurez pas du
nombre de ceux que vous trouvez dignes de vos
instructions. Je nomme ainsi votre commerce de
lettres, qui ne peut-être que profitable à tout être
pensant. J'ose même avancer, sans déroger au mérite
d'autrui, que dans l'univers entier il n'y aurait guères
d'exception à faire de ceux dont vous ne pourriez
être le maître. Sans vous prodiguer un encens indigne
de vous être offert, je peux vous dire, que je trouve
des beautés sans nombre dans vos ouvrages. Votre
Henriade me charme, & triomphe heureusement de
la critique peu judicieuse que l'on a fait d'elle. La tragédie de *César* nous fait voir des caractères soutenus.
Les sentimens y sont tous magnifiques & grands, &
l'on sent que Brutus est ou Romain, ou Anglais.
Alzire ajoute aux graces de la nouveauté cet heureux contraste des mœurs des sauvages & des Euro-
péans. Vous faites voir par le caractère de Gusman,
qu'un Christianisme mal entendu, & guidé par le
faux zèle, rend plus barbare & plus cruel que le
paganisme même.

Corneille, le grand Corneille, lui qui s'attirait l'admiration de tout son siécle, s'il ressuscitait de nos jours, il verrait avec étonnement, & peut-être avec envie, que la tragique déesse vous prodigue avec profusion les graces, dont elle était avare envers lui. A quoi n'a-t-on pas lieu de s'attendre de l'auteur de tant de chefs-d'œuvre? Quelles nouvelles merveilles ne vont pas sortir de la plume, qui jadis traça si spirituellement & si élégamment le *Temple du Goût*?

C'est ce qui me fait désirer si ardemment d'avoir tous vos ouvrages. Je vous prie, monsieur, de me les envoyer, & de me les communiquer tous sans réserve. Si parmi les manuscrits il y en a quelqu'un que par une circonspection nécessaire vous trouviez à propos de cacher aux yeux du public, je vous promets de le conserver dans le sein du secret, & de me contenter d'y applaudir dans mon particulier. Je sais malheureusement, que la foi des princes est un objet peu respectable de nos jours; mais j'espère néanmoins, que vous ne vous laisserez pas préoccuper par des préjugés généraux, & que vous ferez une exception à la règle en ma faveur.

Je me croirai plus riche en possédant vos ouvrages, que je ne le serais par la possession de tous les biens passagers & méprisables de la fortune, qu'un même hazard fait acquérir & perdre. L'on peut se rendre propre les premiers, s'entend vos ouvrages moyennant le secours de la mémoire, & ils nous durent autant qu'elle. Connaissant le peu d'étendue de la mienne, je balance longtems avant de me déterminer sur le choix des choses que je juge dignes d'y placer.

Si la poésie était encor sur le pied où elle fut autrefois, savoir que les poëtes ne savaient que fredonner des idylles ennuyeux, des églogues faites sur un même

moule, des ſtances inſipides, ou que tout-au-plus
ils ſavaient monter leur lyre ſur le ton d'élégie, j'y
renoncerais à jamais : mais vous annobliſſez cet art,
vous nous montrez des chemins nouveaux & des
routes inconnues aux ** & aux ***.

Vos poëſies ont des qualités, qui les rendent
reſpectables, & dignes de l'admiration & de l'étude
des honnêtes-gens. Elles ſont un cours de morale,
où l'on apprend à penſer & à agir. La vertu y eſt
peinte des plus belles couleurs. L'idée de la vérirable
gloire y eſt déterminée, & nous inſinue le gout
des ſciences d'une manière ſi finie & ſi délicate,
que quiconque a lu vos ouvrages reſpire l'ambition
de ſuivre vos traces. Combien de fois ne me ſuis-je
pas dit, » Malheureux ! laiſſe-là un fardeau dont le
» poids ſurpaſſe tes forces ; l'on ne peut imiter Vol-
» taire, à moins que d'être Voltaire même. C'eſt
dans ces momens, que j'ai ſenti, que les avantages
de la naiſſance ſervent à peu de choſes, ou pour
mieux dire, à rien. Ce ſont des diſtinctions étrangères de nous-mêmes, & qui ne décorent que la figure. De combien les talens de l'eſprit ne leur ſont-ils
pas préférables ?

Que ne doit-on pas aux gens, que la nature à diſ-
tingués parce qu'elle les a fait naître ? Elle ſe plaît à
former des ſujets qu'elle doüe de toute la capacité néceſſaire pour faire des progrès dans les arts & les
ſciences, & c'eſt aux princes à récompenſer leurs
veilles. Eh ! que la gloire ne ſe ſert-elle de moi pour
couronner vos ſuccès ? Je ne craindrais autre choſe,
ſinon que le pays, peu fertile en lauriers, n'en four-
nirait pas autant que vos ouvrages en méritent. Si
mon deſtin ne me favoriſe pas juſques au point de
pouvoir vous poſſéder, du moins puis-je eſpérer de
voir un jour celui, que depuis ſi longtems j'admire de
loin, & de vous aſſurer de vive voix, que je ſuis avec

toute l'eftime & la confidération duë à ceux qui, fuivant pour guide le flambeau de la vérité, confacren-leurs travaux au bien public.

MONSIEUR,

Votre-affectionné ami,
FREDERIC P. R. de Pruffe.

RÉPONSE
DE Mr. DE VOLTAIRE
AU
PRINCE ROYAL DE PRUSSE.

A Paris le 26 Août 1736.

MONSEIGNEUR,

IL faudrait être insensible, pour n'être pas infiniment touché de la lettre dont V. A. R. a daigné m'honorer ; mon amour-propre en a été trop flaté ; mais l'amour du genre humain, que j'ai eu toujours dans le cœur, & qui, j'ose dire, fait mon caractère, m'a donné un plaisir mille fois plus pur, quand j'ai vû, qu'il y a dans le monde un prince, qui pense en homme, un prince philosophe, qui rendra les hommes heureux.

Souffrez que je vous dise, qu'il n'y a personne sur la terre, qui ne doive des actions de graces aux soins que vous prenez de cultiver, par la saine philosophie, une ame née pour commander. Croyez, qu'il n'y a eu de véritables bons rois, que ceux qui ont commencé comme vous par s'instruire, par connaître les hommes, par aimer le vrai, par détester la persécution & la superstition. Il n'y a point de prince, qui en pensant ainsi, ne puisse ramener l'âge d'or dans ses états. Pourquoi si peu de rois cherchent-ils cet avantage ? Vous le sentez, monseigneur, c'est que

presque tous songent plus à la royauté qu'à l'humanité. Vous faites précisément le contraire. Soyez sûr
que si un jour le tumulte des affaires & la méchanceté
des hommes n'altèrent point un si divin caractère,
vous serez adoré de vos peuples, & chéri du monde
entier : les philosophes, dignes de ce nom, voleront
dans vos états ; & comme les artisans célèbres viennent en foule dans le pays où leur art est le plus favorisé, les hommes qui pensent viendront entourer votre trône.

L'illustre reine Christine quitta son royaume pour
aller chercher les arts. Régnez, monseigneur, & que
les arts viennent vous chercher.

Puissiez-vous n'être jamais dégoûté des sciences par
les querelles des savants ! Vous voyez, monseigneur,
par les choses que vous daignez me mander, qu'ils
sont hommes pour la plupart, comme les courtisans
mêmes ; ils sont quelquefois aussi avides, aussi intri-
gans, aussi faux, aussi cruels ; & toute la différence,
qui est entre les pestes de cour & les pestes de l'école,
c'est que ces derniers sont plus ridicules.

Il est bien triste pour l'humanité, que ceux qui se
disent les déclarateurs des commandemens célestes,
les interprètes de la divinité, en un mot les théologiens, soient quelquefois les plus dangereux de
tous ; qu'il s'en trouve d'aussi pernicieux dans la société, qu'obscurs dans leurs idées ; & que leur ame
soit gonflée de fiel & d'orgueil, à proportion qu'elle
est vuide de vérités. Ils voudraient troubler la terre
pour un sophisme, & intéresser tous les rois à venger
par le fer & par le feu l'honneur d'un argument *in fe-
rio* ou *in barbara*. Tout être pensant, qui n'est pas
de leur avis, est un athée ; & tout roi, qui ne les favorise pas, sera damné. Vous savez, monseigneur,
que le mieux qu'on puisse faire, c'est d'abandonner à
eux-mêmes ces prétendus précepteurs, & ces enne-

mis réels du genre-humain. Leurs paroles, quand elles sont négligées, se perdent en l'air comme du vent : mais si le poids de l'autorité s'en mêle, ce vent acquiert une force, qui renverse quelquefois le trône.

Je vois, monseigneur, avec la joie d'un cœur rempli d'amour pour le bien public, la distance immense que vous mettez entre les hommes qui cherchent en paix la vérité, & ceux qui veulent faire la guerre pour des mots qu'ils n'entendent pas. Je vois, que les Newtons, les Leibnitz, les Bayles, les Lockes, ces ames si élevées & si douces, sont ceux qui nourrissent votre esprit, & que vous rejettez les autres alimens prétendus, que vous trouveriez empoisonnés, ou sans substance.

Je ne saurais trop remercier V. A. R. de la bonté qu'elle a eu de m'envoyer le petit livre concernant Mr. Wolf; je regarde ses idées métaphysiques comme des choses qui font honneur à l'esprit humain. Ce sont des éclairs au milieu d'une nuit profonde; c'est tout ce qu'on peut espérer, je crois, de la métaphysique. Il n'y a pas d'apparence, que les premiers principes des choses soient jamais bien connus. Les souris qui habitent quelques petits trous d'un bâtiment immense, ne savent ni si ce bâtiment est éternel, ni quel en est l'architecte, ni pourquoi cet architecte a bâti : elles tâchent de conserver leur vie, de peupler leurs trous, & de fuir les animaux destructeurs qui les poursuivent. Nous sommes les souris, & le divin architecte, qui a bâti cet univers, n'a pas encor, que je sache, dit son secret à aucun de nous. Si quelqu'un peut prétendre à deviner juste, c'est Mr. Wolf. On peut le combattre; mais il faut l'estimer : sa philosophie est bien loin d'être pernicieuse. Y a-t-il rien de plus beau & de plus vrai, que de dire, comme il fait, que les hommes doivent être justes, quand même ils auraient le malheur d'être d'athées

Vous avez la bonté, monseigneur, de me promettre de m'envoyer le *Traité de* DIEU, *de l'ame & du monde.* Quel préfent & quel commerce ! L'héritier d'une monarchie daigne du fein de fon palais envoyer des inftructions à un folitaire ! Daignez me faire ce préfent, monseigneur, mon amour extrême pour le vrai eft la feule chofe qui m'en rend digne ; la plûpart des princes craignent d'entendre la vérité, & ce fera vous qui l'enfeignerez.

A l'égard des vers dont vous me parlez, vous penfez fans doute fur cet article auffi fenfément que fur tout le refte. Les vers, qui n'apprenent pas aux hommes des vérités neuves & touchantes, ne méritent guères d'être lus ; vous fentez, qu'il n'y aurait rien de plus méprifable, que de paffer fa vie à renfermer dans les rimes, des lieux communs ufés, qui ne méritent pas le nom de penfées. S'il y a quelque chofe de plus vil, c'eft de n'être que poëte fatyrique, & de n'écrire que pour décrier les autres. Ces poëtes font dans le Parnaffe, ce que font dans les écoles ces docteurs, qui ne favent que des mots, & qui cabalent contre ceux qui écrivent des chofes.

Si la *Henriade* a pû ne pas déplaire à V. A. R., j'en dois rendre grace à cet amour du vrai, à cet horreur que mon poëme refpire pour les factieux, pour les perfécuteurs, pour les fuperftitieux, pour les tyrans, & pour les rebelles. C'eft l'ouvrage d'un honnête-homme, il devait trouver grace devant un prince philofophe.

Vous m'ordonnez de vous envoyer mes autres ouvrages ; je vous obéirai, monseigneur : vous ferez mon juge, & vous me tiendrez lieu du public. Je vous foumettrai ce que j'ai hazardé en philofophie ; vos lumières feront ma récompenfe ; c'eft un prix que peu de fouverains peuvent donner. Je fuis fûr de votre fecret ; votre vertu doit égaler vos connaiffances.

Je regarderais comme un bonheur bien précieux celui de venir faire ma cour à votre alteffe royale. On va à Rome pour voir des églifes, des tableaux, des ruines, & des bas-reliefs. Un prince tel que vous mérite bien mieux un voyage; c'eft une rareté bien plus merveilleufe. Mais l'amitié, qui me retient dans la retraite où je fuis, ne me permet pas d'en fortir. Vous paraiffez plus homme que prince, & vous permettrez fans doute, monfeigneur, que les amis foient préférés aux rois.

Dans quelque coin du monde que j'achève ma vie, foyez fûr, monfeigneur, que je ferai continuellement des vœux pour vous, c'eft-à-dire, pour le bonheur de tout un peuple. Mon efprit fera toujours au rang de ves fujets; votre gloire me fera toujours chère. Je fouhaiterai, que vous reffembliez toujours à vous-même, & que les autres rois vous reffemblent.

Je fuis avec un très-profond refpect

DE VOTRE ALTESSE ROYALE,

le très-humble, &c
VOLTAIRE.

AU

A U
R.. D E P......

A Cirey ce 21 Décembre 1741.

Soleil, pâle flambeau de nos triftes hivers,
  Toi, qui de ce monde es le père,
Et qu'on a cru longtemps le père des bons vers,
Malgré tous les mauvais que chaque jour voit faire ;
  Soleil, par quel cruel deftin
Faut-il que dans ce mois où l'on touche à fa fin,
Tant de vaftes dégrés t'éloignent de Berlin ?
C'eft-là qu'eft mon héros, dont le cœur & la tête
Raffemblent tout le feu qui manque à fes états ;
Mon héros, qui de Neifs achevait la conquête,
  Quand tu fuyais de nos climats :
Pourquoi vas-tu, di-moi, vers le pôle antarctique ?
Quels charmes ont pour toi les nègres de l'Afrique ?
Revole fur tes pas loin de ce trifte bord,
Imite mon héros, viens éclairer le Nord.

C'eft ce que je difais, Sire, ce matin au foleil votre
confrère, qui eft auffi l'ame d'une partie de ce monde.
Je lui en dirais bien davantage fur le compte de votre
majefté, fi j'avais cette facilité de faire des vers, que
je n'ai plus, & que vous avez. J'en ai reçu ici que
vous avez fait dans Neifs tout auffi aifément que vous
avez pris cette ville. Cette petite anecdote, jointe
aux vers que votre humanité m'envoya immédiatement après la victoire de Molwits, fournit de bien
finguliers mémoires pour fervir un jour à l'hiftoire.

Mélanges &c.   M

Louïs XIV. prit en hiver la Franche-Comté; mais il ne donna point de bataille, & ne fit point de vers au camp de Dole, ou de Besançon. Ceux que votre majesté a faits dans Neiss ressemblent à ceux que Salomon faisait dans sa gloire, quand il disait, après avoir tâté de tout, *Tout n'est que vanité*. Il est vrai, que le bon homme parlait ainsi au milieu de trois cent femmes & de sept cent concubines; le tout sans avoir donné de bataille, ni fait de siége. Mais n'en déplaise, Sire, à Salomon & à vous, ou bien à vous & à Salomon, il ne laisse pas d'y avoir quelque réalité dans ce monde.

Conquérir cette Silésie,
Revenir couvert de lauriers,
Dans les bras de la poësie;
Donner aux belles, aux guerriers,
Opéra, bal, & comédie;
Se voir craint chéri, respecté,
Et connaître au sein de la gloire
L'esprit de la société,
Bonheur si rarement goûté
Des savoirs de la victoire;
Savourer avec volupté,
Dans des momens libres d'affaire,
Les bons vers de l'antiquité,
Et quelquefois en daigner faire
Dignes de la postérité:
Semblable vie a de quoi plaire;
Elle a de la réalité,
Et le plaisir n'est point chimère.

Votre majesté a fait bien des choses en peu de temps. Je suis persuadé, qu'il n'y a personne sur la terre plus occupé qu'elle, & plus entraîné dans la variété des affaires de toute espèce. Mais avec ce génie dévorant, qui met tant de choses dans sa sphère

d'activité, vous conferverez toujours cette fupério-
riorité de raifon qui vous élève au-deffus de ce que
vous êtes & de ce que vous faites.

Tout ce que je crains, c'eft que vous ne veniez à
trop méprifer les hommes. Des millions d'animaux
fans plumes à deux pieds, qui peuplent la terre,
font à une diftance immenfe de votre perfonne, par
leur ame comme par leur état. Il y a un beau vers de
Milton.

Amongft unequals no fociety.

Il y a encor un autre malheur, c'eft que votre
majefté peint fi bien les nobles friponneries des politiques, les foins intéreffés des courtifans, &c.
qu'elle finira par fe défier de l'affection des hommes
de toute efpèce, & qu'elle croira qu'il eft démontré
en morale, qu'on n'aime point un roi pour lui-
même. Sire, que je prenne la liberté de faire auffi ma
démonftration. N'eft-il pas vrai, qu'on ne peut pas
s'empêcher d'aimer pour lui-même un homme d'un
efprit fupérieur, qui a bien des talens, & qui joint
à tous ces talens-là celui de plaire ? Or s'il arrive,
que par malheur ce génie fupérieur foit roi, fon
état doit-il empirer ? Et l'aimerait-on moins parce
qu'il porte une couronne ? Pour moi je fens, que la
couronne ne me refroidit point du tout. Je fuis, &c.

M 2

LETTRE
DU R. DE P......
A MONSIEUR DE VOLTAIRE.

A Sélowits ce 23 Mars 1742.

MON CHER VOLTAIRE,

JE crains de vous écrire, car je n'ai d'autres nouvelles à vous mander, que d'une espèce dont vous ne
vous souciez guère, ou que vous abhorrez. Si je
vous disais, par exemple, que des peuples de deux
différentes contrées d'Allemagne sont sortis du fond
de leurs habitations, pour se couper la gorge avec
d'autres peuples dont ils ignoraient jusqu'au nom
même, & qu'ils ont été chercher jusques dans un
pays fort éloigné : Pourquoi ? Parce que leur maître
a fait un contrat avec un autre prince, & qu'ils voulaient, joints ensemble, en égorger un troisieme :
Vous me diriez, que ces gens sont fous, sots, &
furieux, de se prêter ainsi au caprice & à la barbarie
de leur maître.

Si je vous disais, qne nous nous préparons avec
grand soin à détruire quelques murailles élevées à
grands fraix ; que nous faisons la moisson où nous
n'avons point semé, & les maîtres où personne n'est
assez fort pour nous résister ; vous vous récrieriez :
Ah barbares ! Ah brigands ! Inhumains que vous
êtes ! diriez-vous ! les injustes n'hériteront point du
royaume des cieux, selon *St. Mathieu chapitre* 12.
v. 34.

Puifque je prévois ce que vous diriez fur ces matières, je ne vous en parlerai point. Je me contenterai de vous informer, qu'un homme, dont vous aurez entendu parler fous le nom du roi de Pruffe, apprenant que les états de fon allié l'empereur étaient ruinés par la reine d'Hongrie, eft volé à fon fecours ; qu'il a joint fes troupes à celles du roi de Pologne, pour opérer une diverfion en baffe Autriche ; & qu'il a fi bien réuffi, qu'il s'attend dans peu à combattre les principales forces de la reine d'Hongrie pour le fervice de fon allié. Voilà de la générofité, direz-vous, voilà de l'héroïfme. Cependant, cher Voltaire, le premier tableau & celui-ci font les mêmes ; c'eft la même femme, qu'on repréfente premiérement en cornettes de nuit lorfqu'elle fe dépouille de fes charmes, & enfuite avec fon fard, fes dents & fes pompons. De combien de différentes façons n'envifage-t-on pas les objets ! Combien les jugemens ne varient-ils point ! Les hommes condamnent le foir ce qu'ils approuvaient le matin ; ce même foleil, qui leur plaifait en fon aurore, les fatigue en fon couchant. De-là viennent ces réputations établies, effacées, & qui fe rétabliffent pourtant ; & nous fommes affez infenfés pour nous donner, pour la réputation, du mouvement pendant notre vie entière. Eft-il poffible, qu'on ne fe foit pas détrompé de cette fauffe monnoie, depuis le tems qu'elle eft connue ? &c.

LETTRE

DU R. DE P.....

SI les hiſtoires de l'univers avaient été écrites comme
celle que vous m'avez confiée, nous ſerions plus inſ-
ſtruits des mœurs de tous les ſiecles, & moins trompés
par les hiſtoriens. Plus je vous connais, & plus je trouve
que vous êtes un homme unique. Jamais je n'ai lu
de plus beau ſtyle que celui de l'hiſtoire de Louis XIV.
Je relis chaque paragraphe deux ou trois fois, tant
j'en ſuis enchanté : toutes les lignes portent coup :
tout eſt nourri de réflexions excellentes : aucune
fauſſe penſée ; rien de puéril, & avec cela une im-
partialité parfaite. Dès que j'aurai lu tout l'ouvrage,
je vous enverrai quelques petites remarques, entr'autres ſur les noms Allemans qui ſont un peu
maltraités ; ce qui peut répandre de l'obſcurité ſur
cet ouvrage, puiſqu'il y a des noms qui ſont ſi défi-
gurés, qu'il faut les déviner.

Je ſouhaiterais que votre plume eût compoſé tous
les ouvrages qui ſont faits, & qui peuvent être de
quelque inſtruction. Ce ſerait le moyen de profiter,
& de tirer utilité de la lecture.

Je m'impatiante quelquefois des inutilités, des pauvres réflexions, ou de la ſéchereſſe qui règne dans
de certains livres. C'eſt au lecteur à digérer de pareilles lectures. Vous épargnez cette peine à vos
lecteurs. Qu'un homme ait du jugement ou non,
il profite également de vos ouvrages : il ne lui faut
que de la mémoire.

Je vous conjure, mon cher ami, de me mander
out ce que vous faites à Cirey que j'envie.

RÉPONSE.

Vous ordonnez, que je vous dise
Tout ce qu'à Cirey nous faisons :
Ne le voyez-vous pas, sans qu'on vous en instruise ?
Vous êtes notre maître ; & nous vous imitons :
Nous retenons de vous les plus belles leçons
De la sagesse d'Epicure.
Comme vous, nous sacrifions
A tous les arts, à la nature ;
Mais de fort loin nous vous suivrons.
Ainsi tandis qu'à l'avanture
Le dieu du jour lance un rayon
Au fond de quelque chambre obscure,
De ces traits la lumière pure
Y peint du plus vaste horizon
La perspective en mignature.
Une telle comparaison
Se sent un peu de la lecture
Et de Kirker & de Newton.
Par ce ton si philosophique,
Qu'ose prendre ma faible voix,
Peut-être je gâte à la fois
La poësie & la physique.
Mais cette nouveauté me pique ;
Et du vieux code poëtique
Je commence à braver les loix.
Qu'un autre dans ses vers lyriques,
Depuis deux mille ans répétés,
Brode encor des fables antiques :
Je veux de neuves vérités.
Divinités des bergeries,
Nayades des rives fleuries,

M 4

Satyres qui dansez toujours,
Vieux enfrns que l'on nomme amours,
Qui faites naître en nos prairies
De mauvais vers & de beaux jours,
Allez remplir les hémistiches
De ces vers pillés & postiches,
Des rimailleurs suivans le cours.
D'une mesure cadencée
Je connais le charme enchanteur
L'oreille est le chemin du cœur;
L'harmonie, & son bruit flateur,
Sont l'ornement de la pensée;
Mais je préfère avec raison
Les belles fautes du génie
A l'exacte & froide oraison
D'un puriste d'académie.
Jardins, plantés en symétrie,
Arbres nains tirés au cordeau,
Celui qui vous mit au niveau
En vain s'applaudit, se récrie,
En voyant ce petit morceau :
Jardins, il faut que je vous fuye;
Trop d'art me révolte & m'ennuye;
J'aime mieux ces vastes forêts;
La nature libre & hardie,
Irrégulière dans ses traits,
S'accorde avec ma fantaisie.
Mais dans ce discours familier
En vain je crois étudier
Cette nature simple & belle;
Je me sens plus irrégulier,
Et beaucoup moins aimable qu'elle.
Accordez-moi votre pardon
Pour cette longue rapsodie;
Je l'écrivis avec saillie,
Mais peu maître de ma raison,
Car j'étais auprès d'Emilie.

A U
R. DE P.....*

S I R E,

P Endant que j'étais malade votre majesté a fait plus de belles actions, que je n'ai eu d'accès de fièvre. Je ne pouvais répondre aux dernières bontés de votre majesté. Où aurais-je d'ailleurs adressé ma lettre ? A Vienne ? à Presbourg ? à Temeswar ? Vous pouviez être dans quelqu'une de ces villes ; & même, s'il est un être qui puisse se trouver en plusieurs lieux à la fois, c'est assurément votre personne ; en qualité d'image de la Divinité, ainsi que le font tous les princes, & d'images très-pensantes & très-agissantes. Enfin, sire, je n'ai point écrit, parce que j'étais dans mon lit quand votre majesté courait à cheval au milieu des neiges & des succès.

> D'Esculape les favoris
> S'emblaient même me faire accroire
> Que j'irais dans le seul pays
> Où n'arrive point votre gloire ;
> Dans ce pays dont par malheur
> On ne voit point de voyageur
> Venir nous dire des nouvelles ;
> Dans ce pays, où tous les jours
> Les âmes lourdes & cruelles,
> Et des Hongrois & des Pandours,
> Vont au diable au son des tambours,
> Par votre ordre & pour vos querelles ;
> Dans ce pays dont tout chrêtien,
> Tout juif, tout musulman raisonne ;

* Nous n'avons pu trouver la date de cette lettre. Il paraît qu'elle est de l'année 1742.

Dont on parle en chaire, en Sorbonne,
Sans jamais en deviner rien ;
Ainsi que le Parisien,
Badaut crédule & satyrique,
Fait des romans de politique,
Parle tantôt mal, tantôt bien,
De Bellisle & de vous peut-être,
Et dans son léger entretien
Vous juge à fond sans vous connaître.

Je n'ai mis qu'un pié sur le bord du Styx ; mais je
suis très-fâché, sire, du nombre des pauvres malheureux que j'ai vû passer. Les uns arrivaient de
Scharding, les autres de Prague, ou d'Iglau. Ne cesse-
rez-vous point, vous & les rois vos confrères, de
ravager cette terre, que vous avez, dites-vous,
tant d'envie de rendre heureuse ?

Au lieu de cette horrible guerre,
Dont chacun sent les contre-coups,
Que ne vous en rapportez-vous
A ce bon abbé de Saint-Pierre ?

Il vous accorderait tout aussi aisément, que Lycur-
gue partagea les terres de Sparte, & qu'on donne
des portions égales aux moines. Il établirait les quinze
dominations de Henri IV. Il est vrai pourtant, que
Henri IV. n'a jamais songé à un tel projet. Les
commis du duc de Sully, qui ont fait ses mémoires,
en ont parlé ; mais le secrétaire d'état Villeroy, ministre des affaires étrangères, n'en parle point. Il est
plaisant, qu'on ait attribué à Henri IV. le projet de
déranger tant de trônes, quand il venait à peine de
s'affermir sur le sien. En attendant, sire, que la diète
Européane, ou *Europaine*, s'assemble pour rendre
tous les monarques modérés & contens, votre majesté

m'ordonne de lui envoyer ce que j'ai fait depuis peu
du *Siècle de Louis XIV*; car elle a le tems de lire
quand les autres hommes n'ont point de tems. Je fais
venir mes papiers de Bruxelles ; je les ferai tranf-
crire pour obéir aux ordres de votre majeſté. Elle
verra peut-être que j'embraſſe un trop grand terrein :
mais je travaillais principalement pour elle, & j'ai
jugé, que la ſphère du monde n'était pas trop grande.
J'aurai donc l'honneur, ſire, d'envoyer dans un mois
à votre majeſté un énorme paquet, qui la trouvera
au milieu de quelque bataille, ou dans une tranchée. Je
ne ſais, ſi vous êtes plus heureux dans tout ce fracás de
gloire, que vous l'étiez dans cette douce retraite de
Remusberg.

> Cependant, grand roi, je vous aime,
> Tout autant que je vous aimai,
> Lorſque vous étiez renfermé
> Dans remusberg & dans vous-même,
> Lorſque vous borniez vos exploits
> A combattre avec éloquence
> L'erreur, les vices, l'ignorance,
> Avant de combattre des rois.

Recevez, ſire, avec votre bonté ordinaire, mon
profond reſpeɛt, & l'aſſurance de cette vénération qui
ne finira jamais, & de cette tendreſſe qui ne finira que
quand vous ne m'aimerez plus.

AU

R. DE P.....

A Paris ce 15. Mai 1742.

Quand vous aviez un père, & dans ce père un
    maître,
Vous êtiez philosophe, & viviez sous vos loix.
        Aujourd'hui mis au rang des rois,
        Et plus qu'eux tous digne de l'être,
Vous servez cependant vingt maîtres à la fois.
Ces maîtres sont tyrans. Le premier c'est la gloire ;
        Tyran dont vous aimez les fers,
        Et qui met au bout de nos vers,
Ainsi qu'en vos exploits, *la brillante victoire.*
        La politique à son côté,
        Moins éblouïssante, aussi forte,
Méditant, rédigeant, ou rompant un traité,
Vient mesurer vos pas que cette gloire emporte.
        L'intérêt, la fidélité,
Quelquefois s'unissant, & trop souvent contraires ;
Des amis dangereux, de secrets adversaires :
Chaque jour des desseins & des dangers nouveaux :
Tout écouter, tout voir, & tout faire à propos :
        Payer les uns en espèrance,
Les autres en raisons, quelques-uns en bons mots :
Aux peuples subjugués faire aimer sa puissance :
        Que d'embarras ! que de travaux !
Régner n'est pas un sort aussi doux qu'on le pense.
        Qu'il en coûte d'être un héros !

Il ne vous en coûte rien, à vous, Sire, tout cela vous est naturel : vous faites des grandes, des sages actions, avec cette même facilité, que vous faites de la musique & des vers, & que vous écrivez de ces lettres qui donneraient à un bel-esprit de France une place distinguée parmi les beaux-esprits jaloux de lui.

Je conçois quelque espérance, que votre majesté raffermira l'Europe comme elle l'a ébranlée, & que mes confrères les humains vous béniront après vous avoir admiré. Mon espoir n'est pas uniquement fondé sur le projet que l'abbé de Saint-Pierre* a envoyé à votre majesté. Je présume, qu'elle voit les choses que veut voir le pacificateur trop mal écouté de ce monde, & que le roi philosophe fait parfaitement ce que le philosophe qui n'est pas roi s'efforce en vain de deviner. Je présume encor beaucoup de vos charitables intentions. Mais ce qui me donne une sécurité parfaite, c'est une douzaine de faiseurs & de faiseuses de cabrioles, que votre majesté fait venir de France dans ses états. On ne danse guères que dans la paix. Il est vrai que vous avez fait payer les violons à quelques puissances voisines ; mais c'est pour le bien commun, & pour le vôtre. Vous avez rétabli la dignité & les prérogatives des électeurs. Vous êtes devenu tout-d'un-coup l'arbitre de l'Allemagne ; & quand vous avez fait un empereur, il ne vous en manque que le titre. Vous avez avec cela cent vingt mille hommes bien faits, bien armés, bien vêtus, bien nourris, bien affectionnés. Vous avez gagné des batailles & des villes à leur tête : c'est à vous à danser. Sire, Voiture vous aurait dit que vous avez l'air à la danse ; mais je ne suis pas aus-

---

* L'abbé de St. Pierre a écrit une vingtaine de volumes sur la politique. Il envoyait souvent au roi de Prusse, & à d'autres princes, des projets d'une pacification générale. Le cardinal Du Bois appellait ses ouvrages les rêves d'un homme de bien.

ſi familier que lui avec les grands - hommes & avec les rois ; & il ne m'appartient pas de jouer aux proverbes avec eux.

Au lieu de douze bons académiciens, vous avez donc, Sire, douze bons danſeurs. Cela eſt plus aiſé à trouver, & beaucoup plus gai. On a vû quelquefois des académiciens ennuyer un héros , & des acteurs de l'opéra le divertir.

Cet opéra dont votre majeſté décore Berlin , ne l'empêche pas de ſonger aux belles-lettres. Chez vous un goût ne fait pas tort à l'autre. Il y a des ames , qui n'ont pas un ſeul goût , votre ame les a tous ; & ſi Dieu aimait un peu le genre humain , il accorderait cette univerſalité à tous les princes , afin qu'ils puſſent diſcerner le bon en tout genre , & le protéger. C'eſt pour cela que je m'imagine qu'ils ſont faits originairement.

Je connais quelques acteurs pour la tragédie , qui ne ſont pas ſans talens , & qui pourraient convenir à votre majeſté ; car je me flate qu'elle ne ſe bornera pas à des galimatias italiens & des gambades françaiſes. Le héros aimera toujours le théâtre , qui repréſente les héros. Puiſſiez-vous , Sire , jouïr bientôt de toutes ſortes de plaiſirs , comme vous avez acquis toute ſorte de gloire ! C'eſt le vœu ſincère de votre admirateur , de votre ſujet par le cœur , qui malheureuſement ne vit point dans vos états ; d'un eſprit pénétré de la grandeur du vôtre , & d'un cœur qui s'intéreſſe à votre bonheur autant que vous-même.

Recevez , Sire , avec votre bonté ordinaire mes très-profonds reſpects.

A U
R. DE P....

A Paris ce 26. Mai 1742.

LE Salomon du Nord en eſt donc l'Alexandre ;
Et l'amour de la terre en eſt auſſi l'effroi !
　　　Vos ennemis doivent aprendre
Qu'il faut que les guerriers prennent de vous la loi,
　　　Comme on vit les ſavans la prendre.
J'aime peu les héros, ils font trop de fracas ;
Je hais ces conquérans fiers ennemis d'eux-mêmes,
　　　Qui dans les horreurs des combats,
　　　Ont placé tous les biens ſuprêmes,
Cherchant par-tout la mort, & la faiſant ſouffrir
　　　A cent mille hommes leurs ſemblables.
Plus leur gloire a d'éclat, plus ils font haïſſables.
　　　O ciel ! que je dois vous haïr !
Je vous aime pour-tant, malgré tout ce carnage,
Dont vous avez ſouillé les champs de nos Germains ;
Malgré tous ces guerriers que vos vaillantes mains
　　　Font paſſer au ſombre rivage.
Vous êtes un héros ; mais vous êtes un ſage :
Votre raiſon maudit les exploits inhumains
　　　Où vous força votre courage,
Au milieu des canons ſur des morts entaſſés,
Affrontant le trépas, & fixant la victoire.
Je vous pardonne tout, ſi vous en gémiſſez.

　　　Je ſonge à l'humanité, ſire, avant de ſonger à vous-
même ; mais après avoir en abbé de St. Pierre pleuré
ſur le genre humain dont vous deyenez la terreur, je

me livre à toute la joie, que me donne votre gloire.
Cette gloire fera complette, si votre majesté force la
reine de Hongrie à recevoir la paix, & les Allemans
à être heureux. Vous voilà le héros de l'Allemagne, &
l'arbitre de l'Europe ; vous en ferez le pacificateur,
& nos prologues d'opéra feront pour vous.

La fortune qui se joue des hommes, mais qui vous
femble affervie ; arrange plaisamment les événemens
de ce monde. Je savais bien, que vous feriez des grandes actions ; j'étais sûr du beau siécle, que vous alliez
faire naître ; mais je ne me doutais pas, quand le
comte du Four allait voir le maréchal de Broglio, &
qu'il n'en était pas trop content, qu'un jour ce comte
du Four aurait la bonté de marcher avec une armée
triomphante au secours du maréchal, & le délivrerait
par une victoire. Votre majesté n'a pas daigné jusqu'à
préfent inftruire le monde des détails de cette jour-
née. Elle a eu, je crois, autre chose à faire que des
relations : mais votre modeftie eft trahie par quelques témoins oculaires, qui difent tous qu'on ne doit le
gain de la bataille qu'à l'excès de courage & de prudence que vous avez montré. Ils ajoutent, que mon
héros eft toujours fenfible, & que ce même homme,
qui fait tuer tant de monde, eft au chevet du lit de
Mr. de Rotembourg. Voilà ce que vous ne mandez
point, & que vous pourriez pourtant avoüer, comme des chofes qui vous font toutes naturelles.

Continuez, fire, mais faites autant d'heureux au
moins dans ce monde, que vous en avez ôté ; que
mon Alexandre redevienne Salomon le plutôt qu'il
pourra, & qu'il daigne fe fouvenir quelquefois de fon
ancien admirateur, de celui qui par le cœur eft à jamais fon fujet ; de celui qui viendrait paffer fa vie à
vos pieds, fi l'amitié plus forte que les rois & les
héros, ne le retenait pas ; & qui fera attaché à jamais à votre majesté avec le plus profond refpect & la
plus tendre vénération.   AU

AU
R. DE P.....

J'Ai reçu votre lettre aimable,
Et vos vers fins & délicats,
Pour prix de l'énorme fatras
Dont, moi pédant, je vous accable.
C'est ainsi qu'un franc discoureur,
Croyant captiver le suffrage
De quelque esprit supérieur,
En de longs argumens s'engage.
L'homme d'esprit, par un bon mot,
Répond à tout ce verbiage,
Et le discoureur n'est qu'un sot.

Votre humanité est plus adorable que jamais : il
n'y a plus moyen de vous dire toujours votre majesté.
Cela est bon pour des princes de l'empire, qui ne
voyent en vous que le roi : mais moi, qui vois l'homme, & qui ai quelquefois de l'entousiame, j'oublie
dans mon yvresse le monarque, pour ne songer qu'à
cet homme enchanteur.

Dites-moi, par quel art sublime
Vous avez pû faire à la fois
Tant de progrès dans l'art des rois.
Et dans l'art charmant de la rime ?
Cet art des vers est le premier,
Il faut que le monde l'avoue ;
Car des rois que ce monde loue,

L'un fut prudent, l'autre guerrier ;
Celui-ci, gai, doux & paisible,
Joignit le myrthe à l'olivier,
Fut indolent & familier ;
Cet autre ne fut que terrible.
J'admire leurs talens divers,
Moi qui compile leur histoire,
Mais aucun d'eux n'obtint la gloire
De faire de si jolis vers.

Si la reine d'Hongrie & le roi mon seigneur &
maître voyaient la lettre de votre majesté, ils ne
pourraient s'empêcher de rire, malgré le mal que
vous avez fait à l'une, & le bien que vous n'avez pas
fait à l'autre. Votre comparaison d'une coquette, &
même de quelque chose de mieux ; qui a donné des
faveurs un peu cuisantes, & qui se moque de ses galans dans les remèdes, est une chose aussi plaisante,
qu'en ayent dit les Césars, & les Antoines, & les
Octaves vos devanciers, gens à grandes actions &
à bons mots. Faites comme vous l'entendrez avec les
rois : battez-les, quittez-les, querellez-vous, ra-
commodez-vous ; mais ne soyez jamais inconstant
pour les particuliers qui vous adorent.

Vos faveurs étaient dangereuses
Aux rois qui le méritent bien.
Tous ces héros-là n'aiment rien,
Et leurs promesses sont trompeuses.
Mais moi, qui ne vous trompe pas,
Et dont l'amour toujours fidelle
Sent tout le prix de vos appas,
Moi qui vous eusse aimé cruelle,
Je jouïrai sans repentir
Des caresses & du plaisir
Que fait votre muse infidelle.

il pleut ici de mauvais livres & de mauvais vers.
Mais comme votre majefté ne juge pas de tous nos
guerriers par l'avanture de Lintz, elle ne juge
pas non plus de l'efprit des français par les étrennes de
la St. Jean, ni par les grofliéretés de l'abbé des Fontaines.

Il n'y a rien de nouveau parmi nos Sibarites de
Paris. Voici le feul trait digne, je crois, d'être conté
à votre majefté. Le cardinal de Fleury, après avoir
été affez malade, s'avifa il y a deux jours, ne fachant que
faire, de dire la meffe à un petit autel, au milieu
d'un jardin où il gelait. Mr. Amelot & Mr. de Breteuil arrivèrent, & lui dirent, qu'il fe joüait à fe tuer:
Bon, bon, Meffieurs, dit-il, *vous êtes des douillets.*
A quatre vingt-dix ans, quel homme! Sire, vivez
autant, duffiez-vous dire la meffe à cet âge, & moi la
fervir. Je fuis avec le plus profond refpect, &c.

A Paris ce 2. Octobre 1743.

AU

R. DE P....

On n'a pas trouvé la date dans la copie.

SIRE,

JE reçois une lettre de Berlin du 25. Décembre: elle contient deux grands articles; un plein de bonté, de tendresse & d'attention à me combler des bienfaits les plus flateurs. Le second article est un ouvrage bien fort de métaphysique. On croirait que cette lettre est de Mr. Leibnitz, ou de Mr. Wolfius, & cependant elle est d'un roi. Vous m'ordonnez de me jetter dans la nuit de la métaphysique, pour oser disputer contre les Leibnitz, les Wolfs & les Fréderics. Me voilà comme Ajax combattant dans l'obscurité, & disant aux Dieux, *Rendez-nous le jour.*

1. J'avoue d'abord que l'opinion de la *raison suffisante* de Mrs. Wolfs & Leibnitz est une idée très-belle, c'est-à-dire, très-vraie: car enfin il n'y a rien qui n'ait une raison de son existence. Mais cette idée exclut-elle la liberté de l'homme?

2. Qu'entens-je par liberté? Le pouvoir de penser & d'opérer des mouvemens en conséquence; pouvoir très-borné sans doute, comme toutes nos facultés. Car, Sire, plus vous êtes grand, plus vous sentez que l'homme est peu de chose.

3. Est-ce un autre qui fait tout cela pour moi? Si c'est moi, je suis libre; car être libre, c'est agir; ce

qui eft paffif, n'eft point libre. Eft-ce un autre qui agit pour moi ? Je fuis donc trompé par cet autre, quand je crois être un agent.

4. Quel eft cet autre, qui me tromperait ? s'il y a un DIEU, c'eft lui qui me trompe continuellement : c'eft l'être infiniment fage, infiniment conféquent, qui fans raifon fuffifante s'occupe éternellement d'erreur ; chofe oppofée directement à fon effence, qui eft la vérité. S'il n'y a point de DIEU, qui eft-ce qui me trompe ? Eft-ce la matière, qui d'elle-même n'a point d'intelligence ?

5. Pour nous prouver, malgré ce fentiment intérieur, malgré ce témoignage que nous nous rendons de notre liberté ; pour nous prouver, dis-je que cette liberté n'exifte pas, il faut prouver néceffairement qu'elle eft impoffible. Cela me paraît inconteftable. Voyons comment la liberté ferait impoffible.

6. Cette liberté ne peut être impoffible que de deux façons, ou parce qu'il n'y a aucun être qui puiffe la donner, ou parce qu'elle eft en elle-même contradictoire avec notre malheureufe machine : comme un quarré rond eft une contradiction, &c. Or l'idée de la liberté de l'homme ne portant rien en foi de contradictoire, refte à favoir, fi l'être infini & créateur eft libre ; & fi étant libre, il peut donner une petite partie de cet attribut à l'homme, comme il lui a donné une petite portion d'intelligence.

7. Si DIEU n'eft pas libre, il n'eft pas un agent, donc il n'eft pas DIEU. Or s'il eft libre, s'il eft toutpuiffant, il fuit, qu'il peut donner à l'homme la liberté. Refte donc à favoir quelle raifon on aurait de croire qu'il ne nous a pas fait ce préfent.

8. On prétend que DIEU ne nous a pas donné la liberté, parce que fi nous étions les agens, nous ferions en cela indépendans de lui. Que ferait DIEU, dit-on, pendant que nous agirions nous-mêmes ? Je

répons, que DIEU fait, lorsque les hommes agiſſent, ce qu'il faiſait ayant qu'ils fuſſent, & ce qu'il ſera quand ils ne ſeront plus : Que ſon pouvoir n'en eſt pas moins néceſſaire à la conſervation de ſes ouvrages, & que cette communication qu'il nous a fait d'un peu de liberté, ne nuit en rien à ſa puiſſance infinie.

9. On nous objecte que nous ſommes quelquefois emportés malgré nous, &c. Je répons : Donc nous ſommes quelquefois maîtres de nous. La maladie prouve la ſanté, & la liberté eſt la ſanté de l'ame.

10. On objecte, que l'aſſentiment de notre eſprit eſt toujours néceſſaire ; que la volonté ſuit cet aſſentiment, &c. Donc dit - on, nous voulons, nous agiſſons néceſſairement. Je réponds qu'en effet on déſire néceſſairement : mais déſir & volonté ſont deux choſes très-différentes, & ſi différentes, qu'un homme veut & fait ſouvent ce qu'il ne déſire pas. Combattre ſes déſirs, eſt le plus bel effet de la liberté ; & je crois, qu'une des grandes ſources du mal-entendu qui eſt entre les hommes ſur cet article, vient de ce que l'on confond ſouvent la volonté & le déſir.

11. On objecte, que ſi nous étions libres, il n'y aurait point de DIEU : Je crois au contraire que ce n'eſt que parce qu'il y a un DIEU, que nous ſommes libres ; car ſi tout était néceſſaire, ſi ce monde exiſtait par - lui-même d'une néceſſité abſolue inhérente dans ſa nature, (ce qui fourmille de contradictions) il eſt certain, qu'en ce cas tout s'opéreroit par des mouvemens liés néceſſairement enſemble. Donc il n'y aurait alors aucune liberté : Donc ſans DIEU point de liberté. Je ſuis bien ſurpris des raiſonnemens échapés ſur cette matière à l'illuſtre Mr. Leibnitz.

12. Le plus terrible argument qu'on ait jamais apporté contre la liberté, eſt l'impoſſibilité d'accorder avec elle la preſcience de DIEU ; & quand on me dit, DIEU, ſait ce que vous ferez dans vingt ans ; donc

ce que vous ferez dans vingt ans est d'une nécessité ab-
solue : j'avoue, que je suis à bout, & que tous les philosophes, qui ont voulu concilier les futurs contin-
gens avec la prescience divine, ont été de bien mauvais négociateurs. Il y en a d'assez déterminés pour
dire que Dieu peut très - bien ignorer l'avenir, à-
peu-près (s'il est permis de parler ainsi) comme un
roi peut ignorer ce que fera un général à qui il aura
donné carte blanche. C'est le sentiment des Sociniens.
On objecte à ces raisonnemens-là, que Dieu voit en
un instant l'avenir, le passé & le présent ; que l'éternité est instantanée pour lui. Mais ils répondent,
qu'ils n'entendent pas ce langage, & qu'une éternité
qui est un instant, leur paraît aussi absurde qu'une
immensité qui n'est qu'un point.

. Ne pourrait-on pas, sans être aussi hardi qu'eux,
dire, que Dieu prévoit nos actions libres, à-peu-
près comme un homme d'esprit prévoit le parti que
prendra dans cette occasion un homme, dont il connaît le caractere ? La différence sera, qu'un homme
prévoit à tort à travers, & que Dieu prévoit avec
une justesse infinie. L'homme devine très-mal, &
Dieu prévoit très-bien. C'est le sentiment de *Clarke,*
ce grand ferrailleur en métaphysique. J'avoue, que
tout cela me paraît trés-hazardé, & que c'est un aveu
plutôt qu'une solution de la difficulté. J'avoue enfin,
Sire, qu'on fait contre la liberté d'excellentes objections ; mais on en fait d'aussi bonnes contre l'existence de Dieu ; & comme malgré les difficultés extrêmes contre la création & contre la providence, je
crois néanmoins la création & la providence ; aussi je
me crois libre (jusques à un certain point, s'entend)
malgré les puissantes objections que l'on fera toujours
contre cette malheureuse liberté.

Je crois donc écrire à votre majesté, non pas comme
à un automate créé pour être à la tête de quelques

N 4

milliers de quelques marionettes humaines, mais comme à un être des plus libres, des plus sages que DIEU ait jamais daigné créer. Si vous penſiez, Sire, que nous ſommes de pures machines, que deviendrait l'amitié dont vous faites vos délices ? De quel prix ſe-raient les grandes actions que vous ferez ? Quelle reconnaiſſance vous devra-t-on des ſoins que votre majeſté prendra de rendre les hommes plus heureux & meilleurs ? comment enfin regarderiez-vous l'attache-ment qu'on a pour votre perſonne, les ſervices qu'on vous rendra, le ſang qu'on verſera pour vous ? Quoi ! un cœur tendre & généreux, un eſprit ſage, verrait tout ce qu'on ferait pour lui plaire, du même œil dont on voit des roues de moulin tourner par le cou-rant de l'eau, & ſe briſer à force de ſervir ? Non, Sire, votre ame eſt trop noble, pour ſouffrir qu'on la prive ainſi de ſon plus beau partage, &c.

A U
R. DE P.....*

CEux qui sont nés sous un monarque
Font tous semblant de l'adorer :
Sa majesté qui le remarque
Fait semblant de les honorer ;
Et de cette fausse-monnoïe,
Que le courtisan donne au roi,
Et que le prince lui renvoïe,
Chacun vit, ne songeant qu'à soi.
Mais lorsque la philosophie,
La séduisante poësie,
Le goût, l'esprit, l'amour des arts,
Rejoignent sous leurs étendarts,
A trois cent milles de distance,
Votre très-royale éloquence,
Et mon goût pour tous vos talens ;
Quand sans crainte & sans espérance
Je sens en moi tous vos penchans,
Et lorsqu'un peu de confidence
Resserre encor ces nœuds charmans ;
Enfin lorsque Berlin attire
Tous mes sens à Cirey séduits,
Alors ne pouvez-vous pas dire,
On m'aime, tout roi que je suis ?
   Enfin l'Océan Germanique,
Qui toujours des bons Hambourgeois
Servit si bien la république,
Vers Embden sera sous vos loix,

⚘ Du 1. Août 1744.

Avec garnison Batavique.
Un tel mélange me confond ;
Je m'attendais peu , je vous jure,
De voir de l'or avec du plomb ;
Mais votre creuset me raffûre ;
A votre feu, qui tout épure,
Bientôt le vil métal se fond,
Et l'or vous demeure en nature.
Par-tout que de prospérités !
Vous conquérez, vous héritez
Des ports de mer & des provinces;
Vous mariez à de grands princes
De très-adorables beautés ;
Vous faites nôce, & vous chantez,
Sur votre lyre enchanteresse,
Tantôt de Mars les cruautés,
Et tantôt la douce mollesse.
Vos sujets, au sein du loisir,
Goûtent les fruits de la victoire.
Vous avez & fortune & gloire ;
Vous avez surtout du plaisir ;
Et cependant le roi, mon maître,
Si digne avec vous de paraître
Dans la liste des meilleurs rois,
S'amuse à faire dans la Flandre
Ce que vous faisiez autrefois,
Quand trente canons à la fois
Mettaient des bastions en cendre.
C'est lui, qui secouru du ciel,
Et surtout d'une armée entière,
A brisé la forte barrière
Qu'à notre nation guerrière
Mettait le bon greffier Fagel.
De Flandre il court en Allemagne
Défendre les rives du Rhin ;
Sans quoi le pandoure inhumain

Viendrait s'enyvrer de ce vin
Qu'on a cuvé dans la Champagne.
Grand roi, je vous l'avais bien dit,
Que mon souverain magnanime
Dans l'Europe aurait du crédit,
Et de grands droits à votre estime.
Son beau feu, dont un vieux prélat
Avait caché les étincelles,
A de ses flammes immortelles
Tout-d'un-coup répandu l'éclat.
Ainsi la brillante fusée
Est tranquille jusqu'au moment,
Où par son amorce embrasée
Elle éclaire le firmament ;
Et perçant dans les sombres voiles,
Semble se mêler aux étoiles
Qu'elle efface par son brillant.
C'est ainsi que vous enflammates
Tout l'horizon d'un nouveau ciel ;
Lorsqu'à Berlin vous commençates
A prendre ce vol immortel,
Devers la gloire où vous volates.
Tout du plus loin que je vous vis,
Je m'écriai, je vous prédis
A l'Europe toute incertaine.
Vous parûtes. Vingt potentats
Se troublèrent dans leurs états,
En voyant ce grand phénomène.
Il brille, il donne de beaux jours ;
J'admire, je bénis leur cours.
Mais c'est de loin. Voilà ma peine.

LETTRE
AU
R. DE P...... *

Blaise Paschal a tort, il en faut convenir.
Ce pieux misanthrope, Héraclite sublime,
Qui pense qu'ici-bas tout est misère & crime,
Dans ses tristes accès ose nous maintenir,
Qu'un roi que l'on amuse, & même un roi qu'on aime,
 Dès qu'il n'est plus environné,
 Dès qu'il est réduit à lui même,
Est de tons les mortels le plus infortuné.
Il est le plus heureux, s'il s'occupe, & s'il pense.
Vous le prouvez très-bien, car loin de votre cour,
En hibou fort souvent renfermé tout le jour,
Vous percez d'un œil d'aigle en cet abîme immense,
Que la philosophie ouvre à nos faibles yeux;
 Et votre esprit laborieux,
Qui sait tout observer, tout orner, tout connaître,
Qui se connaît lui-même, & qui n'en vaut que mieux,
Par ce mâle exercice, augmente encor son être.
Travailler est le lot & l'honneur d'un mortel.
Le repos est, dit-on, le partage du ciel!
Je n'en crois rien du tout : quel bien imaginaire
D'être les bras croisés pendant l'éternité!
Est-ce dans le néant qu'est la félicité?
DIEU serait malheureux, s'il n'avait rien à faire ;
Il est d'autant plus DIEU, qu'il est plus agissant.
Toujours ainsi que vous, il produit quelque ouvrage.
On prétend qu'il fait plus, on dit qu'il se repent.
 Il préside au scrutin qui dans le vatican

* Cette pièce est de 1751. Voyez les pensées de Pascal.

Met fur un front ridé la coëffe à triple étage.
Du prifonnier Mahmouth il vous fait un Sultan,
Il meurit à Mocha dans le fable Arabique
Ce caffé néceffaire aux pays des frimats.
  Il met la fiévre en nos climats,
  Et le remède en Amérique.
  Il a rendu l'humain féjour
De la variété le mobile théâtre;
Il fe plut à paîtrir d'incarnat & d'albâtre
Les charmes arrondis du teint de Pompadour,
Tandis qu'il vous étend un noir luifant d'ébène
Sur le né applati d'une damē Africaine,
Qui reffemble à la nuit comme l'autre au beau jour,
DIEU fe joue à fon gré de la race mortelle;
Il fait vivre cent ans le Normand Fontenelle,
Et trouffe à trente-deux mon dévot de Pafchal.
Il a deux gros tonneaux, dont le bien & le mal
  Defcendent en pluye éternelle
Sur cent mondes divers & fur chaque animal;
Les fots, les gens d'efprit, & les fous, & les fages,
Chacun reçoit fa dofe, & le tout eft égal.
On prétend que de DIEU les rois font les images;
  Les Anglais penfent autrement;
  Ils difent en plein Pàrlement,
Qu'un roi n'eft pas plus Dieu que le pape infaillible;
  Mais il eft pourtant très-plaufible,
Que ces puiffans du fiécle un peu trop adorés,
A la faibleffe humaine ainfi que nous livrés,
Reffemblent en un point à notre commun maître;
C'eft qu'ils font comme lui, le mal, & le bien-être:
Ils ont les deux tonneaux. Bouchez-moi pour jamais
Le tonneau des dégoûts, des chagrins, des caprices,
Dont on voit tant de cours s'abreuver à longs traits.
  Répandez de pures délices
Sur votre peu d'élus à vos banquets admis;
Que leurs fronts foient fereins, que leurs cœurs foient
  unis:

Au feu de votre efprit que notre efprit s'éclaire;
Que fans empreffement nous cherchions à vous plaire;
   Qu'en dépit de la majefté,
   Notre agréable liberté,
Compagne du plaifir , mère de la faillie,
   Affaifonne avec volupté
   Les ragoûts de votre ambrofie.
Les honneurs rendent vain , le plaifir rend heureux,
   Verfez les douceurs de la vie
   Sur votre Olympe fablonneux ;
Et que le bon tonneau foit à jamais fans lie.

A MONSEIGNEUR

LE PRINCE DE VENDOME. *

DE Sully, salut & bon vin,
Au plus aimable de nos princes,
De la part de l'abbé Courtin,
Et d'un rimailleur des plus minces,
Que son bon ange & son lutin
Ont envoyé dans ces provinces.

Vous voyez, monseigneur, que l'envie de faire
quelque chose pour vous a réuni deux hommes bien
différents.

L'un gras, rond, gros, court, séjourné,
Citadin de Papimanie,
Porte un teint de prédestiné,
Avec la croupe rebondie.
Sur son front respecté du tems,
Une fraicheur toujours nouvelle,
Au bon doyen de nos galans,
Donne une jeunesse éternelle.
L'autre dans Papefigue est né,
Mais, long, sec & décharné,
N'ayant eu croupe de sa vie,
Moins malin qu'on ne vous le dit,
Mais peut-être de DIEU maudit,
Puisqu'il aime & qu'il versifie.

* C'est le frère du duc de Vendôme. Il était grand prieur de
France. L'abbé Courtin était un de ses amis, fils d'un conseiller d'état, & homme de lettres. Il était tel qu'on le dépeint
ici. Cette lettre est de 1716.

Notre premier deſſein était d'envoyer à votre alteſſe un ouvrage dans les formes, moitié vers, moitié proſe, comme en uſaient les Chapelles, les des Barreaux, les Hamiltons, contemporains de l'abbé, & nos maîtres. J'aurais preſque ajouté Voiture, ſi je ne craignais de fâcher mon confrere, qui prétend, je ne ſais pour quoi, n'être pas aſſez vieux pour l'avoir vu.

Comme il y a des choſes aſſez hardies à dire, par le tems qui court, le plus ſage de nous deux, qui n'eſt pas moi, ne voulait en parler qu'à condition qu'on n'en ſaurait rien.

> Il alla donc vers le Dieu du myſtère,
> Dieu des Normands, par moi très-peu fêté,
> Qui parle bas, quand il ne peut ſe taire,
> Baiſſe les yeux & marche de côté.
> Il favoriſe, & certes c'eſt dommage,
> Force fripons; mais il conduit le ſage.
> Il eſt au bal, à l'égliſe, à la cour;
> Au tems jadis il a guidé l'amour.

Malheureuſement ce Dieu n'était pas à Sully, il était en tiers, dit-on, entre .. & madame de .. ſans cela nous euſſions achevé notre ouvrage ſous ſes yeux.

> Nous euſſions peint les yeux voltigans ſur vos traces,
> Et cet eſprit charmant, au ſein d'un doux loiſir,
> Agréable dans le plaiſir,
> Héroïque dans les diſgraces.
> Nous vous euſſions parlé de ces bienheureux jours,
> Jours conſacrés à la tendreſſe.
> Nous vous euſſions, avec adreſſe,
> Fait la peinture des amours,
> Et des amours de toute eſpèce.
> Vous en euſſiez-vu de Paphos,

Vous

    Vous en euffiez vu de Florence,
    Mais avec tant de bienfaifance,
    Que le plus âpre des dévots
    N'en eût pas fait la différence.
Bacchus y paraîtrait de tocane échauffé,
    D'un bonnet de pampre coeffé,
Célébrant avec vous fa plus joyeufe Orgie.
L'imagination ferait à fon côté,
De fes brillantes fleurs ornant la volupté,
    Entre les bras de la folie.
    Petits foupirs, jolis feftins,
    Ce fut parmi vous que naquirent
    Mille vaudevilles malins,
    Que les amours à rire enclins
    Dans leurs fotifiers recueillirent,
    Et que j'ai vûs entre leurs mains.
    Ah ! que j'aime ces vers badins,
    Ces riens naïfs & pleins de grace,
    Tels que l'ingénieux Horace
    En eût fait l'ame d'un repas,
    Lorfqu'à table il tenait fa place,
    Avec Augufte & Mécénas.

    Voilà un faible crayon du portrait que nous vou-
lions faire. Mais

    Il faut être infpiré pour de pareils écrits;
    Nous ne fommes point beaux-efprits,
    Et notre flageolet timide
    Doit céder cet honneur charmant
    Au luth aimable, au luth galant
    De ce fucceffeur de Clément,
    Qui dans votre temple réfide. *

* L'abbé de Chaulieu demeurait au temple, qui appartient
aux grands-prieurs de France. C'était autrefois la demeure des
templiers.

Mélanges &c.   O

Sachez donc que l'oifiveté
Fait ici notre grande affaire.
Jadis de la Divinité
C'était le partage ordinaire;
C'eft le vôtre, & vous m'avoûrez
Qu'après tant de jours confacrés
A Mars, à la cour, à Cythère,
Lorfque de tout on a tâté,
Tout fait, on du moins tout tenté,
Il eft bien doux de ne rien faire.

A MONSIEUR

L'ABBÉ DE CHAULIEU. *

De Sully, le 5 Juillet 1717.

À Vous, l'Anacréon du temple,
A vous le sage si vanté,
Qui nous prêchez la volupté,
Par vos vers & par votre exemple ;
Vous, dont le luth délicieux,
Quand la goutte au lit vous condamne,
Rend des sons aussi gracieux,
Que quand vous chantez la tocane,
Assis à la table des dieux.

Je vous écris de Sully, où Chapelle a demeuré :
c'est-à-dire enyvré deux ans de suite. Je voudrais
bien, qu'il eût laissé dans ce château un peu de son
talent poëtique; cela accommoderait fort ceux qui veulent vous écrire. Mais comme on prétend qu'il vous
l'a laissé tout entier, j'ai été obligé d'avoir recours à
la magie, dont vous m'avez tant parlé.

Et dans une tour assez sombre
Du château qu'habita jadis

---

* Cette lettre mêlée de prose & de vers, est un des premiers ouvrages de notre auteur. Chappelle, dont il est ici
question, était un homme d'un génie facile & libertin; il avait
beaucoup bû, ce qui était le vice de son tems; ce vice fit
beaucoup de tort à sa santé, & enfin à son esprit.

Q 2

Le plus léger des beaux-esprits,
Un beau soir, j'évoquai son ombre.
Aux déités des sombres lieux
Je ne fis point de sacrifice,
Comme ces fripons qui des dieux
Chantaient autrefois le service ;
Où la sorcière Pithonisse,
Dont la grimace & l'artifice
Avaient fait dresser les cheveux
A ce sot prince des Hébreux,
Qui crut bonnement que le diable,
D'un prédicateur ennuyeux
Lui montrait le spectre effroyable.
Il n'y faut point tant de façon
Pour une ombre aimable & légère :
C'est bien assez d'une chanson,
Et c'est tout ce que je puis faire.
Je lui dis sur mon violon :
Eh ! de grace, Monsieur Chapelle,
Quittez le manoir de pluton,
Pour cet enfant qui vous apelle ;
Mais non, sur la voûte éternelle,
Les dieux vous ont reçu, dit-on,
Et vous ont mis entre Apollon
Et le fils joufflu de Sémèle.
Du haut de ce divin canton,
Descendez, aimable Chapelle.
Cette familière oraison,
Dans la demeure fortunée,
Reçut quelque approbation ;
Car enfin, quoique mal tournée,
Elle était faite en votre nom.
Chapelle vint. A son aproche,
Je sentis un transport soudain ;
Car il avait sa lyre en main,

Et son Gassendi * dans sa poche ;
Il s'appuyait sur Bachaumon,
Qui le servit de compagnon.
Dans ce récit de ce voyage,
Qui du plus charmant badinage
Fut la plus charmante leçon.

Je lui demandai , comme s'y prenait autrefois dans
le monde ,

Pour chanter toujours sur sa lyre,
Ces vers aisés, ces vers coulans,
De la nature heureux enfans,
Où l'art ne trouve rien à dire ?
L'amour, me dit-il, & le vin,
Autrefois me firent connaître
Les graces de cet art divin :
Puis à Chaulieu l'épicurien
Je servis quelque tems de maître,
Il faut que Chaulieu soit le tien.

* Gassendi avait élevé la jeunesse de Chapelle , qui devint
grand partisan du système de philosophie , de son précepteur.
Toutes les fois qu'il s'enyvrait, il expliquait le système auxt
convives ; & lorsqu'ils étaient sortis de table , il continuai
la leçon au maître-d'hôtel.

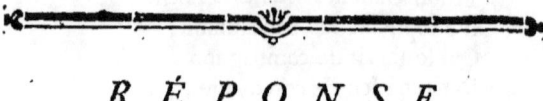

RÉPONSE

A LA

PRÉCÉDENTE.

JE n'aurais jamais cru qu'un homme comme vous, monfieur, eût pû croire aux efprits, & moins encor ajouter foi à ce qu'ils difent quand ils veulent bien revenir, je ne fais pas d'où. La Secte des philofophes, où vous avez la bonté de m'affocier de votre autorité, m'a fait douter, grace au ciel, de l'apparition de Chapelle, & m'a préfervé des coquetteries de fon ombre, de votre politeffe, & de la complaifance de mon amour-propre, que vous avez tâché fi galamment de mettre de la partie. Parmi toutes les bonnes raifons que vous devez avoir de vous défier un peu de cette apparition, vous en avez une effentielle en vous, qui doit vous déterminer à ne la pas croire, & qui m'y a, en mon particulier, entiérement déterminé.

> D'une ombre qui vous dit de me prendre pour maître
>   Ne croyez pas l'illufion.
> Quand avec vos talens le ciel vous a fait naître,
>   Il n'eft pour vous de maître qu'Apollon.

Voilà en trois mots ce que je puis répondre à la plus jolie lettre du monde, que vous m'avez écrite, trop flateufe pour l'écouter, trop brillante d'imagination pour me hazarder à y faire une réponfe en for-

me, qui ferait indigne peut-être d'un éléve de Chapelle, à qui vous pourriez la montrer dans le commerce étroit où je vous vois avec lui quarante ans
après sa mort.

Mais si je me défie de mon esprit ; je suis toujours
sûr de mon cœur ; & je vais répondre au sentiment
d'estime & d'amitié que j'ai pour vous, dont vous me
demandez une marque essentielle, qui est de vous
dire avec la sincérité dont je fais profession, ce que je
pense de la petite affaire dont vous me faites ouver-
ture &c.

A Paris ce 26. Juillet 1717.

A MONSIEUR

LE PRÉSIDENT HENAUT.,

AUTEUR D'UN OUVRAGE EXCELLENT

SUR L'HISTOIRE DE FRANCE.

A Cirey ce 1. *Sept.* 1744.

O Déesse de la santé,
Fille de la sobriété,
Et mère des plaifirs du sage,
Qui sur le matin de notre âge
Fais briller ta vive clarté,
Et répans ta sérénité
Sur le soir d'un jour plein d'orage.
  O déesse, exauce mes vœux ;
Que ton étoile favorable
Conduise ce mortel aimable :
Il est si digne d'être heureux.
Sur Hénaut tous les autres dieux
Versent la source inépuisable
De leurs dons les plus précieux.
Toi, qui seule tiendrais lieu d'eux,
Serais-tu seule inexorable ?
Ramène à ses amis charmans,
Ramène à ces belles demeures
Ce bel-esprit de tous les tems,
Cet homme de toutes les heures.
Orne pour lui, pour lui suspens

La courſe rapide du tems,
Il en fait un ſi bel uſage :
Les devoirs , & les agrémens,
En font chez lui l'heureux partage.
Les femmes l'ont pris fort ſouvent
Pour un ignorant agréable ;
Les gens en *us* pour un ſavant,
Et le dieu joufflu de la table
Pour un connaiſſeur ſi gourmand.
Qu'il vive autant que ſon ouvrage ;
Qu'il vive autant que tous les rois,
Dont il nous décrit les exploits,
Et la faibleſſe & le courage ,
Les mœurs, les paſſions , les loix,
Sans erreur & ſans verbiage.
Qu'un bon eſtomac ſoit le prix
De ſon cœur, de ſon caractère,
De ſes chanſons , de ſes écrits.
Il a tout, il a l'art de plaire,
L'art de nous donner du plaiſir,
L'art ſi peu connu de jouïr :
Mais il n'a rien s'il ne digère.
    Grand Dieu , je ne m'étonne pas,
Qu'un ennuyeux , un des Fontaine,
Entouré dans ſon galetas
De ſes livres rongés des rats ,
Nous endormant , dorme ſans peine,
Et que le bouc ſoit gros & gras.
Jamais Eglé , jamais Sylvie ,
Jamais Liſe à ſouper ne prie
Un pedant à citations ,
Sans goût , ſans grace & ſans génie;
Sa perſonne, en tous lieux honnie,
Eſt réduite à ſes noirs Gitons.
Hélas ! les indigeſtions
Sont pour la bonne compagnie.

Après cette hymne à la santé, que je fais du meilleur de mon cœur, souffrez , monfieur , que j'y ajoute
mentalement un petit *Gloira Patri* pour moi. J'ai autant befoin d'elle que vous; mais c'était de vous que j'é-
tais le plus occupé. Qu'elle commence par vous donner
fes faveurs comme de raifon ; buvez gaîment , fi vous
pouvez , vos eaux de Plombières ; & revenez vîte à
Cirey avant que les huffards Autrichiens viennent en
Lorraine. Ces gens-là ne font boire que des eaux du
Styx. Souvenez-vous que dans la foule de ceux qui
vous aiment il y a deux cœurs ici , qui méritent que
vous vous arrêtiez fur la route.

A MONSIEUR
DE FONTENELLE.

De Villars, le 1. Septembre 1720.

LEs dames, qui font à Villars, monfieur, fe font gâtées par la lecture de vos *Mondes*. Il vaudrait mieux que ce fût par vos églogues, & nous les verrions plus volontiers ici, bergères que philofophes. Elles mettent à obferver les aftres un temps qu'elles pourraient beaucoup mieux employer, & comme leur goût décide des nôtres, nous nous fommes tous faits phyficiens pour l'amour d'elles.

> Le foir fur des lits de verdure,
> Lits que de fes mains la nature,
> Dans ces jardins délicieux,
> Forma pour une autre avanture,
> Nous brouillons tous l'ordre des cieux ;
> Nous prenons Vénus pour Mercure ;
> Car vous faurez qu'ici l'on n'a,
> Pour examiner les planètes,
> Au lieu de vos longues lunettes,
> Que les lorgnettes d'opéra.

Comme nous paffons la nuit à obferver les étoiles, nous négligeons fort le foleil, à qui nous ne rendons vifite que lorfqu'il a fait près des deux tiers de fon tour. Nous venons d'apprendre tout-à-l'heure, qu'il a paru de couleur de fang tout le matin ; qu'enfuite fans que l'air fût obfcurci d'aucun nuage, il a perdu senſibiement de ſa lumière & de ſa grandeur : Nous n'avons ſu cette nouvelle que ſur les cinq heures du ſoir. Nous avons mis la tête à la fenêtre, & nous avons pris le ſoleil pour la lune, tant il était pâle. Nous ne doutons point, que vous n'ayez vû la même choſe à Paris.

C'eſt à vous que nous nous adreſſons, monſieur, comme à notre maître. Vous ſavez rendre aimables les choſes que beaucoup d'autres philoſophes rendent à peine intelligibles, & la nature devait à la France & à l'Europe un homme comme vous, pour corriger les ſavans, & pour donner aux ignorans le goût des ſciences.

Or, dites-nous donc, Fontenelle,
Vous, qui par un vol imprévu,
De dédale prenant les ailes,
Dans les cieux avez parcouru
Tant de carrières immortelles,
Où ſaint Paul avant vous a vû
Force beautés ſurnaturelles,
Dont très-prudemment il s'eſt tû.
Du ſoleil par vous ſi connu,
Ne ſavez-vous point de nouvelles ?
Pourquoi ſur un char tout ſanglant
A-t-il commencé ſa carrière ?
Pourquoi perd-il, pâle & tremblant,
Et ſa grandeur & ſa lumière ?
Que dira le Boulainvilliers*
Sur ce terrible phénomène ?
Va-t-il à des peuples entiers.

* Le Comte de Boulainvilliers, homme d'une grande érudition, mais qui avait la faibleſſe de croire à l'aſtrologie. Le cardinal de Fleury diſait de lui, qu'il ne connaiſſait ni l'avenir, ni le paſſé, ni le préſent. Cependant il a fait de très-belles recherches ſur l'hiſtoire de France.

Annoncer leur perte prochaine,
Verrons-nous des incurfions,
Des édits, de guerres fanglantes,
Quelques nouvelles actions,
Où le retranchement des rentes ?
Jadis quand vous étiez pasteur,
On vous eût vû fur la fougère,
A ce changement de couleur,
Du Dieu brillant, qui nous éclaire,
Annoncer à votre bergère
Quelque changement dans fon cœur.
Mais depuis que votre Apollon
Voulut quitter la bergerie
Pour Euclide & pour Varignon,
Et les rubans de Céladon
Pour l'aftrolabe d'Uranie,
Vous nous parlerez le jargon
De calcul, de réfraction.
Mais daignez un peu, je vous prie,
Si vous voulez parler raifon,
Nous l'habiller en poëfie ;
Car fachez, que dans ce caaton
Un trait d'imagination
Vaut cent pages d'aftronomie.

RÉPONSE*

DE

MONSIEUR

DE FONTENELLE

A

MONSIEUR DE VOLTAIRE.

Vous dites donc, gens de village,
Que le soleil à l'horizon
Avait assez mauvais visage ?
Eh bien quelque subtil nuage
Vous avait fait la trahison
De défigurer son image.
Elle était là comme en prison,
D'un air malade ; mais je gage
Que le drôle en son haut étage
Ne craignait point la pâmoison.

---

* Cette réponse de Fontenelle est assez mauvaise ; il en fit
une autre, adressée à Madame la maréchale de Villars, qui vaut
beaucoup mieux, & dans laquelle est ce vers : *Il faut des ho-*
chets pour tout âge. Mais nous n'avons pû retrouver cette
piéce.

Vous n'en faurez pas d'avantage,
Et voici ma peroraifon.
Adieu, votre jeune faifon
A tout autre foin vous engage ;
L'ignorance eft fon apanage,
Avec les plaifirs à foifon,
Convenable & doux affemblage.
J'avoûerai bien, & j'en enrage,
Que le favoir & la raifon
N'eft prefque auffi qu'un badinage,
Mais badinage de grifon ;
Que de fon brillant équipage,
Toujours de maifon en maifon
L'inquiet Phœbus déménage ;
Laiffez-le en paix faire voyage,
Rabattez vous fur le gazon ;
Un gazon, canapé fauvage,
Des foucis de l'humain lignage
Eft un puiffant contrepoifon.
Pour en avoir bien fu l'ufage,
On chante encor en vieux langage
Martin à l'adroite Alifon.
Ce n'eft pourtant pas que je doute,
Qu'un beau jour qui fera bien noir
Le pauvre foleil ne s'encroute,
Et nous difant : Meffieurs, bon foir,
Cherchez dans la célefte voute
Quelqu'autre qui vous faffe voir ;
Pour moi j'en ai fait mon devoir,
Et moi-même ne voit plus goute ;
Encor un coup, meffieurs, bon foir :
Et peut-être en fon défefpoir
Ofera-t-il rimer en oute,
Si quelque déeffe n'écoute.
Mais fur notre trifte manoir

Combien de maux fera pleuvoir
Cette célefte banqueroute ?
On allumera maint bougeoir,
Mais qui n'aura pas grand pouvoir.
Tout fera pêle & mêle, & toute
Société fera diffoute,
Sans qu'on dife, jufqu'au revoir.
Chacun de l'éternel dortoir
Enfilera bientôt la voute,
Sans tefter & fans laiffer d'hoir;
Et ce que le plus je redoute,
Chacun demandera l'abfoute,
Et croira ne plus rien valoir.

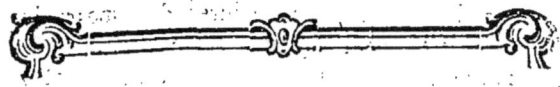

REPONSE

A UNE LETTRE

DONT

LE ROI DE PRUSSE

HONORA L'AUTEUR

A SON AVÉNEMENT A LA COURONNE.

Quoi, vous êtes monarque, & vous m'aimez en-
core ?
Quoi ! le premier moment de cette heureuse aurore,
Qui promet à la terre un jour si lumineux,
Marqué par vos bontés, met le comble à mes vœux !
O cœur toujours sensible ! ame toujours égale !
Vos mains du trône à moi remplissent l'intervalle.
Citoyen couronné, des préjugés vainqueur,
Vous m'écrivez en homme, & parlez à mon cœur.
Cet écrit vertueux, ces divins caractères,
Du bonheur des humains sont les gages sincères.
Ah ! prince ! ah digne espoir de nos cœurs captivés !
Ah ! regnez à jamais comme vous écrivez.
Poursuivez, remplissez des vœux si magnanimes ;
Tout roi jure aux autels de réprimer les crimes,

Mélanges &c.   P

Et vous plus digne roi, vous jurez dans mes mains
De protéger les arts, & d'aimer les humains.
Et toi, *a*) dont la vertu brilla persécutée,
Toi qui prouvas un dieu, mais qu'on nommait
       athée,
Martyr de la raison, que l'envie en fureur
Chassa de son pays par la main de l'erreur,
Reviens, il n'est plus rien qu'un philosophe crai-
       gne,
Socrate est sur le trône, & la vérité règne.

     Cet or qu'on entassait, ce pur sang des états,
Qui leur donne la mort en ne circulant pas,
Répandu par ses mains au gré de sa prudence,
Va ranimer la vie, & porter l'abondance.
     Il ne recherche point ces énormes soldats,
Ce superbe apareil inutile aux combats,
Fardeaux embarrassans, colosses de la guerre,
Enlevés *b*) à prix d'or aux deux bouts de la terre,
Il veut dans ses guerriers le zèle & la valeur,
Et sans les mesurer juge d'eux par le cœur.
Ainsi pense le juste, ainsi règne le sage :
Mais il faut au grand homme un plus heureux par-
       tage ;
Consulter la prudence, & suivre l'équité,
Ce n'est encor qu'un pas vers l'immortalité.
Qui n'est que juste est dur, qui n'est que sage est
       triste ;
Dans d'autres sentimens l'héroïsme consiste ;
Le conquérant est craint, le sage est estimé ;
Mais le bienfaisant charme, & lui seul est aimé ;

    a) Le professeur Wolf, persécuté comme athée par les théo-
logiens de l'université de Hall, chassé par Fréderic II. sous
peine d'être pendu, & fait chancelier de la même université à
l'avénement de Fréderic III.

    b) Un de ses soldats, qu'on nommait Petit-Jean, avait été
acheté 24000 livres.

Lui feul eft vraiment roi, fa gloire eft toujours
   pure;
Son nom parvient fans tache à la race future.
A qui fe fait chérir faut-il d'autres exploits?
Trajan non-loin du Gange enchaîna trente rois;
A peine a-t-il un nom fameux par la victoire;
Connu par fes bienfaits, fa bonté fait fa gloire.
Jérufalem conquife, & fes murs abattus,
N'ont point éternifé le grand nom de Titus.
Il fut aimé; voilà fa grandeur véritable.
  O vous qui l'imitez, vous fon rival aimable,
Effacez le héros dont vous fuivez les pas;
Titus perdit un jour, & vous n'en perdrez pas.

A U

R. DE P.....

Ce 20 Avril 1741.

EH bien ! mauvais plaifans, critiques obftinés,
Prétendus beaux efprits à médire acharnés ,
Qui parlant fans penfer , fiers avec ignorance,
Mettez légérement les rois dans la balance,
Qui d'un ton décifif, auffi hardis que faux ,
Affurez qu'un favant ne peut être héros ;
Ennemis de la gloire & de la poëfie,
Grands critiques des rois , allez en Siléfie :
Voyez cent bataillons près de Neifs écrafés :
C'eft-là qu'eft mon héros. Venez , fi vous l'ofez.
C'eft lui-même, c'eft lui , dont l'ame univerfelle
Courut de tous les arts la carrière immortelle ;
Lui qui de la nature a vu les profondeurs,
Des charlatans dévots confondit les erreurs ;
Lui qui dans un repas, fans foins & fans affaire ,
Paffait les ignorans dans l'art heureux de plaire ;
Qui fait tout, qui fait tout, qui s'élance à grands
       pas
Du Parnaffe à l'Olympe , & des jeux aux combats.
Je fais que Charle douze, & Guftave, & Turenne,
N'ont point bu dans les eaux qu'épanche l'Hyppo-
       crène :
Mais enfin ces guerriers , illuftres ignorans,
En étant moins polis, n'en étaient pas plus grands.
Mon prince eft au-deffus de leur gloire vulgaire ;

Quand il n'est point Achille, il sait être un Homère.
Tour-à-tour la terreur de l'Autriche & des sots,
Fertile en grands projets, aussi-bien qu'en bons
     mots,
Et riant à la fois de Genève & de Rome,
Il parle, agit, combat, écrit, règne en grand
     homme.
O vous qui prodiguez l'esprit & les vertus !
Reposez-vous, mon Prince, & ne m'effrayez plus;
Et quoique vous sachiez tout penser & tout faire,
Songez que les boulets ne vous respectent guère,
Et qu'un plomb dans un tube entassé par des sots,
Peut casser d'un seul coup la tête d'un héros,
Lorsque multipliant son poids par sa vitesse,
Il fend l'air qui résiste & pousse autant qu'il presse.
Alors privé de vie, & chargé d'un grand nom,
Sur un lit de parade étendu tout du long,
Vous iriez tristement revoir votre patrie:
O Ciel ! que ferait-on dans votre académie ?
Un dur anatomiste, élève d'Atropos,
Viendrait scalpel en main disséquer mon héros :
La voilà, dirait-il, cette cervelle unique,
Si belle, si féconde & si philosophique.
Il montrerait aux yeux les fibres de ce cœur
Généreux, bienfaisant, juste, plein de grandeur.
Il couperait ... mais non, ces horribles images
Ne doivent point souiller les lignes de nos pages.
Conservez, ô mes dieux ! l'aimable Frédéric,
Pour son bonheur, pour moi, pour le bien du pu-
     blic.
Vivez, prince, & passez dans la paix, dans la
     guerre,
Surtout dans les plaisirs, tous les *Ics* de la terre,
Théodoric, Ulric, Jenseric, Alaric,
Dont aucun ne vous vaut selon mon pronostic.

Mais lorsque vous aurez de victoire en victoire
Arrondi vos états, ainsi que votre gloire,
Daignez vous souvenir, que ma tremblante voix,
En chantant vos vertus, préfagea vos exploits.
Songez bien qu'en dépit de la grandeur suprême,
Votre main mille fois m'écrivait, Je vous aime.
Adieu, grand politique, & rapide vainqueur,
Trente états subjugués ne valent point un cœur.

A U
R. DE P.....

A Paris ce 1. Novembre 1744.

DU héros de la Germanie,
Et du plus bel esprit des rois,
Je n'ai reçu depuis trois mois
Ni beaux vers, ni prose polie :
Ma muse en est en létargie.
Je me réveille aux fiers accens
De l'Allemagne ranimée
Aux fanfares de votre armée,
A vos tonnerres menaçans ,
Qui se mêlent aux cris perçans
Des cent voix de la renomée.
Je vois de Berlin à Paris,
Cette déesse vagabonde,
De Fréderic & de Loüis
Porter les noms au bout du monde;
Ces noms que la gloire a tracés
Dans un cartouche de lumière,
Ces noms qui répondent assez
Du bonheur de l'Europe entière,
S'ils sont toujours entrelassés.
   Quels seront les heureux poëtes,
Les chantres boursouflés des rois,
Qui pourront élever leurs voix,
Et parler de ce que vous faites?

P 4

C'eſt à vous ſeul de vous chanter,
Vous qu'en vos mains j'ai vû porter
La lyre & la lance d'Achille ;
Vous qui rapide en votre ſtyle ,
Comme dans vos exploits divers ,
Faites de la proſe & des vers,
Comme vous prenez une ville.
D'Horace heureux imitateur,
Sa gaîté , ſon eſprit , ſa grace,
Ornent votre ſtyle enchanteur :
Mais votre muſe le ſurpaſſe
Dans un point cher à notre cœur.
L'empereur protégeait Horace,
Et vous protégez l'empereur.

Fils de Mars & de Calliope ,
Et digne de ces deux grands noms,
Faites le deſtin de l'Europe ,
Et daignez faire des chanſons ;
Et quand Thémis avec Bellone,
Par votre main raffermira
Des Céſars le funeſte trône :
Quand le Hongrois cultivera,
A l'abri d'une paix profonde ,
Du Tokai la vigne féconde :
Quand partout ſon vin ſe boira ,
Qu'en le buvant on chantera
Les pacificateurs du monde ;
Mon prince à Berlin reviendra ;
Mon prince à ſon peuple qui l'aime,
Libéralement donnera
Un nouvel & bel opéra ,
Qu'il aura compoſé lui-même.
Chaque auteur vous applaudira ;
Car tout envieux que nous ſommes
Et du mérite & d'un grand nom,
Un poëte eſt toujours fort bon

A la tête de cent mille hommes.
Mais croyez-moi , d'un tel secours
Vous n'avez pas besoin pour plaire ;
Fussiez-vous pauvre comme Homère ,
Comme lui vous vivrez toujours.
Pardon, si ma plume légère ,
Que souvent la vôtre enhardit ,
Ecrit toujours au bel-esprit
Beaucoup plus qu'au roi qu'on révère.
Le Nord à vos sanglans progrès ,
Vit des rois le plus formidable ;
Moi qui vous aprochai de près ,
Je n'y vis que le plus aimable.

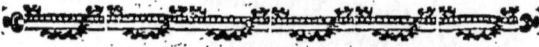

A MONSIEUR

LE DUC DE SULLY.

J'Irai chez vous, duc adorable,
Vous, dont le goût, la vérité,
L'esprit, la candeur, la bonté,
Et la douceur inaltérable
Font respecter la volupté,
Et rendent la sagesse aimable.
Que dans ce champêtre séjour
Je me fais un plaisir extrême
De parler sur la fin du jour,
De vers, de musique, & d'amour,
Et pas un seul mot du système *,
De ce système tant vanté,
Par qui nos héros de finance
Emboursent l'argent de la France,
Et le tout par pure bonté :
Pareils à la vieille sybille,
Dont il est parlé dans Virgile,
Qui possédant pour tout trésor,
Des recettes d'énergumène,
Prend du troyen le rameau d'or,
Et lui rend des feuilles de chêne.

    Peut-être les larmes aux yeux,
Je vous aprendrai pour nouvelle,
Le trépas de ce vieux goutteux,
Qu'anima l'esprit de Chapelle.

* Le système de Mr. Law, qui bouleversa la France en 1720.
Cette lettre est de ce tems-là.

L'éternel abbé de Chaulieu
Paraîtra bientôt devant Dieu ;
Et si d'une muse féconde
Les vers aimables & polis
Sauvent une ame en l'autre monde,
Il ira droit en Paradis.
L'autre jour à son agonie,
Son curé vint de grand matin
Lui donner en cérémonie,
Avec son huile & son Latin,
Un passe-port pour l'autre vie.
Il vit tous ses péchés lavés
D'un petit mot de pénitence,
Et reçut ce que vous savez,
Avec beaucoup de bienséance.
   Il fit même un très-beau sermon,
Qui satisfit tout l'auditoire.
Tout haut il demanda pardon,
D'avoir eu trop de vaine gloire.
C'était là, dit-il, le péché,
Dont il fut le plus entiché :
Car on sait qu'il était poëte ;
Et que sur ce point tout auteur,
Ainsi que tout prédicateur,
N'a jamais eù l'ame bien nette.
Il sera pourtant regretté,
Comme s'il eût été modeste.
Sa perte au Parnasse est funeste.
Presque seul il était resté
D'un siécle plein de politesse.
On dit qu'aujourd'hui la jeunesse
A fait à la délicatesse
Succéder la grossiéreté,
La débauche à la volupté,
Et la vaine & lâche paresse
A cette sage oisiveté,

Que l'étude occupait sans cesse.
Pour notre petit Genonville,
Si digne du siécle passé,
Et des faiseurs de vaudeville,
Il me paraît très-empressé
D'abandonner pour vous la ville.
Le systême n'a point gâté
Son esprit aimable & facile;
Il a toujours le même style,
Et toujours la même gaîté.
Je sais, que par déloyauté,
Le fripon n'aguère a tâté
De la maîtresse tant jolie,
Dont j'étais si fort entêté.
Il rit de cette perfidie,
Et j'aurais pû m'en courroucer:
Mais je sais qu'il faut se passer
Des bagatelles dans la vie.

A Paris le 18 Août 1720.

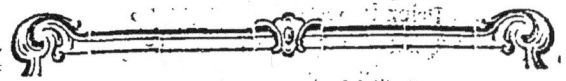

A MONSIEUR

LE DUC

DE LA

FEUILLADE.

Conservez précieusement
L'imagination fleurie,
Et la bonne plaisanterie,
Dont vous possédez l'agrément,
Au défaut du tempérament,
Dont vous vous vantez hardiment,
Et que tout le monde vous nie.
La dame, qui depuis longtems
Connaît à fond votre personne,
A dit : Hélas ! je lui pardonne
D'en vouloir imposer aux gens :
Son esprit est dans son printems,
Mais son corps est dans son automne.
Adieu, Monsieur le gouverneur,
Non plus de province frontière,
Mais d'une beauté singulière,
Qui par son esprit, par son cœur,
Et par son humeur libertine
De jour en jour fait grand honneur

Au gouverneur qui l'endoctrine.
Priez le Seigneur seulement,
Qu'il empêche que Cythérée
Ne substitue incessamment
Quelque jeune & frais lieutenant,
Qui ferait sans vous son entrée
Dans un si beau Gouvernement.

A MONSIEUR

LE

MARÉCHAL

DE VILLARS.

JE me flattais de l'espérance
D'aller goûter quelque repos
Dans votre maison de plaisance ;
Mais Vinage.* a ma confiance ,
Et j'ai donné la préférence ,
Sur le plus grand de nos héros ,
Au plus grand charlatan de France.
Ce discours vous déplaira fort ,
Et je confesse que j'ai tort
De parler du soin de ma vie ,
A celui qui n'eut d'autre envie
Que de chercher partout la mort.
Mais souffrez , que je vous réponde ,
Sans m'attirer votre courroux ,
Que j'ai plus de raisons que vous
De vouloir rester dans ce monde :
Car si quelque coup de canon ,
Dans vos beaux jours brillans de gloire ,
Vous eût envoyé chez Pluton ,
Voyez la consolation ,

* Médecin Empirique. Cette lettre est de 1721.

Que vous auriez dans la nuit noire,
Lorsque vous sauriez la façon,
Dont vous aurait traité l'histoire.
  Paris vous eût premiérement
Fait un service fort célèbre,
En présence du parlement ;
Et quelque prélat ignorant
Aurait prononcé hardiment
Une longue oraison funèbre,
Qu'il n'eût pas faite assurément.
Puis en vertueux capitaine
On vous aurait proprement mis
Dans l'église de Saint Denis,
Entre du Guesclin & Turenne.
Mais si quelque jour, moi chétif,
J'allais passer le noir esquif,
Je n'aurais qu'une vile bière ;
Deux prêtres s'en iraient gaîment
Porter ma figure légère
Et la loger mesquinement
Dans un recoin du cimetière.
Mes niéces au lieu de prière,
Et mon janséniste de frère *,
Riraient à mon enterrement :
Et j'aurais l'honneur seulement,
Que quelque muse médisante
M'affublerait pour monument
D'une épitaphe impertinente.
Vous voyez donc très-clairement,
Qu'il est bon que je me conserve,
Pour être encor témoin longtems
De tous les exploits éclatans
Que le Seigneur Dieu vous réserve.

* L'auteur avait un frère, trésorier de la chambre des comptes, qui était en effet un janséniste outré, & qui se brouillait toujours avec son frère, toutes les fois que celui-ci disait du bien des jésuites.

A MON-

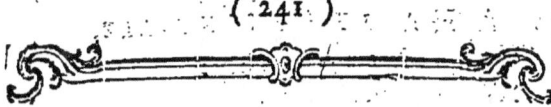

A MONSIEUR
DE GENONVILLE, *
SUR
UNE MALADIE.

NE me soupçonne point de cette vanité
Qu'a notre ami Chaulieu de parler de lui-même :
Et laisse-moi jouïr de la douceur extrême,
    De t'ouvrir avec liberté
    Un cœur qui te plaît & qui t'aime.
    De ma muse, en mes premiers ans,
Tu vis les tendres fruits imprudemment éclorre ;
Te vis la calomnie avec ses noirs serpens,
    Dès plus beaux jours de mon printems
    Obscurcir la naissante aurore.
D'une injuste prison je subis la rigueur ;
    Mais au moins de mon malheur
    Je sus tirer quelque avantage ;
J'apris à m'endurcir contre l'adversité,
    Et je me vis un courage
Que je n'attendais pas de la légéreté,
    Et des erreurs de mon jeûne âge.
Dieux ! que n'ai-je eu depuis la même fermeté !
    Mais à des moindres allarmes
    Mon cœur n'a point résisté.
Tu sais combien l'amour m'a fait verser des larmes.
    Fripon, tu le sais trop bien,

* Cette lettre est de l'année 1719.

Mélanges &c.   Q

Toi dont l'amoureuse adresse
M'ôta mon unique bien :
Toi dont la délicatesse,
Par un sentiment fort humain,
Aima mieux ravir ma maîtresse,
Que de la tenir de ma main.
Mais je t'aimai toujours, tout ingrat & Vaurien ;
Je te pardonnai tout avec un cœur chrétien,
Et ma facilité fit grace à ta faiblesse.
Hélas ! pourquoi parler encor de mes amours ?
Quelquefois ils ont fait le charme de ma vie ;
Aujourd'hui la maladie
En éteint le flambeau peut-être pour toujours.
De mes ans passagers la trame est raccourcie ;
Mes organes lassés sont morts pour les plaisirs ;
Mon cœur est étonné de se voir sans desirs.
Dans cet état il ne me reste
Qu'un assemblage vain de sentimens confus,
Un présent douloureux, un avenir funeste,
Et l'affreux souvenir d'un bonheur qui n'est plus.
Pour comble de malheur je sens de ma pensée
Se déranger les ressorts ;
Mon esprit m'abandonne, & mon ame éclipsée
Perd en moi de son être, & meurt avant mon corps.
Est-ce là ce rayon de l'essence suprême,
Qu'on nous a peint si lumineux ?
Est-ce là cet esprit survivant à nous-mêmes ?
Il naît avec nos sens, croît, s'affaiblit comme eux ;
Hélas, périrait-il de même ?
Je ne sais, mais j'ose espérer,
Que de la mort, du tems & des destins le maître,
Dieu conserve pour lui le plus pur de notre être,
Et n'anéantit point ce qu'il daigne éclairer.

A MADAME

DE

FONTAINE-MARTEL. *

En 1732.

O Très fingulière Martel,
J'ai pour vous eftime profonde :
C'eft dans votre petit hôtel,
C'eft fur vos foupers que je fonde
Mon plaifir le feul bien réel
Qu'un honnête homme ait en ce monde.
Il eft vrai, qu'un peu je vous gronde ;
Mais malgré cette liberté,
Mon cœur vous trouve, en vérité,
Femme à peu de femmes feconde ;
Car fous vos cornettes de nuit,
Sans préjugés & fans faibleffe,
Vous logez efprit qui féduit,
Et qui tient fort à la fageffe.
Or votre fageffe n'eft pas
Cette pointilleufe harpie,
Qui raifonne fur tous les cas ;
Et qui, trifte fœur de l'envie,
Ouvrant un gofier édenté ;

---

* La comteffe de Fontaine-Martel, fille du préfident Des-
bordeaux ; elle était telle qu'elle eft peinte ici. Sa maifon
était très-libre & très-aimable.

Contre la tendre volupté
Toujours prêche, argurmente, & crie;
Mais celle, qui si doucement,
Sans effort & sans industrie,
Se bornant toûte au sentiment,
Sait jusques au dernier moment
Répandre un charme sur la vie.
Voyez-vous pas de tous côtés
De très-décrépites beautés,
Pleurant de n'être plus aimables,
Dans leur besoin de passion,
S'affoler la dévotion,
Et rechercher l'ambition
D'être bégueules respectablss?
Bien loin de cette triste erreur
Vous avez, au-lieu des vigiles,
Des soupers longs, gais & tranquilles;
Des vers aimables & faciles,
Au lieu des fatras inutiles
De Quesnel & de le Tourneur;
Voltaire, au-lieu d'un directeur;
Et pour mieux chasser toute angoisse,
Au curé préférant Campra,
Vous avez loge à l'opéra,
Au lieu de banc dans la paroisse:
Et ce qui rend mon sort plus doux,
C'est que ma maîtresse chez vous,
La liberté, se voit logée:
Cette liberté mitigée,
A l'œil ouvert, au front serein,
A la démarche dégagée,
N'étant ni prude, ni Catin,
Décente, & jamais arrangée,
Souriant d'un souris badin
A ces paroles chatouilleuses,
Qui font baisser un œil malin

A mesdames les précieuses.
C'est là qu'on trouve la gaîté
Cette sœur de la liberté,
Jamais aigre dans la satyre,
Toujours vive dans les bons mots,
Se moquant quelquefois des sots,
Et très-souvent, mais à propos,
Permettant au sage de rire.
Que le ciel bénisse le cours
D'un sort aussi doux que le vôtre!
Martel, l'automne de vos jours
Vaut mieux que le printems d'une autre.

LETTRE

écrite de Plombiéres

A Mr. PALLU;

CONSEILLER D'ÉTAT.

Août 1739.

Du fond de cet antre pierreux,
Entre deux montagnes cornuës,
Sous un ciel noir & pluvieux,
Où les tonnerres orageux
Sont portés fur d'épaiſſes nuës,
Près d'un bain chaud toujours crotté,
Plein d'un eau qui fume & bouillonne,
Où tout malade empaqueté,
Et tout hypochondre entêté,
Qui fur ſon mal toujours raiſonne,
Se baigne, s'enfume, & ſe donne
La queſtion pour la ſanté.
    De cet antre, où je vois venir
D'impotentes ſempiternelles,
Qui toutes penſent rajeunir,
Un petit nombre de pucelles,
Mais un beaucoup plus grand de celles
Qui voudraient le redevenir ;
Où par le coche on nous amène

De vieux citadins de Nancy,
Et des moines de Commercy,
Avec l'attribut de Lorraine,
Que nous rapporterons d'ici.
De ces lieux, où l'ennui foisonne,
J'ose encor écrire à Paris.
Malgré Phœbus qui m'abandonne,
J'invoque l'amour & les ris;
Ils connaissent peu ma personne;
Mais c'est à PALLU que j'écris,
Alcibiade me l'ordonne;
Alcibiade, qu'à la cour,
Nous vîmes briller tour-à tour,
Par ses graces, par son courage,
Gai; généreux, tendre, volage,
Et séducteur comme l'amour,
Dont il fut la brillante image.
L'amour où le tems l'a défait
Du beau vice d'être infidèle;
Il prétend d'un amant parfait
Etre devenu le modèle.
J'ignore, quel objet charmant
A produit ce grand changement,
Et fait sa conquête nouvelle:
Mais, qui que vous soyez, la belle,
Je vous en fais mon compliment.
On pourrait bien, à l'avanture,
Choisir un autre greluchon,
Plus Alcide pour la figure,
Et pour le cœur plus Celadon;
Mais quelqu'un plus aimable? non,
Il n'en est point dans la nature;
Car, madame, où trouvera-t-on
D'un ami la discrétion,
D'un vieux seigneur, la politesse,
Avec l'imagination,

Q 4

Et les graces de la jeunesse ;
Un tour de conversation ;
Sans empressement , sans paresse ,
Et l'esprit monté sur le ton
Qui plait à gens de toute espèce ?
Et n'est-ce rien d'avoir tâté
Trois ans de la formalité ,
Dont on assomme une ambassade ,
Sans nous avoir rien rapporté
De la pesante gravité
Dont cent ministres font parade ?
A ce portrait si peu flaté ,
Qui ne voit mon Alcibiade ?

A MONSIEUR
DE FORMONT,

*en lui renvoyant les œuvres de Descartes & de
Mallebranche.*

Rimeur charmant, plein de raison,
Philosophe entouré de graces,
Epicure, avec Apollon,
S'empresse à marcher sur vos traces.
Je renonce au fatras obscur
Du grand rêveur de l'Oratoire *,
Qui croit parler de l'esprit pur,
Ou qui veut nous le faire accroire ;
Nous disant qu'on peut, à coup sûr,
Entretenir Dieu dans sa gloire.
Ma raison n'a pas plus de foi
Pour René, le visionnaire †,
Songeur de la nouvelle loi ;
Il éblouït plus qu'il n'éclaire ;
Dans une épaisse obscurité
Il fait briller des étincelles.
Il a gravement débité
Un tas brillant d'erreurs nouvelles,
Pour mettre à la place de celles
De la bavarde antiquité.
Dans sa cervelle trop féconde,

* Mallebranche.
† Des-Cartes.

Il prend, d'un air fort important,
Des dés pour arranger le monde ;
Bridoye en aurait fait autant.
    Adieu. Je vais chez ma sylvie ;
Un esprit fait comme le mien,
Goûte bien mieux son entretien,
Qu'un roman de philosophie.
De ses attraits toujours frapé,
Je ne la crois pas trop fidelle ;
Mais puisqu'il faut être trompé,
Je ne veux l'être que par elle.

A MONSIEUR

LE

PRÉSIDENT HENAUT.

A Luneville ce 28. Novembre 1748.

Vous, qui de la chronologie
Avez réformé les erreurs ;
Vous dont la main cueillit les fleurs
De la plus belle poësie ;
Vous qui de la philosophie
Avez fondé les profondeurs ;
Malgré les plaisirs séducteurs
Qui partagèrent votre vie ;
HENAUT, dites-moi, je vous prie,
Par quel art, par quelle magie,
Parmi tant de succès flateurs,
Vous avez désarmé l'envie ;
Tandis que moi, placé plus bas,
Qui devrais être inconnu d'elle,
Je vois chaque jour la cruelle
Verser ses poisons sur mes pas ?
Il ne faut point s'en faire accroire ;
J'eus l'air de vouloir m'afficher
Aux murs du temple de mémoire ;
Aux sots vous fûtes vous cacher.
Je parus trop chercher la gloire,
Et la gloire vint vous chercher.
Qu'un chêne, l'honneur d'un bocage,

Domine sur mille arbrisseaux,
On respecte ses verds rameaux,
Et l'on danse sous son ombrage :
Mais que du tapis d'un gazon
Quelque brin d'herbe où de fougère
S'élève un peu sur l'horizon,
On l'en arrache avec colère.
Je plains le sort de tout auteur,
Que les autres ne plaignent guères,
Si dans ses travaux littéraires
Il veut goûter quelque douceur,
Que de beaux esprits serviteur
Il évite ses chers confrères.
Montagne, cet auteur charmant,
Tour-à-tour profond & frivole,
Dans son château paisiblement,
Loin de tout frondeur malévole,
Doutait de tout impunément,
Et se moquait très-librement
Des bavards fourrés de l'école.
Mais quand son élève Charon,
Plus retenu, plus méthodique,
De sagesse donna leçon,
Il fut près de périr, dit-on,
Par la haine théologique.
Les lieux, les tems, l'occasion,
Font votre gloire ou votre chute.
Hier on aimait votre nom,
Aujourd'hui l'on vous persécute.
La Grèce à l'insensé Pyrrhon
Fait élever une statue ;
Socrate prêche la raison,
Et Socrate boit la ciguë.
Heureux qui dans d'obscur travaux
A soi-même se rend utile !
Il faudrait, pour vivre tranquille,

Des amis & point de rivaux.
La gloire est toujours inquiette,
Le bel esprit est un tourment ;
On est dupe de son talent ;
C'est comme une épouse coquette,
Il lui faut toujours quelque amant.
Sa vanité qui vous obsède,
S'expose à tout imprudemment ;
Elle est des autres l'agrément
Et le mal de qui la possède.

Mais finissons ce triste ton,
Est-il si malheureux de plaire ?
L'envie est un mal nécessaire,
C'est un petit coup d'aiguillon,
Qui vous force encor à mieux faire.
Dans la carrière des vertus
L'ame noble en est excitée.
Virgile avait son Mevius,
Hercule avait son Eurysthée.
Que m'importent de vains discours,
Qui s'envolent & qu'on oublie ?
Je coule ici mes heureux jours
Dans la plus tranquille des cours,
Sans intrigue, sans jalousie,
Auprès d'un roi sans courtisans, *
Près de Bouflers & d'Emilie ;
Je les vois & je les entens,
Il faut bien que je fasse envie.

* Le roi Stanislas.

A MONSIEUR
LE MARQUIS
DES ISSARTS;

AMBASSADEUR DE FRANCE

A DRESDE.

A Versailles le 7. Avril 1747.

MONSIEUR,

LA lettre aimable, dont vous m'honorez, me donne bien du plaisir & bien des regrets ; elle me fait sentir tout ce que j'ai perdu. J'ai pû être témoin du moment où votre excellence signait le bonheur de la France ; j'ai pû voir la cour de Dresde, & je ne l'ai point vuë. Je ne suis pas né heureux ; mais vous, monsieur, avouez que vous êtes aussi heureux que vous le méritez. Vous avez trouvé à Dresde ce que vous aviez quitté à Versailles, un roi aimé de ses sujets.

> Vous pourrez dire quelque jour
> Qui des deux rois tient mieux sa cour,
> Quel est le plus doux, le plus juste,
> Et qui fait naître plus d'amour,
> Ou de Louïs Quinze ou d'Auguste ;

La plus fine fagacité
En ce point pourrait fe confondre;
Et je donne à votre équité
Dix ans entiers pour me répondre.

Rien ne prouve mieux, combien il eſt difficile de
favoir au juſte la vérité dans ce monde; & puis, monſieur, les perſonnes qui la favent le mieux, font toujours celles qui la diſent le moins. Par exemple, ceux
qui ont eu l'honneur d'approcher des trois princeſſes
que la reine de Pologne a données à la France, à Na-
ples, & à Munich, pourront-ils jamais dire laquelle
des trois nations eſt la plus heureuſe?

Que même on demande à la reine,
Quel plus beau préſent elle a fait,
Et quel fut ſon plus grand bienfait,
On la rendra fort incertaine.
Mais ſi de moi l'on veut favoir,
Qui des trois peuples doit avoir
La plus tendre reconnaiſſance,
Et nourrir le plus doux eſpoir,
Ne croyez pas que je balance.

En voyant Monſeigneur le Dauphin avec Madame
la Dauphine, je me fouviens de Pſyché, & je ſonge
que Pſyché avait deux ſœurs :

Chacune des deux était belle,
Tenait une brillante cour,
Eut un mari jeune & fidelle :
Pſyché ſeule épouſa l'Amour.

Mais il y aurait peut-être, monſieur, un moyen
de finir cette diſpute, dans laquelle Paris aurait coupé
ſa pomme en trois.

Je suis d'avis que l'on préfère
Celle qui le plus promptement
Saura donner un bel enfant
Semblable à leur auguste mère.

Vous voyez, monsieur, que sans être politique j'ai
l'esprit conciliant : je compte bien vous faire ma cour
avec de tels sentimens. J'ai l'honneur d'être avec respect, monsieur, de votre excellence, le &c.

A

A MONSIEUR
LE COMTE
ALGAROTTI,

QUI ÉTAIT ALORS A LA COUR DE SAXE.

A Paris ce 21. Février 1747.

ENfant du Pinde & de Cythère,
Brillant & sage Algarotti,
A qui le Ciel a départi
L'art d'aimer, d'écrire, & de plaire;
Et dont le charmant caractère
A tous les goûts est assorti ;
Dans vos palais de porcelaine,
Recevez ces frivoles sons,
Enfilés sans art & sans peine,
Au charmant pays des pompons.
O Saxe, que nous vous aimons !
O Saxe, que nous vous devons
D'amour & de reconnaissance !
C'est de votre sein que sortit
Le héros qui venge la France
Et la Nymphe qui l'embellit.
  Aprenez que cette Dauphine
Ici chaque jour accomplit
Ce que votre muse divine

Mélanges, &c.   R

Dans ſes lettres m'avait prédit.
Vous penſerez que je l'ai vûë,
Quand je vous en dis tant de bien,
Et que je l'ai même entenduë;
Je vous jure qu'il n'en eſt rien,
Et que ma muſe peu connue,
En vous répétant dans ces vers
Cette vérité toute nuë,
N'eſt que l'écho de l'univers.

Une Dauphine eſt entourée,
Et l'étiquette eſt ſon tourment.
J'ai laiſſé paſſer prudemment,
Des paniers la foule titrée,
Qui remplit tout l'apartement
De ſa bigarrure dorée.
Virgile était-il le premier
A la toilette de Livie?
Il laiſſait paſſer Cornelie,
Les ducs & pairs, le chancelier,
Et les cordons bleus d'Italie,
Et s'amuſait ſur l'eſcalier
Avec Tibulle & Polymnie.

Mais à la fin j'aurai mon tour;
Les dieux ne me refuſent guère;
Je fais aux graces chaque jour
Une très-dévote prière.
Je leur dis, Filles de l'amour,
Daignez, à ma muſe diſcrette
Accordant un peu de faveur,
Me préſenter à votre ſœur,
Quand vous irez à ſa toilette.

Que vous dirai-je maintenant
Du Dauphin & de cette affaire,
De l'amour & du ſacrement?
Les dames d'honneur de Cithère
En pourraient parler dignement;

Mais un profane doit se taire.
Sa cour dit qu'il s'occupe à faire
Une famille de héros,
Ainsi qu'ont fait très à propos
Son ayeul & son digne père.

Daignez pour moi remercier
Votre ministre magnifique :
D'un fade éloge poëtique
Je pourrais fort bien l'ennuyer ;
Mais je n'aime pas à louer ;
Et ces offrandes si chéries
Des belles & des potentats,
Gens tous nourris de flateries,
Sont un bijou qui n'entre pas
Dans son baguier de pierreries.

Adieu ; faites bien au Saxon
Goûter les vers de l'Italie,
Et les vérités de Newton,
Et que votre muse polie
Parle encor sur un nouveau ton,
De notre immortelle Emilie.

REPONSE

A MONSIEUR

LE

CARDINAL QUIRINI,

A Berlin ce 12 Décembre 1751.

Quoi, vous voulez donc que je chante
Ce temple orné par vos bienfaits,
Dont aujourd'hui Berlin se vante !
Je vous admire, & je me tais.
Comment sur les bords de la Sprée,
Dans cette infidelle contrée
Où de Rome on brave les loix,
Pourai-je élever une voix
A des cardinaux consacrée ?
Eloigné des murs de Sion,
Je gémis en bon Catholique.
Hélas, mon prince est hérétique,
Et n'a point de dévotion.
Je vois avec componction,

A 2

Que dans l'infernale sequelle
Il sera près de Cicéron,
Et d'Aristide & de Platon,
Ou vis-à-vis de Marc Aurèle.
On sait que ces esprits fameux
Sont punis dans la nuit profonde;
Il faut qu'il soit damné comme eux,
Puisqu'il vit comme eux dans ce monde.
Mais surtout que je suis fâché
De le voir toujours entiché
De l'énorme & cruel péché
Que l'on nomme la tolérance!
Pour moi je frémis quand je pense
Que le Musulman, le Payen,
Le Quacre & le Luthérien,
L'enfant de Genève & de Rome,
Chez lui tout est reçu si bien,
Pourvu que l'on soit honnête-homme.
Pour comble de méchanceté,
Il a su rendre ridicule
Cette sainte inhumanité,
Cette haine dont sans scrupule
S'arme le dévot entêté,
Et dont se raille l'incrédule.
Que ferai-je, grand cardinal,
Moi chambellan très-inutile
D'un prince endurci dans le mal,
Et proscrit dans notre évangile?
Vous dont le front prédestiné
A nos yeux doublement éclate,
Vous dont le chapeau d'écarlate
Des lauriers du Pinde est orné;
Qui marchant sur les pas d'Horace,
Et sur ceux de Saint Augustin,

R 3

Suivez le raboteux chemin
Du paradis & du parnasse,
Convertissez ce rare esprit;
C'est à vous d'instruire & de plaire;
Et la grace de JESUS-CHRIST
Chez vous brille en plus d'un écrit,
Avec les trois graces d'Homère.

A MADAME
DE GONDRIN;

DEPUIS

Mad. LA COMTESSE DE TOULOUSE,

Sur le péril qu'elle avait couru en traversant
la Loire en 1719.

Ṣ Avez-vous, gentille doüairière,
Ce que dans Sully l'on faisait,
Lorsqu'Eole vous conduisait
D'une si terrible manière ?
Le malin Perigni riait,
Et pour vous déja préparait
Une épitaphe familière,
Disant qu'on vous repêcherait
Incessamment dans la rivière,
Et qu'alors il observerait
Ce que votre humeur un peu fière
Sans ce hazard lui cacherait.
Cependant, l'Espar, la Valière,
Guiche, Sully, tout soupirait ;
Et l'Abbé Courtin qui pleurait,
En voyant votre heure dernière,
Adressait à Dieu sa prière,
Et pour vous tout bas murmurait
Quelque oraison de son bréviaire,
Qu'alors contre son ordinaire,

R 4

Dévotement il fredonnait,
Dont à peine il se souvenait,
Et que même il n'entendait guère,
Mais quel spectacle ! j'envisage
Les amours qui de tous côtés
S'oposent à l'affreuse rage
Des vents contre vous irrités.
Je les vois : ils sont à la nage,
Et plongés jusqu'au coup dans l'eau ;
Ils conduisent votre bateau,
Et vous voilà sur le rivage.
GONDRIN, songez à faire usage
Des jours qu'amour a conservés ;
C'est pour lui qu'il les a sauvés,
Il a des droits sur son ouvrage

EPITRE

A . . . .

Fourmont, vous, & les Dudeffans,
C'est-à-dire les agrémens,
L'esprit, les bons mots, l'éloquence,
Et vous, plaisirs, qui valez tout,
Plaisirs que je suivis par goût,
Et les Newtons par complaisance ;
Que m'ont servi tous ces efforts
De notre incertaine science,
Et ces quarrés de la distance,
Ces corpuscules, ces ressorts,
Cet infini si peu traitable ?
Hélas ! tout ce qu'on dit des corps
Rend-il le mien moins misérable ?
Mon esprit est-il plus heureux,
Plus droit, plus éclairé, plus sage,
Quand de René le songe creux,
J'ai lû le romanesque ouvrage ?
Quand avec l'Oratorien *
Je vois qu'en Dieu je ne vois rien,
Ou qu'après quarante escalades
Au château de la Vérité,
Sur le dos de Leibnitz monté,
Je ne trouve que des monades ?
Ah ! fuyez, songes imposteurs,
Ennuyeuse & froide chimère ;

* Mallebranche.

Et puisqu'il nous faut des erreurs,
Que nos mensonges sachent plaire.
L'esprit méthodique & commun
Qui calcule un, par un, donne un,
S'il fait ce métier importun,
C'est qu'il n'est pas né pour mieux faire.
Du creux profond des antres sourds
De la sombre philosophie,
Ne voyez-vous pas Emilie
S'avancer avec les amours?
Sans ce cortège qui toujours
Jusqu'à Bruxelles l'a suivie,
Elle aurait perdu ses beaux jours,
Avec son Leibnitz qui m'ennuye.

A
MONSIEUR
DE
CIDEVILLE.

Evers Pâque on doit pardonner
Aux chrétiens qui font pénitence :
Je l'ai fait : un si long silence
A de quoi me faire damner.
Donnez-moi plénière indulgence,
Après avoir en grand courier
Voyagé pour chercher un sage,
J'ai regagné mon colombier ,
Je n'en veux sortir davantage ;
J'y trouve ce que j'ai cherché ;
J'y vis heureux , j'y suis caché.
Le trône, est son fier esclavage,
Ces grandeurs dont on est touché ,
Ne valent pas notre hermitage.
   Vers les champs Hyperboréens ,
J'ai vû des rois dans la retraite,
Qui se croyaient des Antonins ;
J'ai vû s'enfuir leurs bons desseins
Aux premiers sons de la trompette.
Ils ne font plus rien que des rois.
Ils vont par des sanglants exploits,
Prendre ou ravager des provinces :
L'ambition les a soumis ;
Moi j'y renonce. Adieu les princes,
Il ne me faut que des amis.

EPITHALAME

SUR LE MARIAGE DE Mr. LE DUC

DE RICHELIEU AVEC MADEMOISELLE

DE GUISE, en 1734.

UN prêtre, un oui, trois mots latins,
A jamais fixent vos destins ;
Et le célébrant d'un village,
Dans la chapelle de Montjeu,
Très-chrétiennement vous engage
A coucher avec Richelieu,
Avec Richelieu, ce volage,
Qui va jurer par ce saint nœu
D'être toujours fidèle & sage.
Nous nous en défions un peu ;
Et vos grands yeux noirs pleins de feu,
Nous rassurent bien davantage
Que les sermens qu'il fait à Dieu.
Mais vous, madame la duchesse,
Quand vous reviendrez à Paris,
Songez-vous combien de maris
Viendront se plaindre à votre altesse ?
Ces nombreux cocus qu'il a faits
Ont mis en vous leur espérance ;
Ils diront voyant vos attraits,
Dieux ! quel plaisir que la vengeance !
Vous sentez bien qu'ils ont raison,
Et qu'il faut punir le coupable ;
L'heureuse loi du talion

Est des loix la plus équitable.
Quoi votre cœur n'est point rendu ?
Votre sévérité me gronde ?
Ah ! quelle espèce de vertu,
Qui fait enrager tout le monde !
Faut-il donc que de vos apas
Richelieu soit l'unique maître ?
Est-il dit qu'il ne sera pas
Ce qu'il a tant mérité d'être ?
Soyez donc sage, s'il le faut,
Que ce soit là votre chimère ;
Avec tous les talens de plaire ,
Il faut bien avoir un défaut.
Dans cet emploi noble & pénible
De garder ce qu'on nomme honneur ;
Je vous souhaite un vrai bonheur ;
Mais voilà la chose impossible.

A MONSIEUR
LE MARÉCHAL
DUC DE RICHELIEU,

A qui le Sénat de Gênes avait érigé une statue.

JE la verrai cette ſtatuë,
Que Gênes élève juſtement
Au héros qui l'a défenduë.
Votre grand-oncle, moins brillant,
Vit ſa gloire moins étenduë,
Il ſerait jaloux à la vuë
De cet unique monument.
  Dans l'âge frivole & charmant,
Où le plaiſir ſeul eſt d'uſage,
Où vous reçutes en partage
L'art de tromper ſi tendrement,
Pour modéler ce beau viſage,
Qui de Vénus ornait la cour,
On eût pris celui de l'Amour,
Et ſurtout de l'Amour volage;
Et quelques traits moins enfantins
Auraient été la vive image

* A Lunéville le 18. Novembre 1748.

Du Dieu qui préside aux jardins.
Ce double & charmant avantage
Peut diminuer à la fin ;
Mais la gloire augmente avec l'âge.
Du sculpteur la modeste main
Vous fera l'air moins libertin ;
C'est de quoi mon héros enrage.
On ne peut filer tous ses jours
Sur le trône heureux des amours :
Tous les plaisirs sont de passage ;
Mais vous saurez régner toujours
Par l'esprit & par le courage.
Les traits du Richelieu coquet ,
De cette aimable créature ,
Se trouveront en mignature
Dans mille boëtes à portrait ,
Où Macé mit votre figure.
Mais ceux du Richelieu vainqueur ,
Du héros , soutien de nos armes ,
Ceux du père , du défenseur
D'une république en allarmes ,
Ceux de Richelieu son vengeur ,
Ont pour moi cent fois plus de charmes.
Pardon. Je sens tous les travers
De la morale où je m'engage :
Pardon ; vous n'êtes pas si sage
Que je le prétens dans ces vers.
Je ne veux pas que l'univers
Vous croye un grave personnage.
Après ce jour de Fontenoi ,
Où couvert de sang & de poudre ,
On vous vit ramener la foudre
Et la victoire à votre roi :
Lorsque prodiguant votre vie ,
Vous eutes fait pâlir d'effroi ,
Les Anglais , l'Autriche , & l'envie ;

Vous revintes vîte à Paris,
Mêler les myrtes de Cypris
A tant de palmes immortelles.
Pour vous feul, à ce que je vois,
Le tems & l'amour n'ont point d'ailes;
Et vous fervez encor les belles,
Comme la France & les Génois.

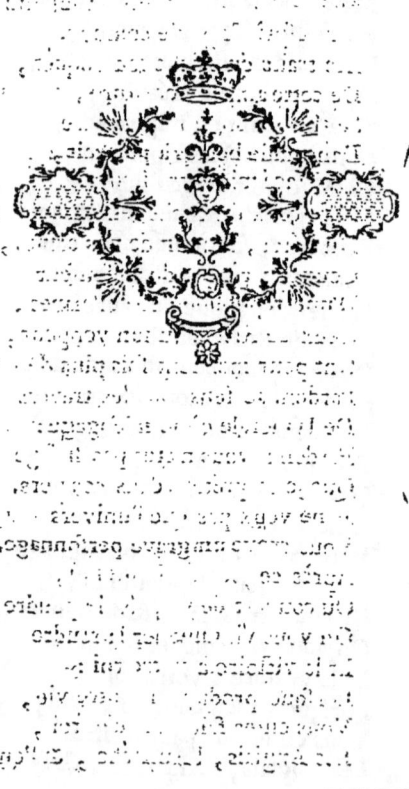

EPITRE

ÉPITRE
AU ROI,

Preſentée à SA MAJESTÉ, au Camp devant Fribourg.

VOus, dont l'Europe entière aime ou craint la
  juſtice,
Brave & doux à la fois, prudent, ſans artifice,
Roi néceſſaire au monde, où portez-vous vos pas ?
De la fièvre échapé, vous courez aux combats !
Vous volez à Fribourg ! En vain la Peyronie *
Vous diſait, » Arretez, ménagez votre vie ;
» Il vous faut du régime, & non des ſoins guerriers ;
» Un héros peut dormir couronné de lauriers.
Le zèle a beau parler, vous n'avez pû le croire,
Rebelle aux médecins, & fidèle à la gloire,
Vous bravez l'ennemi, les aſſauts, les ſaiſons,
Le poids de la fatigue & le feu des canons.
Tout l'état en frémit, & craint votre courage.
Vos ennemis, grand roi, le craignent davantage :
Ah ! n'effrayez que Vienne, & raſſûrez Paris :
Rendez, rendez la joye à vos peuples chéris :
Rendez-nous ce héros, qu'on admire & qu'on aime.
  Un ſage nous a dit, que le ſeul bien ſuprême,
Le ſeul bien, qui du moins reſſemble au vrai bon-
    heur,
Le ſeul digne de l'homme, eſt de toucher un cœur.
Si ce ſage eut raiſon, ſi la philoſophie

* Premier chirurgien du roi.

Mélanges &c.　　　　　　　　S

Plaça dans l'amitié le charme de la vie,
Quel est donc, justes dieux ! le destin d'un bon roi ;
Qui dit, sans se flater, Tous les cœurs sont à moi !
A cet empire heureux qn'il est beau de prétendre !
Vous qui le possédez, venez ; daignez entendre,
Des bornes de l'Alsace aux remparts de Paris,
Ce cri que l'amour seul forme de tant de cris.
Accourez, contemplez ce peuple dans la joye,
Bénissant le héros que le ciel lui renvoye.
Ne le voyez-vous pas, tout ce peuple à genoux,
Tous ces avides yeux qui ne cherchent que vous,
Tous nos cœurs enflammés volant sur notre bouche ?
C'est-là le vrai triomphe, & le seul qui vous touche.
  Cent rois au Capitole en esclave traînés,
Leurs villes, leurs trésors, & leurs dieux enchaînés,
Ces chars étincelans, ces prêtres, cette armée,
Ce sénat insultant à la terre opprimée,
Ces vaincus envoyés du spectacle au cercueil,
Ces triomphes de Rome étaient ceux de l'orgueil :
Le vôtre est de l'amour, & la gloire en est pure ;
Un jour les effaçait, le vôtre à jamais dure ;
Ils effrayaient le monde, & vous le rassûrez :
Vous, l'image des Dieux sur la terre adorés !
Vous que dans l'âge d'or elle eût choisi pour maître !
Goûtez les jours heureux que vos soins font renaître.
Que la paix florissante embellisse leurs cours :
Mars fait des jours brillans, la paix fait les beaux
   jours.
Qu'elle vole à la voix du vainqueur qui l'appelle,
Et qui n'a combattu que pour nous & pour elle.

  1. *Novembre* 1744.

LETTRE

A SON ALTESSE SÉRÉNISSIME

MADAME

LA DUCHESSE DU MAINE,

Sur la victoire remportée par le Roi à Lawfelt.

AUgufte fille & mère de héros,
Vous ranimez ma voix faible & caffée,
Et vous voulez que ma mufe laffée,
Comme Louis ignore le repos:
D'un crayon vrai, vous m'ordonnez de peindre
Son cœur modefte, & fes brillans exploits,
Et Cumberland, que l'on a vû deux fois
Chercher ce roi, l'admirer & le craindre :
Mais des bons vers l'heureux tems eft paffé;
L'art des combats eft l'art où l'on excelle :
Notre Alexandre en vain cherche un Apelle;
Louis s'élève, & le fiécle eft baiffé.
De Fontenoy le nom plein d'harmonie
Pouvait au moins feconder le génie :
Boileau pâlit au feul nom de Woërden ;
Que dirait-il, finon loin d'Helderen,
Il eût falu fuivre entre les deux Nethes
Bathiani fi favant en retraites,
Avec d'Eftrée à Rofmal s'avancer ?
La gloire parle, & Louis me réveille ;
Le nom du roi charme toujours l'oreille ;

S 2

Mais que Lawfelt eſt rude à prononcer !
Et quel beſoin de nos panégyriques,
Diſcours en vers, épitres héroïques,
Enregiſtrés, viſés par Crébillon *,
Signés † Marville, & jamais Apollon ?
   De votre fils je connais l'indulgence ;
Il recevra ſans courroux mon encens ;
Car la bonté, la ſœur de la vaillance,
De vos ayeux paſſa dans vos enfans ;
Mais tout lecteur n'eſt pas ſi débonnaire ;
Et ſi j'avais, peut-être téméraire,
Repréſenté vos fiers carabiniers
Donnant l'exemple aux plus braves guerriers ;
Si je peignais ce ſoutien de nos armes,
Ce petit-fils, ce rival de Condé,
Du Dieu des vers ſi j'étais ſecondé,
Comme il le fut par le Dieu des allarmes ;
Plus d'un cenſeur, encor avec dépit,
M'accuſerait d'en avoir trop peu dit.
Très-peu de gré, mille traits de ſatyre,
Sont le loyer de quiconque oſe écrire ;
Mais pour ſon prince il faut ſavoir ſouffrir :
Il eſt partout des riſques à courir ;
Et la cenſure, avec plus d'injuſtice,
Va tous les jours acharner ſa malice
Sur des héros, dont la fidélité
L'a mieux ſervi, que je ne l'ai chanté.
   Allons, parlez, ma noble académie ;
Sur vos lauriers êtes-vous endormie ?
Repréſentez ce conquérant humain,
Offrant la paix le tonnerre à la main :
Ne louez point, auteurs, rendez juſtice ;
Et comparant aux ſiécles réculés

* Mr. Crébillon de l'académie Françaiſe, examinateur des
écrits en une feuille préſentés à la police.
† Mr. Feydeau de Marville alors lieutenant de police.

Le fiecle heureux, les jours dont vous parlez,
Lifez Céfar, vous connaîtrez Maurice. *

Si de l'état vous aimez les vengeurs,
Si la patrie eft vivante en vos cœurs,
Voyez ce chef, dont l'active prudence
Venge à la fois Gènes, Parme & la France;
Chantez Bellifle ; élevez dans vos vers
Un monument au généreux Bouflers;
Il eft d'un fang qui fut l'appui du trône :
Il eût pû l'être ; & la faulx du trépas
Tranche fes jours échapés à Bellone,
Au fein des murs délivrés par fon bras.

Mais quelle voix affez forte, affez tendre,
Saura gémir fur l'héroïque cendre
De ces héros que Mars priva du jour ;
Aux yeux d'un Roi, leur père & leur amour ?
O vous, furtout, infortuné Bavière ;
Jeune Froulay, fi digne de nos pleurs ;
Qui chantera votre vertu guerrière ?
Sur vos tombeaux qui répandra des fleurs ?

Anges des cieux, puiffances immortelles,
Qui préfidez à nos jours paffagers,
Sauvez Lautrec au milieu des dangers ;
Mettez Ségur à l'ombre de vos aîles ;
Déja Rocou vit déchirer fon flanc :
Ayez pitié de cet âge fi tendre ;
Ne verfez pas les reftes de ce fang,
Que pour Louïs il brûle de répandre :
Dé cent guerriers couronnez les beaux jours:
Ne frapez pas Bonac & d'Anbeterre,
Plus accablés fous de cruels fecours,
Que fous les coups des foudres de la guerre.

Mais, me dit-on, faut-il à tout propos
Donner en vers des liftes de héros !

* Maurice comte de Saxe.

S 3

Sachez qu'en vain l'amour de la patrie
Dicte vos vers, au vrai feul confacrés;
On flate peu ceux qu'on a célébrés,
On déplaît fort à tous ceux qu'on oublie.
Ainfi toujours le danger fuit mes pas;
Il faut livrer prefqu'autant de combats,
Qu'en a caufé fur l'onde, & fur la terre,
Cette balance utile à l'Angleterre.

    Ceffez, ceffez, digne fang de Bourbon;
De ranimer mon timide Apollon,
Et laiffez-moi tout entier à l'hiftoire;
C'eft-là qu'on peut, fans génie & fans art,
Suivre Louïs de l'Efcaut jufqu'au Jart:
Je dirai tout, car tout eft à fa gloire:
Il fait la mienne, & je me garde bien
De reffembler à ce grand fatyrique *,
De fon héros difcret hiftorien,
Qui pour écrire un beau panégyrique
Fut bien payé, mais qui n'écrivit rien.

* Boileau.

LE

TEMPLE

DU GOUT. *a*

LE Cardinal, oracle de la France,
Non ce mentor, qui gouverne aujourd'hui,
Mais ce Neſtor, qui du Prince eſt l'appui,
Qui des ſavans a paſſé l'eſpérance,
Qui les ſoutient, qui les anime tous,
Qui les éclaire, & qui régne ſur nous
Par les attraits de ſa douce éloquence;
Ce cardinal, qui ſur un nouveau ton,
En vers latins fait parler la ſageſſe,
Réuniſſant Virgile avec Platon,
Vengeur du ciel & vainqueur de Lucrèce. *b*

a) Cet ouvrage fut compoſé en 1731. Il en a été fait pluſieurs éditions; celle-ci eſt incomparablement la meilleure; la
plus ample & la plus correcte.

b) L'anti-Lucrèce n'avait point encore été imprimé. Mais
on en connaiſſait quelques morceaux, & cet ouvrage avait une
très-grande réputation.

S 4

Ce cardinal enfin, que tout le monde doit reconnaître à ce portrait, me dit un jour qu'il voulait que j'allasse avec lui au Temple du goût. C'est un séjour, me dit-il, qui ressemble au temple de l'Amitié, dont tout le monde parle, où peu de gens vont, & que la plupart de ceux qui y voyagent n'ont presque jamais bien examiné.

Je répondis avec franchise ;
Hélas ! je connais assez peu
Les loix de cet aimable Dieu,
Mais je sais qu'il vous favorise.
Entre vos mains il a remis
Les clefs de son beau paradis ;
Et vous êtes, à mon avis,
Le vrai pape de cette église,
Mais de l'autre pape & de vous
(Dut Rome se mettre en courroux)
La différence est bien visible,
Car la Sorbonne ose assurer,
Que le saint père peut errer ;
Chose, à mon sens, assez possible :
Mais pour moi, quand je vous entens,
D'un ton si doux & si plausible :
Débiter vos discours brillans,
Je vous croirais presque infaillible.

Ah ! me dit-il, l'infaillibilité est à Rome pour les choses qu'on ne comprend point ; & dans le Temple du goût pour les choses que tout le monde croit entendre. Il faut absolument que vous veniez avec moi. Mais, insistai-je encore, si vous me menez avec vous, je m'en vanterai à tout le monde.

Sur ce petit pélérinage
Aussi-tôt on demandera

Que je compose un gros ouvrage :
Voltaire simplement fera
Un récit court qui ne sera
Qu'un très-frivole badinage,
Mais son récit on frondera ;
A la cour on murmurera ;
Et dans Paris on me prendra
Pour un vieux conteur de voyage,
Qui vous dit, d'un air ingénu,
Ce qu'il n'a ni vû ni connu,
Et qui nous ment à chaque page.

Cependant, comme il ne faut jamais se refuser un plaisir honnête, dans la crainte de ce que les autres en pourront penser, je suivis le guide, qui me faisait l'honneur de me conduire.

Cher Rotelin, * vous futes du voyage,
Vous, que le goût ne cesse d'inspirer,
Vous dont l'esprit si délicat, si sage,
Vous, dont l'exemple a daigné me montrer
Par quels chemins on peut, sans s'égarer,
Chercher ce goût, ce Dieu que dans cet âge
Maints beaux esprits font gloire d'ignorer.

Nous rencontrames en chemin bien des obstacles. D'abord nous trouvames Mrs. Baldus, Scioppius, Lexicocrassus, Scriblerius ; unenuée de commentateurs, qui restituaient des passages, & qui compilaient de gros volumes à propos d'un mot qu'ils n'entendaient pas.

Là j'aperçus les Daciers c , les Saumaises d ,

* L'Abbé de Rotelin de l'académie Française.

c) Dacier avait une littérature fort grande ; il connaissait tout des anciens, hors la grace & la finesse ; ses commentaires

Gens hériffés de favantes fadaifes,
Le teint jauni, les yeux rouges & fecs,
Le dos courbé fous un tas d'auteurs Grecs,
Tous noircis d'encre, & coëffés de pouffière.
Je leur criai de loin, par la portière :
N'allez-vous pas dans le temple du Goût,
Vous décraffer ? Nous, meffieurs ? point-du-tout.
Ce n'eft pas là, grace au ciel, notre étude :
Le goût n'eft rien : nous avons l'habitude
De rédiger au long, de point en point,
Ce qu'on penfa ; mais nous ne penfons point.

Après cet aveu ingénu, ces meffieurs voulurent abfolument nous faire lire certains paffages de Dictys
de Crête, & de Métrodore de Lampfaque, que Sca-
liger avait eftropiés. Nous le remerciames de leur
courtoifie, & nous continuames notre chemin. Nous
n'eumes pas fait cent pas, que nous trouvames un
homme entouré de peintres, d'architectes, de fculp-
teurs, de doreurs, de faux connaiffeurs, de flateurs.
Ils tournaient le dos au Temple du Goût.

ont partout de l'érudition, & jamais de goût ; il traduit groffié-
rement les délicateffes d'Horace.
Si Horace dit à fa maitreffe : *Miferi, quibus intentata nites :*
Dacier dit : *Malheureux ceux qui fe laiffent attirer par cette*
bonace, fans vous connaître. Il traduit *Nunc eft bibendum,*
nunc pede libero pulfanda tellus: C'eft à préfent qu'il faut boire
& que fans rien craindre il faut danfer de toute fa force. Mox
juniores quærit adulteros ; Elles ne font pas plutôt mariées,
qu'elles cherchent de nouveaux galans. Mais quoiqu'il défigure
Horace, & que fes notes foient d'un favant peu fpirituel,
fon livre eft plein de recherches utiles, & on loue fon travail, en voyant fon peu de génie.

d) Saumaife eft un auteur favant qu'on ne lit plus guères.
Il commence ainfi fa défenfe du roi d'Angleterre Charles I.
» Anglais, qui vous renvoyez les têtes des rois comme des
» *balles depaume,* qui jouez à la *boule avec des couronnes,* &
» qui vous fervez de *fceptres comme de marottes.*

D'un air content l'orgueil se reposait,
Se pavanait sur son large visage :
Et mon Crassus, tout en ronflant disait :
J'ai beaucoup d'or, de l'esprit, d'avantage,
Du gout, messieurs, j'en suis pourvu surtout ;
Je n'appris rien, je me connais à tout :
Je suis un aigle en conseil, en affaires :
Malgré les vents, les rocs & les corsaires,
J'ai dans le port fait aborder ma nef :
Partant, il faut qu'on me bâtisse en bref
Un beau palais, fait pour moi, c'est tout dire,
Où tous les arts soient en foule entassés,
Où tout le jour je prétens qu'on m'admire.
L'argent est prêt, je parle, obéissez.
Il dit, & dort. Aussi-tôt la canaille
Autour de lui s'évertuë & travaille.
Certain maçon en Vitruve érigé,
Lui trace un plan d'ornemens surchargé ;
Nul vestibule, encor moins de façade ;
Mais vous aurez une longue enfilade ;
Vos murs seront de deux doigts d'épaisseur ;
Grands cabinets, sallon sans profondeur ;
Petits trumeaux, fenêtres à ma guise,
Que l'on prendra pour des portes d'église ;
Le tout boisé, verni, blanchi, doré,
Et des badauts à coup sûr admiré.
　　Réveillez-vous, monseigneur, je vous prie,
Criait un peintre ; admirez l'industrie
De mes talens ; Raphaël n'a jamais
Entendu l'art d'embellir un palais.
C'est moi qui sais annoblir la nature :
Je couvrirais platfonds, voûte, voussure,
Par cent magots travaillés avec soin,
D'un pouce ou deux pour être vûs de loin.
　　Crassus s'éveille ; il regarde, il rédige ;
A tort, à droit, régle, approuve, corrige,

A ſes côtés, un petit curieux,
Lorgnette en main, diſait : Tournez les yeux,
Voyez ceci, c'eſt pour votre chapelle :
Sur ma parole achetez ce tableau,
C'eſt Dieu le père en ſa gloire éternelle,
Peint galamment dans le goût du *e* Vateau.
　　Et cependant un fripon de libraire,
Des beaux eſprits écumeur mercénaire,
Tout Bellegarde à ſes yeux étalait,
Gacon, le Noble & juſqu'à Des-Fontaines,
Recueils nouveaux, & journaux à centaines :
Et monſeigneur voulait lire, & bâillait.

Je crûs en être quitte pour ce petit retardement,
& que nous allions arriver au Temple, ſans autre
mauvaiſe fortune ; mais la route eſt plus dangereuſe
que je ne penſais. Nous trouvâmes bientôt une nouvelle embuſcade.

C'était un concert que donnait un homme de robe,
fou de la muſique qu'il n'avait jamais apriſe, & encor
plus fou de la muſique Italienne, qu'il ne connaiſſait
que par de mauvais airs inconnus à Rome, & eſtro-
piés en France par quelques filles de l'opéra.

Il faiſait exécuter alors un long récitatif Français,
mis en muſique par un Italien, qui ne ſavait pas notre
langue. Envain on lui remontra, que certe eſpèce de
muſique, qui n'eſt qu'une déclamation notée, eſt
néceſſairement aſſervie au génie de la langue, & qu'il
n'y a rien de ſi ridicule que des ſcènes Françaiſes
chantées à l'Italienne, ſi ce n'eſt de l'Italien chanté
dans le goût Français.

e) Vateau eſt un peintre Flamand, qui a travaillé à Paris,
où il eſt mort il y a quelques années. Il a réuſſi dans les petites figures qu'il a deſſinées, & qu'il a très-bien groupées ;
mais il n'a jamais rien fait de grand, il en était incapable.

La nature féconde, ingénieuse & sage,
Par ses dons partagés ornant cet univers,
Parle à tous les humains, mais sur des tons divers.
Ainsi que son esprit, tout peuple a son langage;
Ses sons & ses accens, à sa voix ajustés,
Des mains de la nature exactement notés :
L'oreille heureuse & fine en sent la différence.
Sur le ton des Français il faut chanter en France.
Aux loix de notre goût Lully sut se ranger;
Il embellit notre art, au-lieu de le changer.

A ces paroles judicieuses, mon homme répondit en secouant la tête : Venez, venez, dit-il, on va vous donner du neuf. Il falut entrer, & voilà son concert qui commence.

Du grand Lully vingt rivaux fanatiques,
Plus ennemis de l'art & du bon sens,
Défiguraient, sur des tons glapissans,
Des vers Français, en fredons Italiques;
Une béguel le en lorgnant se pâmait;
Et certain fat, yvre de sa parure,
En se mirant chevrotait, fredonnait;
Et de l'index battant faux la mesure,
Criait, *Bravo*, lorsqu'on détonnait.

Nous sortimes au plus vite : ce ne fut qu'au travers de bien des avantures pareilles que nous arrivames enfin au Temple du Goût.

Jadis en Grece on en posa
Le fondement ferme & durable :
Puis jusqu'au ciel on exhaussa
Le faite de ce temple aimable.
L'univers entier l'encensa.
Le Romain longtems intraitable,

Dans ce féjour s'aprivoifa.
Le Mufulman, plus implacable,
Conquit le temple, & le rafa.
En Italie on ramaffa
Tous les débris, que l'infidèle
Avec fureur en difperfa.
Bientôt FRANÇOIS PREMIER ofa
En bâtir un fur ce modèle.
Sa poftérité méprifa
Cette architecture fi belle.
Richelieu vint, qui répara
Le temple abandonné par elle.
LOUIS LE GRAND le décora :
Colbert, fon miniftre fidèle,
Dans ce fanctuaire attira
Des beaux-arts la troupe immortelle.
L'Europe jaloufe admira
Ce temple en fa beauté nouvelle ;
Mais je ne fais s'il durera.
Je pourrais décrire ce temple,
Et détailler les ornemens
Que le voyageur y contemple ;
Mais n'abufons point de l'exemple
De tant de faifeurs de romans,
Surtout fuyons le verbiage
De monfieur de Félibien,
Qui noye éloquemment un rien
Dans un fatras de beau langage.
Cet édifice précieux
N'eft point chargé des antiquailles,
Que nos très-gotiques ayeux
Entaffaient autour des murailles
De leurs temples, groffiers comme eux.
Il n'a point les défauts pompeux
De la chapelle de Verfaille,
Ce colifichet faftueux,

Qui du peuple éblouit les yeux,
Et dont le connaiſſeur ſe raille.

Il eſt plus aiſé de dire, ce que ce Temple n'eſt
pas, que de le faire connaître ce qu'il eſt. J'ajouterai
ſeulement en général, pour éviter la difficulté :

Simple en était la noble architecture ;
Chaque ornement, à ſa place arrêté ;
Y ſemblait mis par la néceſſité ;
L'art s'y cachait ſous l'air de la nature ;
L'œil ſatisfait embraſſait ſa ſtructure,
Jamais ſurpris, & toujours enchanté.

Le Temple était environné d'une foule de virtuo-
ſes, d'artiſtes & de juges de toute eſpèce, qui s'é-
forçaient d'entrer, mais qui n'entraient point :

Car la Critique, à l'œil ſévère & juſte,
Gardant les clefs de cette porte auguſte,
D'un bras d'airain fièrement repouſſait
Le peuple Goth, qui ſans ceſſe avançait.

Oh ! que d'hommes conſidérables, que de gens du
bel air, qui préſident ſi impérieuſement à de petites
ſociétés, ne ſont point reçus dans ce temple, malgré les diners qu'ils donnent aux beaux eſprits, &
malgré les louanges qu'ils reçoivent dans les Journaux !

On ne voit point dans ce pourpris,
Les cabales toujours mutines
De ces prétendus beaux-eſprits,
Qu'on vit ſoutenir dans Paris

Les Pradons & les *f* Scuderis,
Contre les immortels écrits
Des Corneilles & des Racines.

On repoussait aussi rudement ces ennemis obscurs
de tout mérite éclatant, ces insectes de la société,
qui ne sont aperçus que parce qu'ils piquent. Ils auraient envié également Rocroy au grand Condé, Denain
à Villars, & Polyeucte à Corneille. Ils auraient ex-
terminé le Brun, pour avoir fait le tableau de la famille de Darius. Ils ont forcé le Moine à se tuer, pour
avoir fait l'admirable sallon d'Hercule. Ils ont toujours
dans les mains la ciguë, que leurs pareils firent boire à
Socrate.

L'orgueilles engendra dans les flancs de l'envie.
L'intérêt, le soupçon, l'infame calomnie,
Et souvent les dévots, monstres plus odieux,
Entr'ouvrent en secret, d'un air mystérieux,
Les portes des palais à leur cabale impie.
C'est là que d'un Midas ils fascinent les yeux.
Un fat leur applaudit, un méchant les appuye.
Le mérite indigné, qui se tait devant eux,
Verse en secret des pleurs que le tems seul essuye.

f) Scuderi était, comme de raison, ennemi déclaré de Corneille. Il avait une cabale qui le mettait fort au-dessus de ce
père du théâtre. Il y a encor un mauvais ouvrage de Sara-
zin, fait pour prouver que je ne sais quelle pièce de Scuderi, nommée *l'Amour tyrannique*, était le chef-d'œuvre de
la scène française. Ce Scuderi se vantait qu'il y avait eu quatre portiers tués à une de ses pièces, & il disait qu'il ne cé-
derait à Corneille, qu'en cas qu'on eût tué cinq portiers
aux Cids & aux Horaces.
A l'égard de Pradon, on sait que sa *Phèdre* fut d'abord
beaucoup mieux reçue que celle de Racine, & qu'il fallut du
tems pour faire céder la cabale au mérite.

Ces

Ces lâches perfécuteurs s'enfuirent en voyant paraître mes deux guides. Leur fuite précipitée ſit place
à un ſpectacle plus plaiſant ; c'était une foule d'écrivains de tout rang, de tout état & de tout âge, qui
grattaient à la porte, & qui priaient la critique de les
laiſſer entrer. L'un aportait un roman mathématique ;
l'autre une harangue a l'académie ; celui-ci venait de
compoſer une comédie métaphyſique ; celui-là tenait
un petit recueil de ſes poëſies imprimées depuis longtems *incognito*, avec une longue approbation *g* & un
privilège. Cet autre venait préſenter un mandement
en ſtyle précieux, & était tout ſurpris, qu'on ſe mît
à rire au-lieu de lui demander ſa bénédiction. » Je ſuis
» le révérend père Albertus Garaſſius, diſait un moine
» noir ; » je prêche mieux que Bourdaloue ; car jamais
» Bourdaloue ne fit brûler de livres ; & moi j'ai dé-
» clamé avec tant d'éloquence contre Pierre Bayle,
» dans une petite province toute pleine d'eſprit ; j'ài
» touché tellement les auditeurs, qu'il y en eut ſix
» qui brûlèrent chacun leur Bayle. Jamais l'éloquence
» n'obtint un ſi beau triomphe. Allez, frère Garaſſius ;
lui dit la critique, » allez, barbare ; ſortez du Temple
» du Goût ; ſortez de ma préſence, Viſigoth moderne,
» qui avez inſulté celui que j'ai inſpiré. J'apporte ici
Marie Alacoque, diſait un homme fort grave ; » Allez
ſouper avec elle, répondit la Déeſſe.

> Un raiſonneur avec un fauſſet aigre,
> Criait, Meſſieurs, je ſuis ce juge intègre,
> Qui toujours parle, arguë & contredit ;
> Je viens ſifler tout ce qu'on applaudit.
> Lors la critique apparut, & lui dit :
> Ami Bardou, vous êtes un grand maître ;
> Mais n'entrerez en cet aimable lieu ;

g) Beaucoup de mauvais livres ſont imprimés avec des ap-
probations pleines d'éloges.

Mélanges &c.   T

Vous y venez pour fronder notre Dieu ;
Contentez-vous de ne le pas connaître.

Mr. Bardou se mit allors à crier : tout le monde est trompé, & le sera. Il n'y a point de Dieu du Goût, & voici comme je le prouve. Alors il proposa, il divisa, il subdivisa, il distingua, il résuma ; personne ne l'écouta, & l'on s'empressait à la porte plus que jamais.

> Parmi les flots de la foule insensée,
> De ce parvis obstinément chassée,
> Tout doucement venait la Motte Houdard,
> Lequel disait d'un ton de papelard :
> *Ouvrez, messieurs, c'est mon Oedipe en prose h ;*
> *Mes vers sont durs, d'accord, mais forts de*
> *   chose.*
> De grace ouvrez ; je veux à Despréaux,
> *Contre tes vers, dire avec goût deux mots.*

La critique le reconnut à la douceur de son maintien & à la dureté de ses derniers vers, & elle le laissa quelque tems entre Perrault & Chapelain, qui assiégeaient la porte depuis cinquante ans, en criant contre Virgile.

Dans le moment arriva un autre versificateur, soutenu par deux petits satyres, & couvert de lauriers & de chardons.

h) Houdard de la Motte fit en 1728. un *Oedipe* en prose, & un *Oedipe* en vers. A l'égard de son *Oedipe* en prose, personne, que je sache n'a pu le lire. Son *Oedipe* en vers fut joué trois fois. Il est imprimé avec ses autres œuvres dramatiques, & l'auteur a eu soin de mettre dans un avertissement, que cette pièce a été interrompue au milieu du plus grand succès. Cet auteur a fait d'autres ouvrages estimés, quelques odes très-belles, de jolis opéra, & des dissertations très-bien écrites.

Jé viens, dit-il *i*, pour rire & pour m'ébattre,
Me rigolant, menant joyeux déduit,
Et jusqu'au jour faisant le diable à quatre.

Qu'est-ce que j'entens-là ? dit la Critique. C'est
moi, reprit le rimeur. J'arrive d'Allemagne pour vous
voir, & j'ai pris la saison du printems :

Car les jeunes zéphirs, de leurs chaudes haleines
Ont fondu l'écorce des eaux *k*.

Plus il parlait ce langage, moins la porte s'ouvrait.
Quoi ! l'on me prend donc, dit-il,

Pour *l* une grenouille aquatique,
Qui du fond d'un petit thorax,
Va chantant pour toute musique,
Brekeke, kake, koax, koax, koax ?

Ah ! bon Dieu ! s'écria la Critique ; quel horrible
jargon ! elle ne put d'abord reconnaître celui qui s'exprimait ainsi. On lui dit que c'était Rousseau, dont
les muses avaient changé la voix, en punition de ses
méchancetés : elle ne pouvait le croire, & refusait
d'ouvrir.

Elle ouvrit pourtant en faveur de ses premiers vers ;
mais elle s'écria :

O vous, messieurs, les beaux esprits,
Si vous voulez être chéris
Du Dieu de la double montagne,
Et que toujours dans vos écrits,

i) Vers de Rousseau.
k) du même.
l) du même.

Le Dieu du Goût vous accompagne,
Faites tous vos vers à Paris ;
Et n'allez point en Allemagne.

Puis me faisant approcher, elle me dit tout bas,
Tu le connais : il fut ton ennemi, & tu lui rens justice.

Tu vis sa muse indifférente,
Entre l'autel & le fagot,
Manier d'une main savante
De David la harpe imposante,
Et le flageolet de Marot.
Mais n'imite pas la faiblesse
Qu'il eut de rimer trop longtems.
Les fruits des rives du Permesse
Ne croissent que dans le printems ;
Et la froide & triste vieillesse
N'est faite que pour le bon sens.

Après avoir donné cet avis, la Critique décida, que
Rousseau passerait devant la Motte en qualité de versificateur, mais que la Motte aurait le pas, toutes les
fois qu'il s'agirait d'esprit & de raison.

Ces deux hommes si différens n'avaient pas fait
quatre pas, que l'un pâlit de colère, & l'autre tres-
saillit de joie à l'aspect d'un homme, qui était depuis
long-tems dans ce Temple, tantôt à une place, tantôt
à une autre.

C'était le discret Fontenelle,
Qui par les beaux-arts entouré,
Répandait sur eux, à son gré,
Une clarté douce & nouvelle.
D'une planette, à tire d'aîle,
En ce moment il revenait

Dans ces lieux où le Goût tenait
Le siége heureux de son empire.
Avec Quinault il badinait,
Avec Mairan il raisonnait;
D'une main légère il prenait
Le compas, la plume & la lyre.

Eh quoi ! cria Rousseau, je verrai ici cet homme contre qui j'ai fait tant d'épigrames? Quoi! le bon goût souffrira dans son temple l'auteur des *Lettres du Ch. d'Her.* **, d'une *passion d'Automne*, d'un *Clair de Lune*, d'un *Ruisseau Amant de la Prairie*, de la *Tragédie d'Aspar*, d'*Endymion*, &c. Eh non, dit la Critique ; ce n'est pas l'auteur de tout cela que tu vois, c'est celui des *Mondes*, livre qui aurait dû t'instruire, de *Thétis* & de *Pélée*, opéra qui excite inutilement ton envie ; de *l'histoire de l'Académie des Sciences*, que tu n'es pas à portée d'entendre.

Rousseau alla faire une épigramme ; & Fontenelle le regarda avec cette compassion philosophique qu'un esprit éclairé & entendu ne peut s'empêcher d'avoir pour un homme qui ne fait que rimer, & il alla prendre paisiblement sa place entre Lucrèce & Leibnitz *m*. Je demandai, pourquoi Leibnitz était là ? On me répondit que c'était pour avoir fait d'assez bons vers latins, quoiqu'il fût métaphysicien & géomètre,

Leibnitz, né à Leipsick le 24 Juin 1664. mort à Hanovre le 14 Novembre 1716. Nul homme de lettres n'a fait tant d'honneur à l'Allemagne. Il était plus universel que Newton quoiqu'il n'ait peut-être pas été si grand mathématicien. Il joignait à une profonde étude de toutes les parties de la physique, un grand goût pour les belles-lettres : il faisait même des vers français. Il a paru s'égarer en métaphysique ; mais il a cela de commun avec tous ceux qui ont voulu faire des systêmes. Au reste, il dut sa fortune à sa réputation. Il jouissait de grosses pensions de l'Empereur d'Allemagne, de celui de Moscovie, du Roi d'Angleterre, & de plusieurs autres Souverains.

& que la Critique le souffrait en cette place, pour tâcher d'adoucir, par cet exemple, l'esprit dur de la plûpart de ses confrères.

Cependant la Critique se tournant vers l'auteur des *Mondes*, lui dit : Je ne vous reprocherai pas certains ouvrages de votre jeunesse, comme font ces cyniques jaloux ; mais je suis la Critique, vous êtes chez le Dieu du Goût, & voici ce que je vous dis de la part de ce Dieu, du public, & de la mienne ; car nous sommes, à la longue, toûjours tous trois d'accord ;

> Votre muse sage & riante
> Devrait aimer un peu moins l'art :
> Ne le gâtez point par le fard,
> Sa couleur est assez brillante.

A l'égard de Lucrèce, il rougit d'abord en voyant le Cardinal son ennemi ; mais à peine l'eut-il entendu parler, qu'il l'aima. Il courut à lui, & lui dit en très-beaux vers Latins, ce que je traduis ici en assez mauvais vers Français.

> Aveugle que j'étais, je crus voir la nature ;
> Je marchai dans la nuit, conduit par Epicure.
> J'adorai comme un dieu, ce mortel orgueilleux,
> Qui fit la guerre au ciel, & détrôna les dieux.
> L'ame ne me parut qu'une faible étincelle,
> Que l'instant du trépas dissipe dans les airs.
> Tu m'as vaincu, je céde, & l'ame est immortelle,
> Aussi-bien que ton nom, mes écrits, & tes vers.

Le Cardinal répondit à ce compliment très-flateur dans la langue de Lucrèce. Tous les poëtes Latins qui étaient là, le prirent pour un ancien Romain, à son air & à son style ; mais les poëtes Français sont fort fâchés qu'on fasse des vers dans une langue qu'on ne parle plus, & difent que puifque Lucrèce, né à Rome, embeliffait Epicure en Latin, fon adverfaire né à Paris, devait le combattre en Français. Enfin ; après beaucoup de ces retardemens agréables, nous arrivâmes jufqu'à l'autel, & jufqu'au trône du Dieu du Goût.

> Je vis ce Dieu qu'envain j'implore,
> Ce Dieu charmant que l'on ignore,
> Quand on cherche à le définir ;
> Ce Dieu qu'on ne fait point fervir,
> Quand avec fcrupule on l'adore,
> Que la Fontaine fait fentir,
> Et que Vadius cherche encore.
> Il fe plaifait à confulter
> Ces graces fimples & naïves,
> Dont la France doit fe vanter ;
> Ces graces piquantes & vives,
> Que les nations attentives
> Voulurent fouvent imiter ;
> Qui de l'art ne font point captives,
> Qui régnaient jadis à la cour,
> Et que la nature & l'amour
> Avaient fait naître fur nos rives ;
> Il eft toujours environné
> De leur troupe tendre & légère ;
> C'eft par leurs mains qu'il eft orné,
> C'eft par leurs charmes qu'il fait plaire ;
> Elles-mêmes l'ont couronné
> D'un diadême qu'au Parnaffe
> Compofa jadis Apollon,
> Du laurier du divin Maron,
> Du lierre & du myrte d'Horace,
> Et des rofes d'Anacréon.
> Sur fon front règne la fageffe ;
> Le fentiment & la fineffe :

T 4

Brillent tendrement dans ſes yeux,
Son air eſt vif, ingénieux;
Il vous reſſemble enfin, Sylvie;
A vous, que je ne nomme pas,
De peur des cris & des éclats
De cent beautés que vos apas
Font deſſécher de jalouſie.
   Non loin de lui, Rollin dictait *n*
Quelques leçons à la jeuneſſe,
Et, quoiqu'en robe, on l'écoutait,
Choſe aſſez rare à ſon eſpèce.
Près de là, dans un cabinet,
Que *o* Girardon & le Puget
Embelliſſaient de leur ſculpture,
Le Pouſſin ſagement peignait *p*;

n) Charles Rollin, ancien recteur de l'univerſité & pro-
feſſeur royal, eſt le premier homme de l'univerſité, qui ait
écrit purement en Français pour l'inſtruction de la jeuneſſe, & qui
ait recommandé l'étude de nôtre langue, ſi néceſſaire & cependant ſi négligée dans les écoles. Son livre du *Traité
des études* reſpire le bon-goût, & la ſaine littérature preſque
partout. On lui reproche ſeulement de deſcendre dans des
minuties. Il ne s'eſt guères éloigné du bon goût, que quand
il a voulu plaiſanter, *Tom. III. pag. 305.* en parlant de Cyrus: *Auſſi-tôt*, dit-il, *on équipe le petit Cyrus en échanſon;
il s'avance gravement, la ſerviette ſur l'épaule, & tenant la
coupe entre trois doigts: J'ai appréhendé*, dit le petit Cyrus,
*que cette liqueur ne fût du poiſon. Comment cela? Oui,
mon papa.* Et en un autre endroit, en parlant des jeux qu'on
peut permettre aux enfants: *Une balle, un ballon, un ſabot,
ſont fort de leur goût. Depuis le toit juſqu'à la cave, tout
parlait latin chez Robert Etienne.* Il ſerait à ſouhaiter qu'on
corrigeât ces mauvaiſes plaiſanteries dans la première édition
qu'on fera de ce livre ſi eſtimable d'ailleurs.
  o) Girardon mettait dans ſes ſtatues plus de grace, & le
Puget plus d'expreſſion. Les bains d'Apollon ſont de Girardon; mais il n'a pas fait les chevaux; ils ſont de Marſi, ſculp-
teur digne d'avoir mêlé ſes travaux avec Girardon. Le Mi-
lon & le gladiateur ſont du Puget.
  p) Le Pouſſin né aux Andelis, en 1594. n'eut de maître
que ſon génie, & quelques eſtampes de Raphaël, qui lui
tombèrent entre les mains. Le déſir de conſulter la belle na-

Le Brun fiérement deſſinait *q*;
Le Sueur entr'eux ſe plaçait *r*;
On l'y regardait ſans murmure;
Et le Dieu, qui de l'œil ſuivait
Les traits de leur main libre & ſûre,
En les admirant, ſe plaignait
De voir qu'à leur docte peinture,
Malgré leurs efforts il manquait.
Le coloris de la nature.
Sous ſes yeux, des amours badins
Ranimaient ſes touches ſavantes;
Avec un pinceau que leurs mains
Trempaient dans les couleurs brillantes
De la palette de *ſ* Rubens.

ture dans les antiques, le fit aller à Rome, malgré les obſ-
tacles qu'une extrême pauvreté mettait à ce voyage. Il y fit
beaucoup de chefs-d'œuvre, qu'il ne vendait que ſept écus
piéce. Appellé en France par le ſecrétaire d'état Deſnoyers,
il y établit le bon goût de la peinture : mais, perſécuté par
ſes envieux, il s'en retourna à Rome, où il mourut avec
une grande réputation, & ſans fortune. Il a ſacrifié le coloris
à toutes les autres parties de la peinture. Ses Sacremens ſont
trop gris : cependant il y a dans le cabinet de Mgr. le duc
d'Orléans un raviſſement de St. Paul, du Pouſſin, qui fait
pendant avec la viſion d'Ezechiel, de Raphaël, & qui eſt
d'un coloris aſſez fort. Ce tableau n'eſt point déparé du tout
par celui de Raphaël; & on les voit tous deux avec un égal
plaiſir.

q) Le brun diſciple de Vouet, n'a péché que dans le coloris. Son tableau de la famille d'Alexandre eſt beaucoup mieux
coloré que ſes batailles. Ce peintre n'a pas un ſi grand goût
de l'antique, que le Pouſſin & Raphaël; mais il a autant d'invention que Raphaël, & plus de vivacité que le Pouſſin. Les
eſtampes des batailles d'Alexandre ſont plus recherchées que
celles des batailles de Conſtantin, par Raphaël & par Jule
Romain.

r) Euſtache le Sueur était un excellent peintre, quoiqu'il
n'eût point été en Italie. Tout ce qu'il a fait était dans le
grand goût; mais il manquait encor de beau coloris.
Ces trois peintres ſont à la tête de l'école Françaiſe.

ſ) Rubens égale le Titien pour le coloris; mais il eſt fort
au-deſſous de nos peintres Français pour la correction du
deſſein.

Je fus fort étonné de ne pas trouver dans le fanctuaire bien de gens qui paſſaient, il y a ſoixante ou
quatre-vingt ans, pour être les plus chers favoris du
Dieu du Goût. Les Pavillons, les Benſerades, les
Peliſſons, les Segrais *t*, les St. Evremonds, les Bal-
zacs, les Voitures, ne me parurent pas occuper les
premiers rangs. Il les avaient autrefois, me dit un de
mes guides ; ils brillaient avant que les beaux jours
des belles-lettres fuſſent arrivés ; mais peu à peu ils
ont cédé aux véritablement grands-hommes, ils ne
font plus ici qu'une aſſez médiocre figure. En effet,
la plûpart n'avaient guères que l'eſprit de leurs tems,
& non cet eſprit qui paſſe à la dernière poſ-
térité.

Déja de leurs faibles écrits
Beaucoup de graces ſont ternies :
Ils ſont comptés au rang des beaux-eſprits,
Mais exclus du rang des génies.

Segrais voulut un jour entrer dans le ſanctuaire,
en récitant ce vers de Deſpréaux :

Que Segrais dans l'églogue encharme les forêts.

t) Segrais eſt un poëte très-faible ; on ne lit point ſes églogues, quoique Boileau les ait vantées. Son Enéide eſt du
ſtyle de Chapelain. Il y a un opera de lui ; c'eſt Rolland &
Angélique, ſous le titre de *l'Amour guéri par le tems*. On
voit ces vers dans le prologue.

Pour couronner leur tête
En cette fête,
Allons dans nos jardins,
Avec les lis de Charlemagne,
Aſſembler les jaſmins,
Qui parfument l'Eſpagne.

La *Zaïde* eſt un roman purement écrit, & entre les mains
de tout le monde ; mais il n'eſt pas de lui.

Mais la critique ayant lu, par malheur pour lui, quelques pages de son *Enéide* en vers Français, le renvoya assez durement, & laissa venir à sa place madame *u* de la Fayette, qui avait mis sous le nom de Segrais le roman aimable de *Zaïde*, & celui de la *Princesse de Clèves*.

On ne pardonne pas à Pelisson d'avoir dit gravement tant de puérilités dans son histoire de l'académie Française, & d'avoir rapporté, comme des bons mots, des choses assez grossières. *x* Le doux, mais faibles I*villon, fait sa cour humblement à madame Deshoulières, qui est placée fort au-dessus de lui. L'inégal *y* Saint Evremond n'ose parler de vers à per-

---

u) Voici ce que Mr. Huet, évêque d'Avranches, rapporte, page 204. de ses commentaires, édition d'Amsterdam, » Madame de la Fayette négligea si fort la gloire qu'elle méritait, » qu'elle laissa sa *Zaïde* paraître sous le nom de Segrais: & lorsque » j'eus rapporté cette anecdote, quelques amis de Segrais, » qui ne savaient pas la vérité, se plaignirent de ce trait » comme d'un outrage fait à sa mémoire. Mais c'était un fait » dont j'avais été longtems témoin oculaire, & c'est ce que » je suis en état de prouver par plusieurs lettres de madame » de la Fayette, & par l'original du manuscrit de la *Zaïde*, » dont elle m'envoyait les feuilles à mesure qu'elle les com- » posait.

x) Voici ce que Pelisson rapporte comme des bons mots. Sur ce qu'on parlait de marier Voiture, fils d'un marchand de vin, à la fille d'un pourvoyeur de chez le roi:
O que ce beau couple d'amans
Va goûter de contentemens!
Que leurs délices seront grandes!
Ils seront toujours en festin;
Car si le PROU *fournit les viandes*,
VOITURE *fournira le vin!*
Il ajoute que madame Desloges, jouant au jeu des proverbes, dit à Voiture: »Celui-ci ne vaut rien, percez-nous en d'un autre «. Son histoire de l'académie est remplie de pareilles minuties, écrites languissamment; & ceux qui lisent ce livre sans prévention, sont bien étonnés de la réputation qu'il a eue. Mais il y avait alors quarante personnes intéressées à le louer.

y) On sait à quel point St. Evremond était mauvais poëte. Ses comédies sont encor plus mauvaises. Cependant il avait

sonné. Balzac assomme de longues phrases hyperbo-
liques, Voiture & Benserade, qui lui répondent par
des pointes & des jeux de mots dont ils rougissent
eux-mêmes le moment d'après. Je cherchais le fameux
comte de Bussy. Mad. de Sévigné, qui est aimée de
tous ceux qui habitent le temple, me dit, que son
cher cousin, homme de beaucoup d'esprit, un peu
trop vain, n'avait jamais pu réussir à donner au Dieu
du Goût cet excès de bonne opinion que le comte de
Bussy avait de messire Roger de Rabutin.

tant de réputation, qu'on lui offrit cinq cent louis pour imprimer sa comédie de *Sire politik*:

2 Voiture est celui de tous ces illustres du tems passé,
qui eut le plus de gloire, & celui dont les ouvrages le méritent le moins, si vous en exceptez quatre ou cinq petites
pièces de vers, & peut-être autant de lettres. Il passait pour
écrire des lettres mieux que Pline; & ses lettres ne valent
guères mieux que celles de le Pays & de Boursaut. Voici
quelques-uns de ses traits : » Lorsque vous me déchirez le
» cœur & que vous le mettez en mille pièces, il n'y en a pas une
» qui ne soit à vous, & un de vos souris confirme plus amères
» douleurs. Le regret de ne vous plus voir, me coûte, sans
» mentir, plus de cent mille larmes. Sans mentir, je vous
» conseille de vous faire roi de Madère. Imaginez-vous le plai-
» sir d'avoir un royaume tout de sucre. A dire le vrai nous y
» vivrions avec beaucoup de douceur,

Il écrit à Chapelain : Et notez quand il me vient en la pensée, que c'est au plus judicieux homme de notre siécle, au
» père de *la Lione* & de *la Pucelle* que j'écris, les cheveux
» me dressent si fort à la tête qu'il semble d'un hérisson.

Souvent rien n'est si plat que sa poësie.

Nous trouvâmes près Sercotte,
Cas étrange & vrai pourtant
Des bœufs qu'on voyait broutant
Dessus le bout d'une motte,
Et plus bas quelques cochons,
Et bon nombre de moutons.

Cependant Voiture a été admiré, parce qu'il est venu dans
un tems où l'on commençait à sortir de la barbarie, & où
l'on courait après l'esprit sans le connaître. Il est vrai que
Despréaux l'a comparé à Horace ; mais Despréaux étoit alors
jeune. Il payait volontiers ce tribut à la réputation de Voiture,
pour attaquer celle de Chapelain, qui passait alors pour le
plus grand génie de l'Europe, & Despreaux a rétracté depuis
ces éloges.

Buſſy, qui s'eſtime & qui s'aime,
Juſqu'au point d'en être ennuyeux,
Eſt cenſuré dans ces beaux lieux,
Pour avoir d'un ton glorieux
Parlé trop ſouvent de lui-même. *a*
Mais ſon fils, ſon aimable fils,
Dans le temple eſt toujours admis;
Lui, qui ſans flater, ſans médire,
Toujours d'nn aimable entretien,
Sans le croire, parle auſſi-bien
Que ſon père croyait écrire.
Je vis arriver en ce lieu
Le brillant abbé de Chaulieu,
Qui chantait en ſortant de table.
Il oſait careſſer le Dieu,
D'un air familier, mais aimable.
Sa vive imagination
Prodiguait dans ſa douce yvreſſe
Des beautés ſans correction, *b*
Qui choquaient un peu la juſteſſe,
Mais reſpiraient la paſſion.

a) Il écrivit au roi : Sire, un homme comme moi, qui a de la
naiſſance, de l'eſprit & du courage . . . J'ai de la naiſſance, &
l'on dit que j'ai de l'eſprit pour faire eſtimer ce que je dis.

b) L'abbé de Chaulieu dans une épitre au marquis de la
Fare, connu dans le public ſous le titre du Deiſte,
J'ai vu de près le Styx, j'ai vu les Euménides;
Déjà venaient fraper mes oreilles timides
Les affreux cris du chien de l'empire des morts.
Le moment d'après il fait le portrait d'un confeſſeur, &
parle d'un Dieu d'Iſraël.
Lorſqu'au bord de mon lit une voix menaçante
Des volontés du Ciel interprête laſſante.
Voilà bien le confeſſeur. Dans une autre piece ſur la Divi-
nité, il dit :
D'un Dieu moteur de tout, j'adore l'exiſtence :
Ainſi l'on doit paſſer avec tranquillité
Les ans que nous départ l'aveugle deſtinée.
Ces marques ſont exactes, & Mr. de St. Marc s'eſt trompé
en diſant dans ſon édition de Chaulieu qu'elles ne l'étaient

c La Fare, avec plus de molleſſe,
En baiſſant ſa lyre d'un ton,
Chantait auprès de ſa maîtreſſe
Quelques vers ſans préciſion,
Que le plaiſir & la pareſſe
Dictaient ſans l'aide d'Apollon.
Auprès d'eux, le vif Hamilton, *d*
Toujours armé d'un trait qui bleſſe,
Médiſait de l'humaine eſpèce,
Et même d'un peu mieux, dit-on.
L'aiſé, le tendre Saint Aulaire, *e*
Plus vieux encor qu'Anacréon,
Avait une voix plus légère :
On voyait les fleurs de Cythère,
Et celles du ſacré vallon,
Orner ſa tête octogénaire.

Le Dieu aimait fort tous ces meſſieurs, & ſurtout ceux qui ne ſe piquaient de rien ; il avertiſſait Chaulieu, de ne ſe croire que le premier des poëtes négligés, & non pas le premier des bons poëtes.

pas. On trouve dans ſes poëſies beaucoup de contradictions pareilles. Il n'y a pas trois pieces écrites avec une correction continue ; mais les beautés de ſentiment & d'imagination, qui y ſont répandues, en rachètent les défauts.

L'Abbé de Chaulieu mourut en 1720, âgé de près de quatre-vingt ans, avec beaucoup de courage d'eſprit.

c) Le marquis de la Fare, auteur des mémoires qui portent ſon nom, & de quelques pieces de poëſie, qui reſpirent la douceur de ſes mœurs, était plus aimable homme, qu'aimable poëte. Il eſt mort en 1718. Ses poëſies ſont imprimées à la ſuite des œuvres de l'abbé de Chaulieu, ſon intime ami, avec une préface très-partiale & pleine de défauts.

d) Le Comte Antoine Hamilton, né à Caën en Normandie, a fait des vers pleins de feu & de légèreté. Il était fort ſatyrique.

e) M. de St. Aulaire, à l'âge de plus de quatre-vingt-dix ans, faiſait encor des chanſons aimables.

Il faisaient conversation avec quelques-uns des plus aimables hommes de leurs tems. Ces entretiens n'ont ni l'affectation de l'hôtel de Rambouillet *f*, ni le tumulte qui règne parmi nos jeunes étourd s.

> On y fait fuir également
> Le précieux , le pédantisme,
> L'air empesé du syllogisme,
> Et l'air fou de l'emportement.
> C'est-là qu'avec grace on allie
> Le vrai savoir à l'enjoûment,
> Et la justesse à la saillie.
> L'esprit en cent façons se plie ;
> On sait lancer, rendre, essuyer
> Des traits d'aimable raillerie ;
> Le bon sens de peur d'ennuyer,
> Se déguise en plaisanterie.

Là se trouvait Chapelle, ce génie plus débauché encor que délicat, plus naturel que poli , facile dans ses vers, correct dans son style, libre dans ses idées. Il parlait toujours au Dieu du Goût sur les mêmes rimes. On dit que ceDieu lui répondit un jour :

> Réglez mieux votre passion
> Pour ces syllabes enfilées,
> Qui chez Richelet étalées,
> Quelquefois sans invention,
> Disent avec profusion
> Des riens en rimes rédoublées.

Ce fut parmi ces hommes aimables, que je rencontrai le président de Maisons , homme très-éloigné

---

f) Despreaux alla réciter ses ouvrages à l'hôtel de Rambouillet. Il y trouva Chapelain, Cotin , & quelques gens de pareil goût, qui le reçurent fort mal.

de dire des riens, homme aimable & solide, qui avait
aimé tous les arts.

O transports ! ô plaisirs ! ô momens pleins de
 charmes !
Cher Maisons, m'écriai-je, en l'arrosant de
 larmes,
C'est toi que j'ai perdu, c'est toi que le trépas,
A la fleur de tes ans, vint fraper dans mes bras.
La mort, l'affreuse mort fut sourde à ma prière.
Ah ! puisque le destin nous voulait séparer,
C'était à toi de vivre, à moi seul d'expirer.
Hélas ! depuis le jour où j'ouvris la paupière,
Le ciel pour mon partage a choisi les douleurs ;
Il sème de chagrins ma pénible carrière ;
La tienne était brillante & couverte de fleurs.
Dans le sein des plaisirs, des arts & des hon-
 neurs,
Tu cultivais en paix les fruits de ta sagesse ;
Ta vertu n'était point l'effet de ta faiblesse ;
Je ne te vis jamais offusquer ta raison
Du bandeau de l'exemple & de l'opinion.
L'homme est né pour l'erreur ; on voit la molle
 argile,
Sous la main du potier, moins souple & moins
 docile,
Que l'ame n'est flexible aux préjugés divers,
Précepteurs ignorans de ce faible univers.
Tu bravas leur empire, & tu ne sus te rendre
Qu'aux paisibles douceurs de la pure amitié ;
Et dans toi la nature avait associé
A l'esprit le plus ferme, un cœur facile &
 tendre.

Parmi ces gens d'esprit nous trouvâmes quelques
jésuites. Un fanatisme dira, que les jésuites se fourent

par-

partout ; mais le Dieu du Goût reçoit auſſi leurs ennemis & il eſt aſſez plaiſant de voir dans ce temple Bourdaloue qui s'entretient avec Paſcal ſur le grand art de
joindre l'éloquence au raiſonnement. Le P. Bouhours
eſt derrière eux , marquant ſur des tablettes toutes
les fautes de langage , & toutes les négligences qui
leur échapent.

Le cardinal ne put s'empêcher de dire au père
Bonhours.

> Quittez d'un cenſeur pointilleux
> La pédanteſque diligence ;
> Aimons juſqu'aux défauts heureux
> De leur mâle & libre éloquence.
> J'aime mieux errer avec eux,
> Que d'aller , cenſeur ſcrupuleux ,
> Peſer des mots dans ma balance.

Cela fut dit avec beaucoup de politeſſe que je ne
le rapporte ; mais nous autres poëtes , nous ſommes ſouvent très impolis pour la commodité de la
rime.

Je ne m'arrêtai pas dans ce temple à voir les ſeuls
beaux-eſprits.

> Vers enchanteurs , exacte proſe,
> Je ne me borne point à vous.
> N'avoir qu'un goût eſt peu de choſe :
> Beaux-Arts , je vous invoque tous !
> Muſique , danſe , architecture ,
> Art de graver , docte peinture ,
> Que vous m'inſpirez de déſirs !
> Beaux-Arts , vous êtes des plaiſirs ;
> Il n'en eſt point qu'on doive exclurre.

Mélanges &c.   V.

Je vis les muses préfenter tour-à-tour fur l'autel du Dieu, des livres, des deffeins, & des plans de toute efpèce. On voit fur cet autel, le plan de cette belle façade du Louvre, dont on n'eft point redevable au cavalier Bernini, qu'on fit venir inutilement en France avec tant de fraix, & qui fut conftruite par Perrault & par Louis le Vau, grands artiftes trop peu connus. Là eft le deffein de la porte St. Denis, dont la plupart des Parifiens ne connaiffent pas plus la beauté, que le nom de François Blondel, qui acheva ce monument. Cette admirable fontaine *g* qu'on regarde fi peu, & qui eft ornée de précieufes fculptures de Jean Gougeon ; mais qui le cède en tout à l'admirable fontaine de Bouchardon, & qui femble accufer la groffière rufticité de toutes les autres. Le portail de Saint Gervais, chef-d'œuvre d'architecture, auquel il manque une églife, une place, & des admirateurs, & qui devrait immortalifer le nom de Desbroffes, encor plus que le palais de Luxembourg qu'il a auffi bâti. Tous ces monumens négligés par un vulgaire toujours barbare, & par les gens du monde toujours légers, attirent fouvent les regards du Dieu.

On nous fit voir enfuite la bibliothèque de ce palais enchanté ; elle n'était pas ample. On croira bien, que nous n'y trouvames pas

> L'amas curieux & bizarre
> De vieux manufcrits vermoulus,
> Et la fuite inutile & rare
> D'écrivains qu'on n'a jamais lus.
> Le Dieu daigna de fa main même
> En leur rang placer ces auteurs,
> Qu'on lit, qu'on eftime & qu'on aime,

g) La fontaine St. Innocent ; l'architecture eft de Lefcot, abbé de Claigni, & les fculptures de Jean Gougeon.

Et dont la sagesse suprême
N'a ni trop ni trop peu de fleurs.

Presque tous les livres y sont corrigés & retranchés de la main des muses. On y voit entr'autres, l'ouvrage de Rabelais, réduit tout-au-plus à un demiquart.

Marot, qui n'a qu'un style, & qui chante du même ton les Pseaumes de David & les merveilles d'Alix, n'a plus que huit ou dix feuillets. Voiture & Sarrazin n'ont pas, à eux deux, plus de soixante pages.

Tout l'esprit de Bayle se trouve dans un seul tome, de son propre aveu; car ce judicieux philosophe, ce juge éclairé de tant d'auteurs & de tant de sectes, disait souvent qu'il n'aurait pas composé plus d'un *in folio*, s'il n'avait écrit que pour lui, & non pour les libraires. *h*

Enfin, on nous fit passer dans l'intérieur du sanctuaire. Là les mystères du Dieu furent dévoilés : là je vis ce qui doit servir d'exemple à la postérité : un petit nombre de véritablement grands-hommes s'occupaient à corriger ces fautes de leurs écrits excellens, qui seraient des beautés dans les écrits médiocres.

L'aimable auteur du *Télémaque* retranchait des répétitions, des détails inutiles dans son roman moral, & rayait le titre de poëme épique que quelques zélés indiscrets lui donnent; car il avoue sincérement qu'il n'y a point de poëme en prose.

L'éloquent Bossuet voulait bien rayer quelques familiarités échapées à son génie vaste, impérueux & facile, lesquelles déparent un peu la sublimité de ses oraisons funèbres; & il est à remarquer qu'il ne garantit point tout ce qu'il a dit de la prétendue sagesse des anciens Egyptiens.

h) C'est ce que Bayle lui-même écrivit au sieur des Maizeaux.

Ce grand, ce fublime Corneille,
Qui plut bien moins à notre oreille,
Qu'à notre efprit qui étonna :
Ce Corneille qu'il crayonna *i*
L'ame d'Augufte, de Cinna,
De Pompée & de Cornélie,
Jettait au feu fa Pulcherie,
Agéfilas & Suréna,
Et facrifiait fans faibleffe,
Tous fes enfans infortunés,
Fruits languiffans de fa vieilleffe,
Trop indignes de leurs aînés.

    Plus pur, plus élégant, plus tendre,
Et parlant au cœur de plus près ;
Nous attachant fans nous fuprendre,
Et ne fe démentant jamais,
Racine obferve les portraits,
De Bajazet, de Xipharès ;
De Britannicus, d'Hippolite.
A peine il dinftingue leurs traits ;
Ils ont tous le même mérite ;
Tendres, galans, doux & difcrets ;
Et l'amour qui marche à leur fuite,
Les croit des courtifans François.

    Toi, favori de la nature,
Toi, la Fontaine, auteur charmant,
Qui bravant & rime & mefure,
Si négligé dans ta parure,
N'en avais que plus d'agrément :
Sur tes écrits inimitables,
Di-nous quel eft ton fentiment ;
Eclaire notre jugement
Sur tes contes & fur tes fables.

i) Terme dont Corneille fe fert dans une de fes épitres.

La Fontaine, qui avait conservé la naïveté de son caractère, & qui dans le Temple du Goût joignait un sentiment éclairé à cet heureux & singulier instinct, qui l'inspirait pendant sa vie, retranchait quelques-unes de ses fables. Il accourcissait presque tous ses contes, & déchirait les trois quarts d'un gros recueil d'œuvres posthumes imprimées par ces éditeurs qui vivent des sotises des morts.

Là régnait Despréaux, leur maître en l'art d'écrire,
Lui qu'arma la raison des traits de la satyre;
Qui, donnant le précepte & l'exemple à la fois,
Etablit d'Apollon les rigoureuses loix.
Il revoit ses enfans avec un air sévère;
De la triste *Equivoque* il rougit d'être père;
Et rit des traits manqués du pinceau faible & dur,
Dont il défigura le vainqueur de Namur;
Lui-même il les efface, & semble encor nous dire,
Ou sachez vous connaître, ou gardez-vous d'écrire.

Despréaux, par un ordre exprès du Dieu du Goût se réconciliait avec Quinault, qui est le poëte de graces, comme Despréaux est le poëte de la raison.

Mais le sévère satyrique
Embrassait encor, en grondant,
Cet aimable & tendre lyrique,
Qui lui pardonnait en riant.

Je ne me réconcilie point, disait Despréaux, que vous ne conveniez, qu'il y a bien des fadeurs dans ces opéras si agréables. Cela peut bien être, dis Quinault; mais avouez aussi, que vous n'eussiez jamais fait *Atys*, ni *Armide*.

V 3

Dans vos scrupuleuses beautés
Soyez vrai, précis, raisonnable :
Que vos écrits soient respectés ;
Mais permettez-moi d'être aimable.

Après avoir salué Despréaux, & embrassé tendrement Quinault, je vis l'inimitable Molière, & j'osai
lui dire :

Le sage, le discret Térence,
Est le premier des traducteurs :
Jamais dans sa froide élégance
Des Romains il n'a peint les mœurs :
Tu fus le peintre de la France.
Nos bourgeois à sots préjugés,
Nos petits marquis rengorgés,
Nos robins toujours arrangés,
Chez toi venaient se reconnaître ;
Et tu les aurais corrigés,
Si l'esprit humain pouvait l'être.

Ah ! disait-il, pourquoi ai-je été forcé d'écrire
quelquefois pour le peuple ? Que n'ai-je toujours été
le maître de mon tems ! J'aurais trouvé des dénoûe-
mens plus heureux ; j'aurais moins fait descendre mon
génie au bas comique.

C'est ainsi que tous ces maîtres de l'art montraient
leur supériorité, en avouant ces erreurs auxquelles
l'humanité est soumise, & dont nul grand homme
n'est exempt.

Je connus alors que le Dieu du Goût est très-difficile
à satisfaire, mais qu'il n'aime point à demi. Je vis,
que les ouvrages qu'il critique le plus en détail, sont
ceux qui en tout plaisent davantage.

Nul auteur avec lui n'a tort,
Quand il a trouvé l'art de plaire :
Il le critique sans colère,
Il l'applaudit avec transport.
Melpomène étalant ses charmes,
Vient lui présenter ses héros,
Et c'est en répandant des larmes
Que ce Dieu connait leurs défauts.
Malheur à qui toujours raisonne,
Et qui ne s'attendrit jamais !
Dieu du Goût, ton divin palais
Est un séjour qu'il abandonne.

Quand mes conducteurs s'en retournèrent, le Dieu
leur parla à-peu-près dans ce sens ; car il ne m'est pas
donné de dire ses propres mots.

Adieu, mes plus chers favoris,
Comblés des faveurs du Parnasse ;
Ne souffrez pas que dans Paris
Mon rival usurpe ma place.
Je sais qu'à vos yeux éclairés
Le faux-goût tremble de paraître ;
Si jamais vous le rencontrez,
Il est aisé de le connaître.
Toujours accablé d'ornemens,
Composant sa voix, son visage ;
Affecté dans ses agrémens,
Et précieux dans son langage.
Il prend mon nom, mon étendart ;
Mais on voit assez l'imposture ;
Car il n'est que le fils de l'art,
Moi, je le suis de la nature.

V 4

LETTRE

A Mr. DE C.

SUR

LE TEMPLE DU GOUT.

Monsieur, vous avez vu, & vous pouvez rendre témoignage comment cette bagatelle fut conçue & exécutée. C'était une plaisanterie de société. Vous y avez eu part comme un autre ; chacun fournissait ses idées ; & je n'ai guères eu d'autre fonction que celle de les mettre par écrit.

M. de ** disait que c'était dommage que Bayle eût enflé son dictionnaire de plus de deux cent articles de ministres & de professeurs Luthériens ou Calvinistes ; qu'en cherchant l'article de *César*,, il n'avait rencontré que celui de *Jean Césarius*, professeur à Cologne ; & qu'au lieu de *Scipion*, il avait trouvé six grandes pages sur *Gérard Scioppius*. Delà on concluait à la pluralité des voix, à réduire Bayle en un seul tome, dans la bibliothèque du Temple du Goût.

Vous m'assuriez tous que vous aviez été assez ennuyés en lisant l'histoire de l'académie Française ; que vous vous intéressiez fort peu à tous les détails des ouvrages de *Balesdeus*, de *Porcheres*, de *Bardin*, de *Baudoin*, de *Faret*, de *Colletet*, & d'autres pareils grands hommes ; & je vous en crus sur votre parole

On ajoutait qu'il n'y a guères aujourd'hui de femmes d'esprit qui n'écrivent de meilleures lettres que Voiture; On disait que saint-Evremont n'aurait jamais dû faire de vers, & qu'on ne devait pas imprimer toute sa prose. C'est le sentiment du public éclairé; & moi qui trouve toujours tous les livres trop longs, & sur-tout les miens, je réduisais aussi-tôt tous ces volumes en très-peu de pages.

Je n'étais en tout cela que le sécrétaire du public : si ceux qui perdent leur cause se plaignent, ils ne doivent pas s'adresser à celui qui a écrit l'arrêt.

Je sais que des politiques ont regardé cette innocente plaisanterie du *Temple du Goût* comme un grave attentat. Ils prétendent qu'il n'y a qu'un mal-intentionné qui puisse avancer que le château de Versailles n'a que sept croisées de face sur la cour, & soutenir que le Brun, qui était premier peintre du roi, a manqué de coloris.

Des rigoristes disent, qu'il est impie de mettre des filles de l'opéra, Lucrèce & des docteurs de Sorbonne dans le *Temple du Goût.*

Des auteurs, auxquels on n'a point pensé, crient à la satyre, & se plaignent que leurs défauts sont désignés, & leurs grandes beautés passées sous silence; crime irrémissible qu'ils ne pardonneront de leur vie; & ils appellent le *Temple du Goût* un libelle diffamatoire.

On ajoute qu'il est d'une ame noire, de ne louer personne sans un petit correctif; & que dans cet ouvrage dangereux nous n'avons jamais manqué de faire quelque égratignure à ceux que nous avons caressés.

Je répondrai en deux mots à cette accusation. Qui loue tout, n'est qu'un flateur. Celui-là seul sait louer, qui loue avec restriction.

Ensuite, pour mettre de l'ordre dans nos idées;

comme il convient dans ce fiécle éclairé, je dirai qu'il faudrait un peu diftinguer entre la *Critique*, la *Satyre* & le *Libelle*.

Dire que le *Traité des Etudes* eft un livre à jamais utile, & que par cette raifon même il en faut retrancher quelques plaifanteries, & quelques familiarités peu convenables à ce férieux ouvrage: dire que les *Mondes* eft un livre charmant & unique; & qu'on eft fâché d'y trouver que *le jour eft une beauté blonde, & la nuit une beauté brune*, & d'autres petites douceurs : voilà, je crois, de la critique.

Que Defpréaux ait écrit :

> .... Pour trouver un auteur fans défaut,
> La raifon dit Virgile, & la rime Quinaut.

C'eft de la fatyre, & de la fatyre même affez injufte en tout fens, (avec le refpect que je lui dois); Car la rime de *défaut* n'eft point affez belle pour rimer avec *Quinaut*; & il eft auffi peu vrai de dire que Virgile eft fans défaut, que de dire que Quinaut eft fans naturel & fans graces.

Les *Couplets* de Rouffeau, le *Mafque de Laverne*, & telle autre horreur, certains ouvrages de Gacon; voilà ce qui s'appelle un *libelle diffamatoire*.

Tous les honnêtes gens qui penfent, font *critiques*; les malins font *fatyriques*; les pervers font des *libelles* : & ceux qui ont fait, avec moi, le *Temple du Goût*, ne font affurément ni malins, ni méchans.

Enfin, voilà ce qui nous amufa pendant plus de quinze jours. Les idées fe fuccédaient les unes aux autres; on changeait tous les foirs quelque chofe, & cela a produit fept à huit *Temple du Goût*, abfolument différens.

Un jour nous y mettions les étrangers, le lendemain nous n'admettions que les Français. Les Mafféi, les Popes, les Bononcini ont perdu à cela plus de cinquante vers, qui ne sont pas fort à regretter. Quoi qu'il en soit, cette plaisanterie n'était point du tout faite pour être publique.

Une des plus mauvaises & des plus infidelles copies d'un des plus négligés brouillons de cette bagatelle, ayant couru dans le monde, a été imprimée sans mon aveu; & celui qui l'a donnée, quel qu'il soit, a trèsgrand tort.

Peut-être fait-on plus mal encor de donner cette nouvelle édition : il ne faut jamais prendre le public pour le confident de ses amusemens; mais la sotise est faite, & c'est un de ces cas où l'on ne peut faire que des fautes.

Voici donc une faute nouvelle; & le public aura cette petite exquisse (si cela même peut en mériter le nom) telle qu'elle a été faite dans une société où l'on savait s'amuser sans la ressource du jeu, où l'on cultivait les belles lettres sans esprit de parti, où l'on aimait la vérité plus que la satyre, & où l'on savait louer sans flatterie.

S'il avait été question de faire un traité du Gout, on aurait prié les *de Côtes* & les *Beaufrancs* de parler d'architecture, les *Coypels* de définir leur art avec esprit, les *Destouches* de dire quelles sont les graces de la musique, les *Crébillons* de peindre la terreur qui doit animer le théâtre : pour peu que chacun d'eux eût voulu dire ce qu'il sait, cela aurait fait un gros *in-folio*; mais on s'est contenté de mettre en général les sentimens du public, dans un petit écrit sans conséquence; & je me suis chargé uniquement de tenir la plume.

Il me reste à dire un mot sur notre jeune noblesse qui employe l'heureux loisir de la paix à cultiver les lettres & les arts; bien-différente en cela des augustes Visigoths, leurs ancêtres, qui ne savaient pas signer leurs noms. S'il y a encor dans notre nation si polie, quelques barbares & quelques mauvais plaisans qui osent désaprouver des occupations si estimables, on peut assurer qu'ils en feraient autant, s'ils le pouvaient. Je suis très-persuadé que, quand un homme ne cultive point un talent, c'est qu'il ne l'a pas; qu'il n'y a personne qui ne fît des vers, s'il était né poëte; & de la musique, s'il était né musicien.

Il faut seulement que les graves critiques, aux yeux desquels il n'y a d'amusement honorable dans le monde que le lansquenet & le biribi, sachent que les courtisans de Louis XIV, au retour de la conquête de Hollande en 1672, dansèrent à Paris sur le théâtre de *Lully*, dans le jeu de paume de *Belleaire*, avec les danseurs de l'opéra, & que l'on n'osa pas en murmurer. A plus forte raison doit-on, je crois, pardonner à la jeunesse d'avoir eu de l'esprit dans un âge où l'on ne connaissait que la débauche.

Omne tulit punctum qui miscuit utile dulci.

Je suis, &c.

PRINCIPALES VARIANTES

D U

TEMPLE DU GOUT.

IL eſt bon (*a*) que vous obſerviez de près un Dieu que vous voulez ſervir.

> Vous l'avez pris pour votre maître,
> Il l'eſt , ou du moins le doit être ;
> Mais vous l'encenſez de trop loin,
> Et nous allons prendre le ſoin
> De vous le faire mieux connaître.

Je remerciai ſon éminence de ſa bonté, & je lui dis : Monſeigneur, je ſuis extrêmement indiſcret, ſi vous me menez avec vous, je m'en vanterai à tout le monde :

> Et, ſi dans ſon malin vouloir,
> Quelque critique veut ſavoir
> En quels lieux, en quel coin du monde,
> Eſt bâti ce divin manoir,
> Que faudra-t-il que je réponde ?

Le Cardinal me répliqua que le temple était dans le pays des beaux arts, qu'il voulait abſolument que je l'y ſuiviſſe, & que je fiſſe ma rélation avec ſincérité ;

a) C'eſt le cardinal de Polignac qui adreſſe la parole à Mr. de Voltaire.

que s'il arrivait qu'on se moquât un peu de moi, il n'y aurait pas grand mal à cela, & que je le rendrais bien, si je voulais. J'obéis, & nous partîmes

✻

On repouſſait plus fiérement ces hommes injuſtes & dangereux, ces ennemis de tout mérite, qui haïſſent ſincérement ce qui réuſſit, de quelque nature qu'il puiſſe être. Leurs bouches diſtillent la médiſance & la calomnie (*b*). Ils diſent que *Télémaque* eſt un libelle contre Louïs XIV, & *Eſther* une ſatyre contre le miniſtère : ils donnent de nouvelles clefs de la Bruyère, ils infectent tout ce qu'ils touchent.

✻

Ah ! bon Dieu ! s'écria la critique (*c*), quel horrible jargon ! Elle fit ouvrir la porte pour voir l'animal qui avait un cri si ſingulier. Quel fut ſon étonnement, quand tout le monde dit que c'était Rouſſeau ! Elle lui ferma la porte au plus vite. Le rimeur déſeſpéré lui criait dans ſon ſtyle Marotique :

Eh ! montrez-vous un peu moins difficile
J'ai, près de vous, merité d'être admis.
Reconnaiſſez mon humeur & mon ſtyle;
Voici des vers contre tous mes amis.
O vous, critique ! ô vous, déeſſe utile !
C'était par vous que j'étais inſpiré.
En tout pays, en tout tems abhorré,
Je n'ai que vous déſormais pour aſyle.

b) On a fait réellement ces reproches à Fénélon & à Racine, dans de miſérables libelles que perſonne ne lit plus aujourd'hui, & auxquels la malignité donna de la vogue dans leur tems.

c) Brekekeke, koax, koax, koax. koax. Vers de Rouſſeau.

A ces paroles, la Critique fit ouvrir le temple, parut d'un air de juge, & parla ainsi au Cynique :

Roufſeau, tu m'as trop méconnue :
Jamais ma candeur ingénue
A tes écrits n'a préſidé.
Ne préten pas qu'un Dieu t'inſpire,
Quand ton eſprit n'eſt poſſédé
Que du démon de la ſatyre.

Enfin, après ces retardemens agréables, au milieu des beaux-arts, des muſes, des plaiſirs mêmes, nous arrivames juſqu'à l'autel & juſqu'au trône du Dieu du Goût.

Je vis ce Dieu qu'envain j'implore,
Ce Dieu charmant que l'on ignore,
Quand on cherche à le définir ;
Ce Dieu qu'on ne ſait point ſervir,
Quand avec ſcrupule on l'adore.
Il ſe plaiſait à conſulter
Ces graces ſimples & naïves,
Dont la France doit ſe vanter ;
Ces graces, piquantes & vives,
Que les nations attentives
Voulurent ſouvent imiter ;
Qui de l'art ne ſont point captives,
Qui régnaient jadis à la cour,
Et que la nature & l'amour
Avaient fait naître ſur nos rives.
Il eſt toujours environné
De leur troupe aimable & légère :
C'eſt par leurs mains qu'il eſt orné,

C'est avec elle qu'il veut plaire.

Sur son front règne la sagesse ;
Son air est tendre , ingénieux :
Les amours ont mis dans ses yeux
Le sentiment & la finesse.
Le More à ces autels chantait,
Pélissier près d'elle exprimait
De Lully toute la tendresse ;
Légère & forte en sa souplesse,
La vive Camargo (*d*) sautait,
A ces sons brillans d'allégresse.
Et de Rebel & de Mouret.
Le Couvreur (*e*), plus loin récitait
Avec cette grace divine,
Dont autrefois elle ajoutait
De nouveaux charmes à Racine.

Colbert, l'amateur & le protecteur de tous les
arts, rassemblait autour de lui les connaisseurs. Tous
félicitaient le Cardinal de Polignac (*f*) sur ce Sallon
de *Marius*, qu'il a déterré dans Rome, & dont il
vient d'orner la France.

d) Mademoiselle Camargo, la première qui ait dansé comme
un homme.
e) Adrienne le Couvreur, la meilleure actrice qu'ait jamais
eu, avant elle, la comédie française pour le tragique, & la
première qui ait introduit au théâtre la déclamation naturelle.
f) M. de Polignac ayant conjecturé qu'un certain terrain
de Rome avait été autrefois la maison de Marius, fit fouiller
dans cet endroit. L'on trouva, à plusieurs pieds sous terre,
un sallon entier, avec plusieurs statues très-bien conservées.
Parmi ces statues, il y en a dix qui font une suite complette, & qui représentent Achille déguisé en fille à la cour de
Lycomède, & reconnu par l'artifice d'Ulysse. Cette collec-
tion est unique dans l'Europe, par la rareté & la beauté. *A
la mort du Cardinal de Polignac, le roi de Prusse en fit l'acqui-
sition.*

Colbert

Colbert attachait souvent sa vûe sur cette belle façade du Louvre, dont Perrault & le Vau se disputent encor l'invention. Il soupirait de ce qu'un si beau monument périssait sans être achevé. Ah ! disait-il, pourquoi a-t-on forcé la nature pour faire du château de Versailles *un favori sans mérite*, tandis qu'on pourrait, en achevant le Louvre, égaler en bon goût Rome ancienne & moderne?

On voyait sur un autel le plan de Luxembourg; de ce portail si noble, auquel il manque une place, une église & des admirateurs; de cette fontaine qui fut un chef-d'œuvre du goût dans un tems d'ignorance; de cet arc de triomphe qu'on admirerait dans Rome, & auquel le nom vulgaire de la *Porte St. Denis* ôte tout son mérite auprès de la plupart des Parisiens. Cependant le Dieu s'amusait à faire construire le modèle d'un palais parfait. Il joignait l'architecture du palais de Maisons, au-dedans de l'autel de Lassay, dont il a conseillé lui-même la situation, les proportions & les embellissemens au maître aimable de cet édifice, & auquel il ajoutait quelques commodités.

Je demandais, tout bas, pourquoi il y a eu, à proportion, moins de bons architectes en France que de bons sculpteurs; & les peintres ont toute la liberté de leur génie, au lieu que les architectes sont souvent gênés par le terrain, & encor plus par le caprice du maître. En second lieu, les sculpteurs & les peintres, faisant beaucoup plus d'ouvrages, ont bien plus d'occasion de se corriger. Cent particuliers étaient en état d'employer le pinceau du *Poussin*, de *Jouvenet*, de *Santerre*, de *Boulogne*, de *Vatau*; & même aujourd'hui nos peintres modernes travaillent presque tous pour de simples citoyens; mais il faut être roi ou surintendant pour exercer le génie d'un *Mansard* ou d'un *Desbrosses*; enfin, le succès du peintre est dans le dessein de son tableau; celui du sculpteur est dans

Mélanges &c.   X

Ion modèle en terre : le modèle de l'architecte, au
contraire, eſt trompeur, parce que le bâtiment, regardé enſuite à une plus grande diſtance, fait un
effet tout différent, & que la perſpective aérienne en
change les proportions ; en un mot, il eſt ſouvent du
plan en relief d'un édifice, comme de la plûpart des
machines qui ne réuſſiſſent qu'en petit.

✳

On y examine ſi les arts ſe plaiſent mieux dans
une monarchie que dans une république : ſi l'on peut
ſe paſſer aujourd'hui du ſecours des anciens : ſi les
livres ne ſont point trop multipliés : ſi la comédie &
la tragédie ne ſont point épuiſées. On examine quelle
eſt la vraye différence entre l'homme de talent &
l'homme d'eſprit, entre le critique & le ſatyrique,
entre l'imitateur & le plagiaire.

✳

Permettez que je continue mes petites obſerva-
tions, répondit le père Bouhours. Ce ſont les grands
hommes qu'il faut critiquer, de peur que les fautes
qu'ils font contre les règles, ne ſervent de règles
aux petits écrivains. Ce ſont les défauts du Pouſſin,
& de le Sueur qu'il faut relever, & non ceux de
Rouet & de Vignon ; & dès que votre *Anti-Lucrèce*
ſera imprimé, ſoyez ſûr de ma critique.

Eh ! bien ; examinez, vétillez, tant qu'il vous
plaira, dit en paſſant un jeune duc qui revenait du
ermon de Ninon, & qui en paraiſſait tout pénétré :
pour moi, je n'ai pas la force de rien cenſurer d'aujourd'hui.

Cet homme que Ninon avait rendu ſi indulgent :

C'eſt lui qui d'un eſprit vif, aimable & facile,
D'un vol toujours brillant, ſut paſſer, tour à
　　　　tour,

Du temple des beaux-arts au temple de l'amour,
Mais qui fut plus content de ce dernier afyle.

    Des mains des graces préfenté,
    En Allemagne, en Italie,
    Il charma l'Europe adoucie,
    Dont fon oncle fut redouté.

Il eft même encor mieux reçu dans le Temple du
Goût, que cet oncle fi vanté, qui rétablit les beaux-
arts en France de la même main dont il abaiffa ou
perdit tous fes ennemis. Ce terrible miniftre, craint,
haï, envié, admiré à l'excès de toutes les cours &
de la fienne, eft redouté jufques dans le Temple du
Goût, dont il eft reftaurateur. On craint à tout moment qu'il ne lui prenne fantaifie d'y faire entrer
Chapelain, *Colletet*, *Faret* & *Defmarets*, avec
lefquels il faifait autrefois de méchans vers.

Quand je vis que le cardinal de Richelieu n'avait
pas toutes les préférences, je m'écriai : C'est donc
ici comme ailleurs, & l'inclination l'emporte partout fur les bienfaits ! Alors j'entendis quelqu'un qui
me dit :

    Etablir, conferver, mouvoir, arrêter tout,
    Donner la paix au monde, ou fixer la victoire ;
    C'eft ce qui m'a conduit au temple de la gloire,
    Bien plutôt qu'au temple du Goût.

    Braffac, fois toujours mon foutien,
    Sous tes doigts j'accorderai ta lyre.
    De l'amour tu chantes l'empire,
    Et tu compofes dans le mien.

    Caylus, tous les arts te chériffent ;
    Je conduis tes brillans deffeins ;
    Et les Raphaëls s'aplaudiffent
    De fe voir gravés par tes mains.

AUTRES VARIANTES,

Tirées de l'édition de 1733.

ET cependant un fripon de libraire,
Des beaux esprits écumeur mercénaire,
Vendeur adroit de sotise & de vent,
En souriant d'une mine matoise,
Lui mesurait des livres à la toise ;
Car monseigneur est sur-tout fort savant.

Là ne sont point reçus les petits maîtres qui assistent à un spectacle sans l'entendre, ou qui n'écoutent les meilleures choses que pour en faire de froides railleries. Bien de gens qui ont brillé dans de petites sociétés, qui ont régné chez certaines femmes, & qui se sont fait appeller grands hommes, sont tout surpris d'être refusés : ils restent à la porte & adressent envain leurs plaintes à quelques seigneurs, ou soit disant tels, ennemis jurés du vrai mérite qui les néglige, & protecteurs ardens des esprits médiocres dont ils sont encensés. On repousse aussi très-rudement tous ces petits satyriques obscurs, qui, dans la démangeaison de se faire connaître, insultent les auteurs connus ; qui font secrettement une mauvaise critique d'un bon ouvrage ; petits insectes dont on ne soupçonne l'existence, que par les efforts qu'ils font pour piquer. Heureux encor les véritables gens de lettres, s'ils n'avaient pour ennemis que cette engeance : mais à la honte de la littérature, & de l'humanité, il y a des gens qui s'animent d'une vraie fureur contre tout mérite qui réussit, qui s'acharnent à le décrier & à le perdre ; qui vont dans les lieux publics, dans les maiſons des particuliers, dans les palais des princes, ſemer les rumeurs les plus fauſſes avec l'air de vérité; calomniateurs de profeſſion ! monſtres ennemis des arts & de la ſociété. Ces lâches perſécuteurs s'enfuirent en voyant paraître le cardinal de Polignac & l'abbé de Rothelin : ils n'ont jamais pû avoir accès auprès de ces deux hommes ; ils ont pour eux cette haine timide que les cœurs corrompus ont pour les cœurs droits & pour les eſprits juſtes.

✳

Rouſſeau parut en revenant d'Allemagne, il avait été autrefois dans le temple ; mais quand il y voulut rentrer,

> Il eut beau triſtement redire
> Ses vers durement façonnés,
> Hériſſés de traits de ſatyre,
> On lui ferma la porte au nez.

✳

Rouſſeau ſe fâcha d'autant plus que cette déeſſe (a) avait raiſon : elle lui diſait des vérités ; il répondit par des injures, & lui cria :

> Ah ! je connais votre cœur équivoque ;
> Reſpect le cabre, amour ne l'adoucit,
> Et reſſemblez à l'œuf cuit dans ſa coque,
> Plus on l'échauffe & plus il ſe durcit.

Il vomit pluſieurs de ſes nouvelles épigrammes qui ſont toutes dans ce goût. La Mothe les entendit, il en rit, mais point trop fort & avec diſcrétion. Rouſſeau furieux lui reprocha à ſon tour tous les mauvais vers.

a) La Critique.

X 3

que cet académicien avait faits en sa vie, & cette dispute aurait duré longtems entr'eux, si la Critique ne leur avait imposé silence & ne leur avait dit : Ecoutez, vous la Mothe, brûlez votre *Iliade*, vos tragédies, & toutes vos dernières odes, les trois quarts de vos fables & de vos opéra, prenez à la main vos premières odes, quelques morceaux de prose dans lesquels vous avez presque toujours raison, hors quand vous parlez de vous & de vos vers. Je vous demande sur-tout une demi-douzaine de vos fables, l'*Europe galante*, avec cela entrez hardiment.

Vous, Rousseau, brûlez vos opéra, vos comédies, vos dernières allégories, odes, épigrammes Germaniques, ballades, sonnets ; jurez de ne plus écrire, & venez vous mettre au-dessus de la Mothe en qualité de versificateur ; mais toutes les fois qu'il s'agira d'esprit & de raisonnement, vous vous placerez fort au dessous de lui. La Mothe fit la révérence ; Rousseau tourna la bouche ; & tous deux entrèrent à ces conditions.

À l'égard de Lucrèce, il fut embarrassé en voyant son ennemi ; il le regarda d'un œil un peu faché, surtout quand il vit combien il est aimable, & comme il paraît fait pour avoir raison.

> Son rival charmant lui parla
> Avec sa grace naturelle
> Et cependant il y mêla
> Un peu de catholique zèle.
> Ça, dit-il, puisque vous voilà,
> L'ame a bien l'air d'être immortelle :
> Que répondez-vous à cela ?
> Ah ! laissons ces disputes-là,
> Dit le vieux chantre d'Epicure,

J'ai fort mal connu la nature :
Mais ne me pouffez point à bout ;
Que votre mufe me pardonne ;
Vous êtes chez le Dieu du Goût,
Non fur les bancs de la Sorbonne.

Ces meffieurs n'argumentèrent donc point, &
épargnèrent une difpute aux gens de goût qui n'aiment pas volontiers l'argument.

Lucrèce récita feulement quelques-uns de fes beaux
vers qui ne prouvent rien : le cardinal dit auffi des
fiens ; ce qui lui arrive trop rarement à Paris : on
leur applaudit également à tous deux. De rapporter
ce qui fut dit à cette occafion par les Grecs & les Latins qui étaient là & qui les entendaient ; cela ferait
beaucoup trop long : il n'eft ici queftion que des
Français.

*

Mais malgré l'auftère fageffe
De la morale qu'il prêchait (*b*),
Peliffier en ces lieux chantait ;
Et cependant avec molleffe,
Sallé le temple parcourait
D'un pas guidé par la jufteffe,
C'eft ce Dieu qu'implore & révère
Toute la troupe des acteurs,
Qui réprefentent fur la terre ;
Et ceux qui viennent dans la chaire
Endormir leurs chers auditeurs ;
Et ceux qui livrent les auteurs
Aux fiflets bruyans du parterre.

C'eft là que je vous vis, aimable le Couvreur,
Vous, fille de l'amour, fille de Melpomène

(*b*) ROLLIN.

X 4

Vous dont le souvenir règne encor sur la scène,
Et dans tous les esprits, & sur-tout dans mon
    cœur.
Ah ! qu'en vous revoyant une volupté pure,
Un bonheur sans mélange enyvra tous mes sens !
Qu'à vos pieds, en ces lieux, je fis fumer d'en-
    cens !

Mes deux guides disaient qu'ils ne pouvaient en
conscience donner à une actrice le même encens que
moi ; mais ils avaient trop de justice pour me désaprouver.

*

Quelquefois même, on laisse parler longtems la
même personne ; mais ce cas arrive très-rarement :
heureusement pour moi, on se rassemblait en ce
moment autour de la fameuse Ninon Lenclos.

Ninon, cet objet si vanté,
Qui si longtems sut faire usage
De son esprit, de sa beauté,
Et du talent d'être volage,
Faisait alors, avec gaité,
A ce charmant Aréopage,
Un discours sur la volupté.
Dans cet art, elle était maîtresse ;
L'auditoire était enchanté,
Et tout respirait la tendresse.
Mes deux guides, en vérité,
Auraient volontiers écouté ;
Mais, hélas ! ils sont d'une espèce
Qui leur ôte la liberté,
Et les condamne à la sagesse.

Ils me laissèrent entendre le sermon de Ninon. Je
courus ensuite vers la le Couvreur, & mes conduc-

teurs s'amuſèrent à parler de littérature avec quelques
jéſuites qu'ils rencontrèrent. Un janſéniſte dira que
les jéſuites ſe fourent par-tout : mais la vérité eſt
que, de tous les religieux, les jéſuites ſont ceux qui
entendent le mieux les belles-lettres, & qui ont toujours réuſſi dans l'éloquence & dans la poëſie. Le Dieu
voit de très bon œil beaucoup de ces pères, mais à
condition qu'ils ne diront plus tant de mal de Deſpréaux, & qu'ils avoueront que les lettres provin-
ciales ſont la plus ingénieuſe, auſſi-bien que la plus
cruelle, &, en quelques endroits, la plus injuſte ſatyre
qu'on ait jamais faite.

On ſe doute aſſez que les bienfaiteurs du Temple
y ont une place honorable : mais croirait-on que Colbert y eſt mieux traité que le cardinal de Richelieu ?
C'eſt que Colbert protégea tous les beaux arts ſans
être jaloux des artiſtes, & qu'il ne favoriſa que de
grands hommes ; car il ſe dégoûta bien vite de Chapelain, & encouragea Deſpréaux. Le cardinal de Richelieu au contraire fut jaloux du grand Corneille ;
& au lieu de s'en tenir, comme il devait, à protéger
les beaux vers, il s'amuſa à en faire de mauvais avec
Chapelain, Deſmarets, & Colletet (c). Je m'aperçus

c) Non-ſeulement le cardinal de Richelieu fit quelquefois
travailler Chapelain à des ouvrages de théâtre ; mais il s'a-
propria un mauvais prologue de ce Chapelain : c'était le prologue d'un très-ridicule poëme dramatique, intitulé : les *Thuil-
leries*. Ce cardinal fit bâtir la ſalle du palais-royal pour repré-
ſenter la tragédie de *Mirame*, dont il avait donné le ſujet, &
dans laquelle il avait fait plus de cinq cent vers. Il ſe ſervait
de Deſmarets, de Colletet, de Faret, pour compoſer des
tragédies, dont il leur donnait le plan. Il admit quelque tems
le grand Corneille dans cette troupe ; mais le mérite de
Corneille ſe trouva incompatible avec ces poëtes, & il fut
auſſi-tôt exclus. Ce cardinal avait ſi peu de goût, qu'il récom-
penſa ces vers impertinens de Colletet :

   La canne s'humecter de la bourbe de l'eau,
    D'une voix enrouée, & d'un battement d'aile,
   Animer le canard qui languit auprès d'elle;

même que ce grand ministre était moins gracieuse-
ment accueilli par le Dieu du Goût qu'un certain duc
son neveu, qui vient très-souvent dans le Temple.
Les connaisseurs en belles-lettres disent pour
raison :

Que dans ce charmant sanctuaire,
L'honneur de protéger les beaux arts qu'on chérit,
Mais auxquels on ne s'entend guère,
L'autorité du ministère,
L'éclat, l'intrigue & le crédit,
Ne sauraient égaler les charmes de l'esprit,
Et le don fortuné de plaire.

Les connaisseurs en galanterie ajoutent que son
éminence (d) fit jadis l'amour en vrai pédant, & que
son neveu s'y prend d'une manière assurément toute
opposée. Il y a dans cette demeure bien des habitants
qui comme lui, n'ont fait aucun ouvrage :

Qui sagement livrés aux douceurs du loisir,
Ont passé de leurs jours les momens délectables,
A recevoir, à donner du plaisir.
De chanter & d'écrire ils ont été capables ;
Mais pour être en ce temple & pour y réussir,
Qu'ont-ils fait ? Ils étaient aimables.

Il voulait seulement, pour rendre ces vers parfaits, qu'on
mit *barboter* au lieu d'*humecter*.

d) Le cardinal de Richelieu fit soutenir des thèses sur
l'*Amour* chez la nièce la duchesse d'Aiguillon : il y avait un
président, un répondant & des argumentans. Il y a à Paris
une copie de ces thèses chez un curieux ; ces thèses sont
divisées en plusieurs positions, comme les thèses de collège ;
la première position est, qu'*il ne faut point parler d'un véritable amour après sa fin, parce qu'un véritable amour est sans
fin.*

C'est entre ces voluptueux & les artistes qu'on trouve le facile, le sage l'agréable *la Faye* : heureux qui pourrait, comme lui, passer les dernières années de sa vie, tantôt composant des vers aisés & pleins de grace, tantôt écoutant ceux des autres sans envie & sans mépris : ouvrant son cabinet à tous les arts, & sa maison aux seuls hommes de bonne compagnie ! Combien de particuliers dans Paris pourraient lui ressembler dans l'usage de leur fortune ? Mais le goût leur manque, ils jouissent insipidement, ils ne savent qu'être riches.

Devant le Dieu est un grand autel, où les muses viennent présenter tour à tour des livres, des desseins, & des ornemens de toute espèce : on y voyoit tous les opéra de Lully ; & plusieurs opéra de Destouches & de Campra. Le Dieu eût désiré quelquefois dans Destouches, une musique plus forte ; souvent, dans Campra, un récitatif mieux déclamé ; & de tems en tems, dans Lully, quelques airs moins froids. Tantôt les muses, tantôt les Pélissiers & les le Mores chantent ces opéra charmans. Le temple résonne de leurs voix touchantes : tout ce qui est dans ces beaux lieux applaudit par un léger murmure, plus flatteur que ne le seraient les acclamations emportées du peuple. Les mauvais auteurs & leurs amis prêtent l'oreille autour du Temple, entendent à peine quelques sons & sifflent pour se venger.

Le dessein de Versailles se trouve à la vérité sur l'autel : mais il est accompagné d'un arrêt du Dieu qui ordonne qu'on abatte au moins tout le côté de la cour, afin qu'on n'ait point à la fois en France un chef-d'œuvre de mauvais goût & de magnificence. Par le même arrêt, le Dieu ordonne que les grands morceaux d'architecture très-déplacés & très-cachés dans les bosquets de Versailles, soient transportés à Paris, pour orner des édifices publics.

o

Une des chofes que le Dieu aime davantage, c'eft un recueil d'eftampes d'après les plus grands maîtres; entreprife utile au genre humain, qui multiplie à peu de frais le mérite des meilleurs peintres, qui fait revivre à jamais dans tous les cabinets de l'Europe, des beautés qui périraient fans le fecours de la gravure, & qui peut faire connaître toutes les écoles, à un homme qui n'aura jamais vû de tableaux.

Crozat préfide à ce deffein :
Il conduit le docte burin
De la gravure fcrupuleufe,
Qui, d'une main laborieufe,
Immortalife fur l'airain,
Du Caniche la fource heureufe,
Et la belle ame du Pouffin.

Dans le tems que nous arrivames, le Dieu s'amufait à faire élever en relief le modèle d'un palais parfait ; il joignait l'architecture extérieure du château de Maifons avec les dedans de l'hôtel de Laffay, lequel par fa fituation, fes proportions & fes embelliffemens, eft digne du maître aimable qui l'occupe, & qui lui-même a conduit l'ouvrage.

Ce qui me charmait davantage dans cette demeure délicieufe, c'était de voir avec quelle heureufe agilité l'efprit fe promène fur différens plaifirs, en parcourant de fuite les arts, & careffant tant de beautés diverfes.

On y paffe facilement
De la mufique à la peinture,
De la phyfique au fentiment,

Du tragique au simple agrément,
De la danse à l'architecture.
Tel, Homère peignait ses dieux,
Planant sur la terre & sur l'onde,
Et cent fois plus promt que nos yeux,
S'élançant du centre des cieux,
Jusqu'au bout de l'axe du monde.

Aussi serais-je trop long, si je disais tout ce que je vis dans ce temple. Grace au siécle de Louis XIV, une foule de grands hommes en tout genre qui avaient honoré ce beau siécle, s'étaient rangés avec mes deux guides autour du grand Colbert. Je n'ai exécuté, disait ce ministre, que la moindre partie de ce que je méditais ; j'aurais voulu que Louis XIV eût employé aux embellissemens nécessaires de sa capitale, les trésors ensevelis dans Versailles, & prodigués pour forcer la nature : si j'avais vécu plus long-tems, Paris aurait pû surpasser Rome en magnificence & en bon goût, comme il le surpasse en grandeur : ceux qui viendront après moi, feront ce que j'ai seulement imaginé ; alors le royaume sera rempli des monumens de tous les beaux arts : déja les grands chemins qui conduisent à la capitale sont des promenades délicieuses, ombragées de grands arbres, l'espace de plusieurs milles & ornées même de (e) fontaines & de statues. Un jour vous n'aurez plus de temples gothiques ; les salles (f) de vos spectacles

e) Sur le chemin de Juvisi on a élevé deux fontaines, dont l'eau retombe dans de grands bassins ; des deux côtés du chemin sont deux morceaux de sculpture ; l'un est de Coustou, & est fort estimé : il est triste que son ouvrage ne soit pas de marbre, mais seulement de pierre.

f) Les salles de tous les spectacles de Paris sont sans magnificence, sans goût, sans commodités, ingrates pour la voix, incommodes pour les acteurs & pour les spectateurs : ce n'est qu'en France qu'on a l'impertinente coutume de faire tenir debout la plus grande partie de l'auditoire.

feront dignes des ouvrages immortels qu'on y repréfente, de nouvelles places & des marchés publics
conftruits fous des colonnades décorreront Paris comme l'ancienne Rome ; les eaux feront diftribuées
dans toutes les maifons comme à Londres ; les inf-
criptions de Santeuil ne feront plus la feule chofe que
l'on admirera dans vos fontaines, la fculpture étalera
partout fes beautés (*g*) durables ; & annoncera aux
étrangers la gloire de la nation, le bonheur du peuple, la fageffe & le goût de fes conducteurs : ainfi
parlait ce grand miniftre.

Qui n'aurait applaudi? Quel cœur Français n'eût été
ému à de tels difcours ? On finit par donner de juftes
éloges, & par fouhaiter un fuccès heureux aux grands
deffeins que le (*h*) magiftrat de la ville de Paris a formés pour la décoration de cette capitale.

Enfin, après une converfation utile, dans laquelle
on louait avec juftice ce que nous avons, & dans
laquelle on regrettait, avec non moins de juftice,
ce que nous n'avons pas, il falut fe féparer. J'en-

---

g) C'était en effet le deffein de ce grand homme : un de
fes projets était de faire une grande place de l'hôtel de Soiffons :
on aurait creufé au milieu de la place un vafte baffin, qu'on
aurait rempli des eaux qu'il devait faire venir par de nouveaux
aqueducs : du milieu de ce baffin, entouré d'une baluftrade
de marbre, devait s'élever un rocher, fur lequel quatre fleuves
de marbre auraient répandu l'eau qui eût retombé en nappe
dans le baffin, & qui de là fe ferait diftribuée dans les maifons
des citoyens. Le marbre deftiné à cet incomparable monument
était acheté ; mais ce deffein fut oublié avec Mr. Colbert, qui
mourut trop tôt pour la France.

h) M. Turgot, préfident au parlement, prévôt des mar-
chands, qui a déja embelli cette capitale, a fait marché
avec des entrepreneurs pour agrandir le quai derrière le palais, le continuer jufqu'au point de l'ifle, & joindre l'ifle
au refte de la ville par un beau pont de pierre : il n'y a
point de citoyen dans Paris qui ne doive s'empreffer à con-
tribuer de tout fon pouvoir à l'exécution de pareils deffeins,
qui fervent à notre commodité, à nos plaifirs & à notre
gloire.

tendis le Dieu qui difait à fes deux amis, en les embraffant :

Adieu, mes plus chers favoris,
Par qui ma gloire eft établie.
Tant que vous ferez dans Paris,
Je n'ai pas peur que l'on m'oublie :
Mais prêchez, je vous en fuplie,
Certains prétendus beaux efprits,
Qui du faux goût toujours épris,
Et toujours me faifant infulte,
Ont tous l'air d'avoir entrepris
De traiter mes loix & mon culte,
Comme l'on traite leurs écrits.

Il les pria de faire fes complimens à un jeune prince qu'il aime tendrement, & s'échauffant à fon nom avec un peu d'entoufiafme, que ce Dieu ne dédaigne pas quelquefois, mais qu'il fait toujours modérer, il prononça ces vers avec vivacité :

Que toujours CLERMONT (i) s'illumine
Des vives clartés de ma loi;
Lui, fa fœur, les amours, & moi,
Nous fommes de même origine.
CONTI, fachez, à votre tour,
Que vous êtes né pour me plaire,
Auffi-bien qu'au Dieu de l'amour.
J'aimai jadis votre grand-père,
Il fut le charme de ma cour :
De ce héros fuivez l'exemple,

(i) Mr. le comte de Clermont, prince du fang, a fondé, à l'âge de vingt ans, une académie des arts, compofée de cent perfonnes, qui s'affemblent chez lui; & il donne une protection marquée aux gens de lettres. On ne fauroit trop propofer un tel exemple aux jeunes princes.

Que vos beaux jours me soient soumis;
Croyez-moi, venez dans ce temple;
Où peu de princes sont admis.
Vous, noble jeunesse de France,
Secondez les chants des beaux-arts,
Tandis que les foudres de Mars
Se reposent dans le silence:
Que, dans ces fortunés loisirs,
L'esprit & la délicatesse,
Nouveaux guides de la jeunesse,
Soient l'ame de tous vos plaisirs.
Je vois Thalie & Melpomène (*k*)
Vous suivre en secret quelquefois,
Et quitter Gaussin & du Fresne,
Pour venir entendre vos voix,
Et vous applaudir sur la scène.
Que des muses à vos genoux,
Les lauriers à jamais fleurissent;
Que ces arbres s'énorgueillissent
De se voir cultivés par vous.
Transportez le Pinde à Cythère:
Brassac (*l*), chantez; gravez, Cailus (*m*).

k) Il y a plus de vingt maisons dans Paris dans lesquelles on représente des tragedies & des comédies; on a fait même beaucoup de piéces nouvelles pour ces sociétés particulières. On ne saurait croire combien est utile cet amusement, qui demande beaucoup de soin & d'attention: il forme le goût de la jeunesse, il donne de la grace au corps & à l'esprit, il contribue au talent de la parole, il retire les jeunes gens de la débauche, en les accoutumant aux plaisirs purs de l'esprit.

l). M. le chevalier de Brassac, non-seulement a le talent très-rare de faire la musique d'un opéra, mais il a le courage de le faire jouer, & de donner cet exemple à la jeune noblesse Française: il y a déjà longtems que les Italiens, qui ont été nos maîtres en tout, ne rougissent pas de donner leurs ouvrages au public. Le marquis Maffei vient de rétablir la gloire du théâtre Italien: le baron d'Astorga, & le prélat qui est aujourd'hui archevêque de Pise, ont fait plusieurs opéra fort estimés.

Ne

Ne craignez point, jeune Surgère (*n*),
D'employer des foins affidus
Aux beaux vers que vous favez faire;
Et que tous les fots confondus,
A la cour & fur la frontière,
Déformais ne prétendent plus
Qu'on déroge & qu'on dégénère,
En fuivant Minerve & Phébus.

m) Mr. le Marquis de Cailus eft célèbre par fon goût pour les arts & par la faveur qu'il donne à tous les bons artiftes; il grave lui-même, & met une expreffion fingulière dans fes deffeins. Les cabinets des curieux font pleins de fes eftampes. Mr. de Saint-Maurice officier des gardes, grave auffi & fe fert avec avantage du burin : il a fait une eftampe d'après le Nain, qui eft un chef-d'œuvre.

n) M. de la Rochefoucault, marquis de Surgère, a fait une comédie, intitulée : l'*Ecole du monde*. Cette piece eft, fans contredit, bien écrite & pleine de traits que le célèbre duc de la Rochefoucault, auteur des *Maximes*, aurait approuvées.

LE
POEME
DE FONTENOY.

Quoi ! du fiécle paffé le fameux fatyrique
Aura fait retentir la trompette héroïque,
Aura chanté du Rhin les bords enfanglantés,
Ses défenfeurs mourans, fes flots épouvantés,
Son Dieu même en fureur effrayé du paffage,
Cédant à nos ayeux fon onde & fon rivage ?
Et vous, quand vòtre roi, dans des plaines de fang,
Voit la mort devant lui voler de rang en rang ;
Tandis que de Tournay foudroyant les murailles,
Il fufpend les affauts pour courir aux batailles ;
Quand des bras de l'hymen, s'élançant au trépas,
Son fils, fon digne fils fuit de fi près fes pas ;
Vous heureux par fes loix, & grands par fa vail-
       lance,
Français, vous garderiez un indigne filence !
  Venez le contempler aux champs de Fontenoy.
O vous, gloire, vertu, déeffes de mon roi,
Redoutable Bellone & Minerve chérie,
Paffions des grands cœurs, amour de la patrie,
Pour couronner LOUIS prêtez-moi vos lauriers ;
Enflammez mon efprit du feu de nos guerriers ;
Peignez de leurs exploits une éternelle image :

Vous m'avez transporté fur ce fanglant rivage,
J'y vois ces combattans que vous conduifez tous.
 C'eft là ce fier Saxon *a*), qu'on croit né parmi
  nous,
Maurice, qui touchant à l'infernale rive,
Rapelle pour fon roi fon ame fugitive,
Et qui demande à Mars, dont il a la valeur,
De vivre encor un jour, & de mourir vainqueur,
Confervez, juftes cieux, fes hautes deftinées;
Pour Louis & pour nous prolongez fes années.
 Déja de la tranchée *b*) Harcourt eft accouru:
Tout pofte eft affigné, tout danger eft prévu.
Noailles *c*) pour fon roi plein d'un amour fidelle,
Voit la France en fon maître, & ne regarde qu'elle.
Ce fang de tant de rois, ce fang du grand Condé,
D'Eu *d*) par qui des Français le tonnerre eft guidé,
Penthiévre *e*), dont le zéle avait devancé l'âge,
Qui déja vers le Mein fignala fon courage,
Bavière avec de Pons, Boufflers & Luxembourg,
Vont, chacun dans leur place, attendre ce grand
  jour :
Chacun porte l'efpoir aux guerriers qu'il commande:
Le fortuné Danoy *f*), Chabanes, Galerande;
Le vaillant Berenger, ce défenfeur du Rhin,

---

 a) Le comte maréchal de Saxe, dangereufement malade,
était porté dans une gondole d'ofier, quand fes douleurs & fa
faibleffe l'empêchaient de fe tenir à cheval. Il dit au roi, qui
l'embraffa, après le gain de la bataille, les mêmes chofes qu'on
lui fait penfer ici.
 b) Mr. le duc d'Harcourt avait invefti Tournay.
 c) Maréchal de France.
 d) Grand-maître d'artillerie.
 e) Il s'était fignalé à la bataille de Dettingen.
 f) Mr. de Danoy fut retiré par fa nourrice d'une foule de
morts & de mourans fur le champ de Malplaquet, deux jours
après la bataille. C'eft un fait certain : cette femme vint avec
un paffeport, accompagnée d'un feigneur du régiment du roi,
dans lequel était alors cet officier.

Colbert & du Chaila, tous nos héros enfin g).
Dans l'horreur de la nuit, dans celle du silence,
Demandent seulement, que le péril commence.

Le jour frape déja de ses rayons naissans
De vingt peuples unis les drapeaux menaçans.
Le Belge, qui, jadis fortuné sous nos princes,
Vit l'abondance alors enrichir nos provinces:
Le Batave prudent, dans l'Inde respecté,
Puissant par son travail & par sa liberté,
Qui, longtems opprimé par l'Autriche cruelle,
Ayant brisé son joug, s'arme aujourd'hui pour elle;
L'Hanovrien constant, qui formé pour servir,
Sait souffrir & combattre, & surtout obéir;
L'Autrichien rempli de sa gloire passée,
De ses derniers Césars occupant sa pensée;
Surtout, ce peuple altier, qui voit sur tant de mers
Son commerce & sa gloire embrasser l'univers;
Mais qui, jaloux en vain des grandeurs de la France,
Croit porter dans ses mains la foudre & la balance.
Tous marchent contre nous; la valeur les conduit,
La haine les anime, & l'esprit les séduit.
De l'empire Français l'indomptable génie
Brave, auprès de son roi, leur foule réunie.
Des montagnes, des bois, des fleuves d'alentour,
Tous les dieux allarmés sortent de leur séjour;
Incertains pour quel maître en ces plaines fécondes
Vont croître leurs moissons, & vont couler leurs on-
　　　　des.
La fortune auprès d'eux d'un vol prompt & léger,
Les lauriers dans les mains fend les plaines de l'air;
Elle observe LOUIS, & voit avec colère,
Que sans elle aujourd'hui la valeur va tout faire.
Le brave Cumberland, fier d'attaquer LOUIs,
A déja disposé ses bataillons hardis;
Tels ne parûrent point aux rives du Scamandre,

g) Les lieutenans-généraux chacun à leur division.

Sous ces murs si vantés que Pyrrhus mit en cendre,
Ces antiques héros, qui montés sur un char,
Combattaient en désordre, & marchaient au hazard:
Mais tel fut Scipion sous les murs de Carthage;
Tels son rival & lui prudens avec courage,
Déployant de leur art les terribles secrets,
L'un vers l'autre avancés s'admiraient de plus près.

L'Escaut, les ennemis, les remparts de la ville,
Tout présente la mort, & LOUIS est tranquille.
Cent tonnerres de bronze ont donné le signal.
D'un pas ferme & pressé, d'un front toujours égal,
S'avance vers nos rangs la profonde colonne,
Que la terreur dévance, & la flamme environne;
Comme un nuage épais, qui sur l'aîle des vents,
Porte l'éclair, la foudre, & la mort dans ses flancs.
Les voilà ces rivaux du grand nom de mon maître,
Plus farouches que nous, aussi vaillans peut-être,
Encor tout orgueilleux de leurs premiers exploits.
Bourbon! voici le tems de venger les Valois.

Dans un ordre effrayant, trois attaques formées
Sur trois terrains divers engagent les armées;
Le Français, dont Maurice a gouverné l'ardeur,
A son poste attaché, joint l'art à la valeur.
La mort sur les deux camps étend sa main cruelle;
Tous ses traits sont lancés, le sang coule autour
      d'elle.
Chefs, officiers, soldats, l'un sur l'autre entassés,
Sous le fer expirant, par le plomb renversés,
Poussent les derniers cris en demandant vengeance.

Grammont, que signalait sa noble impatience,
Grammont dans l'Elysée emporte la douleur
D'ignorer en mourant si son maître est vainqueur.
De quoi lui serviront ces grands titres de h) gloire,
Ce sceptre des guerriers, honneur de sa mémoire?

h) Il allait être maréchal de France.

Y 3

Ce rang, ces dignités, vanités des héros,
Que la mort avec eux précipite aux tombeaux ?
Tu meurs, jeune *i*) Craon ! Que le ciel moins sé-
vère
Veille sur les destins de ton généreux frère !
Hélas ! cher Longaunay *k*), quelle main, quel se-
cours
Peut arrêter ton sang, & ranimer tes jours ?
Ces ministres de Mars, *l*) qui d'un vol si rapide
S'élançaient à la voix de leur chef intrépide,
Sont, du plomb qui les suit, dans leur course ar-
rêtés,
Tels que des champs de l'air tombent précipités,
Des oiseaux tout sanglans palpitans sur la terre.
Le fer atteint *m*) d'Avray. Le jeune d'Auberterre
Voit de sa légion tous ses chefs indomtés,
Sous le glaive & le feu mourans à ses côtés.
Guerriers, que Chabrillant avec Brancas rallie,
Que d'Anglais immolés vont payer votre vie !
Je te rends grace, ô Mars ! dieu de sang, dieu
cruel,
La race de Colbert *n*), ce ministre immortel,
Echape en ce carnage à ta main sanguinaire.
Guerchi *o*) n'est point frapé, la vertu peut te plaire ;

i) Dix-neuf officiers du régiment du Haynaut ont été tués
ou blessés. Son frère, le prince de Beauveau, sert en Italie.

k) Mr. de Longaunay, colonel des nouveaux grenadiers,
mort depuis de ses blessures.

l) Officiers de l'état-major, messieurs de Puisegur, de
Mezière, de St. Sauveur, de St. George.

m) Le duc d'Avray, colonel du régiment de la Cou-
rone.

n) Mr. de Croissy avec ses deux enfans, & son neveu Mr.
Duplessis-Chatillon blessé légérement.

o) Tous les officiers de son régiment royal des Vaisseaux,
hors de combat, lui seul ne fut point blessé.

Mais vous, brave p) Daché, quel sera votre sort ?
Le ciel sauve, à son gré, donne & suspend la mort.
Infortuné Lutteaux ! tout chargé de blessures,
L'art qui veille à ta vie, ajoute à tes tortures ;
Tu meurs dans les tourmens ; nos cris mal entendus
Te demandent au Ciel, & déja tu n'es plus.

O combien de vertus que la tombe dévore !
Combien de jours brillans éclipsés à l'aurore !
Que nos lauriers sanglans doivent coûter de pleurs !
Ils tombent ces héros, ils tombent ces vengeurs ;
Ils meurent, & nos jours sont heureux & tran-
   quilles ;
La molle volupté, le luxe de nos villes,
Filent ces jours sereins, ces jours que nous devons
Au sang de nos guerriers, aux périls des Bourbons.
Couvrons du moins de fleurs ces tombes glorieuses ;
Arrachons à l'oubli ces ombres vertueuses ;
Vous q) qui lanciez la foudre, & qu'ont frapé ses
   coups,
Revivez dans nos chants, quand vous mourez pour
   nous.

Et quel serait, grand Dieu ! le citoyen barbare,
Prodigue de censure, & de louange avare,
Qui peu touché des morts, & jaloux des vivans,
Leur pourrait envier mes pleurs & mon encens ?
Ah ! s'il est parmi nous des cœurs dont l'indolence,
Insensible aux grandeurs, aux pertes de la France,
Dédaigne de m'entendre & de m'encourager,
Réveillez-vous, ingrats ; LOUIS est en danger.

Le feu, qui se déploye, & qui, dans son passage,
S'anime en dévorant l'aliment de sa rage ;

p) Mr. Daché (on l'écrit Dapcher) lieutenant-général. Mr.
de Lutteaux, lieutenant-général, mort dans les opérations du
traitement de ses blessures.

q) Mr. Du Brocard, maréchal de camp, commandant l'artillerie.

Les torrens débordés dans l'horreur des hivers,
Le flux impétueux des menaçantes mers,
Ont un cours moins rapide, ont moins de violence,
Que l'épais bataillon qui contre nous s'avance;
Qui triomphe en marchant; qui, le fer à la main,
A travers les mourans s'ouvre un large chemin.
Rien n'a pû l'arrêter; Mars pour lui se déclare.
Le roi voit le malheur, le brave & le répare.
Son fils, son seul espoir... Ah! cher prince, ar-
   rêtez;
Où portez-vous ainsi vos pas précipités?
Conservez cette vie au monde nécessaire.
Louis craint pour son fils r), le fils craint pour
   son père;
Nos guerriers tout sanglans frémissent pour tous
   deux,
Seul mouvement d'effroi dans ces cœurs généreux.
  Vous s) qui gardez mon roi, vous qui vengez
   la France,
Vous, peuple de héros, dont la foule s'avance,
Accourez, c'est à vous de fixer les destins;
Louis, son fils, l'état, l'Europe est en vos mains.
Maison du roi, marchez, assûrez la victoire;
Soubise & Pecquigny t) vous mènent à la gloire.
Paraissez, vieux soldats, u) dont les bras éprouvés

r) Un boulet de canon couvrit de terre un homme entre le Roi & monseigneur le Dauphin; & un domestique de Mr. le comte d'Argenson fut atteint d'une balle de fusil derrière eux.

s) Les gardes, les gendarmes, les chevaux-légers, les mousquetaires sous Mr. de Montesson, lieutenant-général. Deux bataillons des gardes Françaises & Suisses, &c.

t) Mr. le Prince de Soubise prit sur lui de seconder Mr. le comte de la Marche, dans la défense obstinée du poste d'An-toin; il alla ensuite se mettre à la tête des gendarmes, comme Mr. de Pecquigny à la tête des chevaux-légers; ce qui con-tribua beaucoup au gain de la bataille.

u) Carabiniers, corps institué par Louis XIV. Ils tirent avec des carabines rayées. On sait avec quel éloge le roi les a nommés dans sa lettre.

Lancent de loin la mort, que de près vous bravez.
Venez, vaillante élite, honneur de nos armées ;
Partez, fléches de feu, grenades x) enflammées ;
Phalanges de LOUIS, écrasez sous vos coups
Ces combattans si fiers & si dignes de vous.
Richelieu qu'en tous lieux emporte son courage,
Ardent, mais éclairé, vif à la fois & sage,
Favori de l'amour, de Minerve & de Mars,
Richelieu y) vous appelle ; il n'est plus de hazards ;
Il vous appelle : il voit d'un œil prudent & ferme,
Des succès ennemis & la cause & le terme ;
Il vole, & sa vertu fécondant vos grands cœurs,
Il vous marque la place, où vous serez vainqueurs.

    D'un rempart de gazon, faible & prompte bar-
      rière,
Que l'art oppose à peine à la fureur guerrière,
La Márck z), la Vauguion a), Choiseul d'un même
      effort,
Arrêtent une armée, & repoussent la mort.
D'Argenson qu'enflammaient les regards de son père,
La gloire de l'état, à tous les siens si chère,
Le danger de son roi, le sang de ses ayeux,
Assaillit par trois fois ce corps audacieux,
Cette masse de feu, qui semble impénétrable :
On l'arrête, il revient, ardent, infatigable ;
Ainsi qu'aux premiers tems, par leurs coups re-
      doublés,
Les beliers enfonçaient les remparts ébranlés.

x) Grenadiers à cheval commandés par Mr. le chevalier de Grille ; ils marchent à la tête de la maison du roi.

y) Un ministre d'état, qui n'a point quitté le roi pendant la bataille, a écrit ces propres mots : *C'est Mr. de Richelieu qui a donné ce conseil, & qui l'a exécuté.*

z) Mr. le comte de la Marck, au poste d'Antoin.

a) Messieurs de la Vauguion, Choiseul-Meuse, &c. aux retranchemens faits à la hâte dans le village de Fontenoy. Mr. de Créqui n'était point à ce poste, comme on l'avait dit d'abord, mais à la tête des carabiniers.

Ce brillant escadron, fameux par cent batailles,
Lui, par qui Catinat fut vainqueur à Marsailles,
Arrive, voit, combat, & soutient son grand nom.
Tu suis du Chastellet, jeune Castelmoron, c)
Toi, qui touches encor à l'âge de l'enfance,
Toi, qui d'un faible bras, qu'affermit ta vaillance,
Reprens ces étendarts déchirés & sanglans,
Que l'orgueilleux Anglais emportait dans ses rangs.
C'est dans ces rangs affreux que Chevrier expire.
Monaco perd son sang, & l'amour en soupire.
Anglais sur Du Guesclin deux fois tombent vos
　　　　　coups,
Frémissez à ce nom si funeste pour vous.
　Mais quel brillant héros, au milieu du carnage,
Renversé, relevé, s'est ouvert un passage ?
Biron d) tels on voyait dans les plaines d'Ivry,
Tes immortels ayeux suivre le grand Henry.
Tel était ce Crillon, chargé d'honneurs suprêmes,
Nommé brave autrefois par les braves eux-mêmes;
Tels étaient ces d'Aumonts, ces grands Montmo-
　　　　　rencis,
Ces Créquis si vantés renaissans dans leurs fils e);
Tel se forma Turenne au grand art de la guerre,
Près d'un autre f) Saxon la terreur de la terre,

　　b) Quatre escadrons de la gendarmerie arrivaient après sept
heures de marche, & attaquèrent.
　　c) Un cheval fougueux avait emporté le porte-étendart dans
la colonne Anglaise ; Mr. de Castelmorum, âgé de 15 ans,
lui cinquième, alla le reprendre au milieu du camp des ennemis. Mr. de Bellet commandait ces escadrons de la gendarme-
il y eut un cheval tué sous lui, aussi-bien que Mr. de Chimè-
nes, en réformant une brigade.
　　d) Mr. le duc de Biron eut le commandement de l'infanterie, quand Mr. de Lutteaux fut hors de combat; il chargea
successivement à la tête de presque toutes les brigades.
　　e) Mr. de Luxembourg, Mr. de Loigni, & Mr. de Tin-
gri.
　　f) Le duc de Saxe-Weimar, sous le vicomte de Turenne
fit ses premières campagnes, Mr. de Turenne est arrière-ne-
veu de ce grand homme.

Quand la justice & Mars, sous un autre LOUIS,
Frapaient l'aigle d'Autriche, & relevaient les Lis.
   Comment ces courtisans, doux, enjoués, aima-
      bles,
Sont-ils dans les combats des lions indomtables ?
Quel assemblage heureux de graces, de valeur !
Boufflers, Meuze, d'Ayen, Duras, bouillans d'ar-
      deur,
A la voix de LOUIS, courez, troupe intrépide.
Que les Français sont grands quand leur maître les
      guide !
Ils l'aiment, ils vaincront, leur père est avec eux.
Son courage n'est point cet instinct furieux,
Ce courroux emporté, cette valeur commune ;
Maître de son esprit, il l'est de la fortune ;
Rien ne trouble ses sens, rien n'éblouït ses yeux :
Il marche, il est semblable à ce maître des dieux,
Qui frapant les Titans, & tonnant sur leurs têtes,
D'un front majestueux dirigeait les tempêtes ;
Il marche & sous ses coups la terre au loin mugit ;
L'escaut fuit, la mer gronde, & le ciel s'obscurcit.
   Sur un nuage épais que des antres de l'ourse
Les vents affreux du Nord apportent dans leur
      course,
Les vainqueurs des Valois descendent en courroux :
Cumberland, disent-ils, nous n'espérons qu'en vous ;
Courage, rassemblez vos légions altières ;
Bataves, revenez, défendez vos barrières :
Anglais, vous que la paix semblait seule allarmer,
Vengez-vous d'un héros qui daigne encor l'aimer ;
Ainsi que ses bienfaits craindrez-vous sa vaillance ?
Mais ils parlent envain, lorsque LOUIS s'avance,
Leur génie est domté, l'Anglais est abattu,
Et la férocité *g*) le céde à la vertu.

  g) Ce reproche de férocité ne tomba que sur le soldat, &
non sur les officiers, qui sont aussi généreux que les nôtres.

Clare avec l'Irlandais, qu'animent nos exemples,
Venge ses rois trahis, sa patrie & ses temples.
Peuple sage & fidèle, heureux Helvétiens h),
Nos antiques amis, & nos concitoyens,
Votre marche assûrée, égale, inébranlable,
Des ardens Neustriens i) suit la fougue indomtable;
Ce Danois k), ce héros, qui des frimats du Nord,
Par le Dieu des combats fut conduit sur ce bord,
Admire les Français, qu'il est venu défendre.
Mille cris redoublés près de lui font entendre:
Rendez-vous, ou mourez, tombez sous notre effort:
C'en est fait, & l'Anglais craint LOUIS & la mort.
Allez, brave d'Estrée, l), achevez cet ouvrage,
Enchainez ces vaincus échapés au carnage:
Que du roi qu'ils bravaient ils implorent l'appui;
Ils seront fiers encor, ils n'ont cédé m) qu'à lui.
    Bientôt vole après eux ce corps fier & rapide n),
Qui semblable au dragon, qu'il eut jadis pour guide,

On m'a écrit, que lorsque la colonne Anglaise déborda Fontenoy, plusieurs soldats de ce corps criaient, *no quarter*, *no quarter*, point de quartier.

h) Les régimens de Diesbach, de Betens, & de Courten, &c. avec des bataillons des gardes Suisses.

i) Le régiment de Normandie qui revenait à la charge sur la colonne Anglaise, tandis que les gens du Roi, la gendarmerie, les carabiniers, &c. fondaient sur elle.

k) Mr. de Löwendahl.

l) Mr. le comte d'Estrée à la tête de sa division, & M. de Brionne à la tête de son régiment, avaient enfoncé les grenadiers Anglais le sabre à la main.

m) Depuis St. Louis aucun roi de France n'avait battu les Anglais en personne en bataille rangée.

n) On envoya quelques dragons à la poursuite: Ce corps était commandé par Mr. le Duc de Chevreuse, qui s'était distingué au combat de Sahy, où il avait reçu trois blessures. L'opinion la plus vraisemblable sur l'origine du mot *Dragon*, est qu'ils portèrent un dragon dans leurs étendarts sous le maréchal de Brissac, qui institua ce corps dans les guerres du Piémont.

Toujours prêt, toujours promt, de pied ferme en
     courant,
Donne de deux combats le spectacle effrayant.
C'est ainsi que l'on voit, dans les champs des Nu-
     mides,
Différemment armés des chasseurs intrépides ;
Les coursiers écumans franchissent les guérets ;
On gravit sur les monts, on borde les forêts ;
Les piéges sont dressés, on attend, on s'élance ;
Le javelot fend l'air, & le plomb le dévance.
Les léopards sanglans, percés de coups divers,
D'affreux rugissemens font retentir les airs ;
Dans le fond des forêts ils vont cacher leur rage.
  Ah ! c'est assez de sang, de meurtre, de ravage,
Sur des morts entassés, c'est marcher trop longtems.
Noailles o), ramenez vos soldats triomphans.
Mars voit avec plaisir leurs mains victorieuses
Traîner dans notre camp ces machines affreuses,
Ces foudres ennemis contre nous dirigés.
Venez lancer ces traits que leurs mains ont forgés ;
Qu'ils renversent par vous les murs de cette ville,
Du Batave indécis la barrière & l'asyle,
Ces premiers p) fondemens de l'empire des lis.
Puissent-ils par vos mains être enfin raffermis !
Déja Tournay se rend, déja Gand s'épouvante :
Charles-Quint s'en émeut, son ombre gémissante
Pousse un cri dans les airs, & fuit de ce séjour,
Où pour vaincre autrefois le ciel le mit au jour.
Il fuit : mais quel objet pour cette ombre allarmée !
Il voit ces vastes champs couverts de notre armée ;
L'Anglais, deux fois vaincu, cédant de toutes parts,

o) Le comte de Noailles attaqua de son côté la colonne
d'infanterie Anglaise avec une brigade de cavalerie, qui prit
ensuite des canons.

  p) Tournay, principale ville des Français sous la première
race, dans laquelle on a trouvé le tombeau de Childeric.

Dans les mains de LOUIS laissant ses étendarts,
Le Belge en vain caché dans ses vilies tremblantes,
Les murs de Gand tombés sous ses mains foudro-
    yantes,
Et son char de victoire, en ces vastes remparts *q*),
Ecrasant le berceau du plus grands des Césars *r*)
Français ! heureux guerrriers, vainqueurs doux &
    terribles,
Revenez, suspendez dans nos temples paisibles
Ces armes, ces drapeaux, ces étendarts sanglans,
Que vos chants de victoire animent tous nos chants.
Les palmes dans les mains, nos peuples vous at-
    tendent,
Nos cœurs volent vers vous, nos regards vous de-
    mandent,
Vos mères, vos enfants, près de vous empressés,
Encor tout éperdus de vos périls passés,
Vont baigner dans l'excès d'une ardente allégresse,
Vos fronts victorieux des larmes de tendresse.
Accourez, recevez à votre heureux retour,
Le prix de la vertu par les mains de l'amour.

q) La ville de Gand soumise à Sa Majesté le 11. Juillet,
après la défaite d'un corps d'Anglais par Mr. du Chaila, à la
tête des brigades de Crillon & de Normandie, le régiment de
Graffin, &c.
r) Des Césars modernes.

PRÉFACE

DU POEME

SUR LE DÉSASTRE DE LISBONNE.

SI jamais la queſtion du mal phyſique a mérité l'attention de tous les hommes , c'eſt dans ces événemens funeſtes qui nous rapellent à la contemplation
de notre faible nature , comme les peſtes générales
qui ont enlevé le quart des hommes dans le monde
connu , le tremblement de terre qui engloutit quatre
cent mille perſonnes à la Chine en 1689 , celui de
Lima & de Callao , & en dernier lieu celui du Por-
tugal & du Royaume de Fez. L'axiome, *Tout eſt bien*,
paraît un peu étrange à ceux qui ſont les témoins de
ces déſaſtres. Tout eſt arrangé , tout eſt ordonné ,
ſans doute , par la Providence ; mais il n'eſt que trop
ſenſible , que tout depuis longtems n'eſt pas arrangé
pour notre bien-être préſent.

Lorſque l'illuſtre Pope donna ſon *Eſſai ſur l'homme* , & qu'il dévelopa dans ſes vers immortels les
ſyſtêmes de Leibnitz , du lord Shaftersbúri , & du lord
Bolingbrooke , une foule de théologiens de toutes les
communions attaqua ce ſyſtême. On ſe révoltait
contre cet axiome nouveau, que *Tout eſt bien*, que
*l'homme jouit de la ſeule meſure du bonheur dont
ſon être ſoit ſuſceptible*, &c..... Il y a toujour un

sens dans lequel on peut condamner un écrit, &
un sens dans lequel on peut l'approuver. Il serait
bien plus raisonnable de ne faire attention qu'aux
beautés utiles d'un ouvrage, & de n'y point chercher
un sens odieux. Mais c'est une des imperfections de
notre nature, d'interpréter malignement tout ce qui
peut être interprété, & de vouloir décrier tout ce qu
a eu du succès.

On crut donc voir dans cette proposition, *Tout
est bien*, le renversement du fondement des idées re-
çues. Si *Tout est bien*, disait-on, il est donc faux
que la nature humaine soit déchue. Si l'ordre général
exige que tout soit comme il est, la nature humaine
n'a donc pas été corrompuë; elle n'a donc pas eu besoin de rédempteur. Si ce monde, tel qu'il est, est
le meilleur des mondes possibles, on ne peut donc pas
espérer un avenir plus heureux. Si tous les maux dont
nous sommes accablés sont un bien général, toutes
les nations policées ont donc eu tort de rechercher
l'origine du mal physique & du mal moral. Si un
homme mangé par les bêtes féroces fait le bien-être
de ces bêtes, & contribue à l'ordre du monde; si les
malheurs de tous les particuliers ne sont que la suite
de cet ordre général & nécessaire, nous ne sommes
donc que des roues qui servent à faire jouer la grande
machine; nous ne sommes pas plus précieux aux yeux
de Dieu que les animaux qui nous dévorent.

Voilà les conclusions qu'on tirait du poëme de Mr.
Pope, & ces conclusions mêmes augmentaient encor
la célébrité & le succès de l'ouvrage. Mais on devait
l'envisager sous un autre aspect. Il falait considérer le
respect pour la Divinité, la résignation qu'on doit à
ses ordres suprêmes, la sainte morale, la tolérance,
qui sont l'ame de cet excellent écrit. C'est ce que le
public a fait; & l'ouvrage ayant été traduit par des
hommes dignes de le traduire, a triomphé d'autant
plus

plus des critiques, qu'elles roulaient fur des matières plus délicates.

C'eſt le propre des cenſures violentes, d'accréditer les opinions qu'elles attaquent. On crie contre un livre parce qu'il réuſſit, on lui impute des erreurs. Qu'arrive-t-il ? Les hommes révoltés contre ces cris, prennent pour des vérités les erreurs mêmes que ces critiques ont cru appercevoir. La cenſure élève des fantômes pour les combattre, & les lecteurs indignés embraſſent ces fantômes.

Les critiques ont dit ; *Leibnitz, Pope, enſeignent le Fataliſme* : & les partiſans de Leibnitz & de Pope ont dit ; *Si Leibnitz & Pope enſeignent le fataliſme, ils ont donc raiſon ; & c'eſt à cette fatalité invincible qu'il faut croire.*

Pope avait dit, *Tout eſt bien*, en un ſens qui était très-recevable ; & ils le diſent aujourd'hui en un ſens qui peut être combattu.

L'auteur du poëme ſur le déſaſtre de Lisbonne ne combat point l'illuſtre Pope, qu'il a toujours admiré & aimé ; il penſe comme lui ſur preſque tous les points ; mais pénétré des malheurs des hommes, il s'élève contre les abus qu'on peut faire du nouvel axiome, *Tout eſt bien*. Il adopte cette ancienne & triſte vérité reconnue de tous les hommes, qu'*il y a du mal ſur la terre* ; il avoue que le mot *Tout eſt bien* pris dans un ſens abſolu, & ſans l'eſpérance d'un avenir, n'eſt qu'une inſulte aux douleurs de notre vie.

Si lorſque Lisbonne, Méquinez, Tétuan, & d'autres villes furent englouties avec un ſi grand nombre de leurs habitans au mois de Novembre 1755, des philoſophes avaient crié aux malheureux qui échapaient à peine des ruines, *Tout eſt bien ; les héritiers des morts augmenteront leur fortune, les maçons gagneront de l'argent à rebâtir des maiſons, les bêtes*

Mélanges, &c. Z

fe nourriront des cadavres enterrés dans les débris,
c'eft l'effet néceffaire des caufes néceffaires ; votre mal
particulier n'eft rien, vous contribuez au bien général :
un tel difcours certainement eût été auffi cruel que le
tremblement de terre a été funefte : & voilà ce que dit
l'auteur du poëme fur le défaftre de Lisbonne.

Il avoue donc, avec toute la terre, qu'il y a du
mal fur la terre, ainfi que du bien ; il avoue qu'aucun
philofophe n'a pû jamais expliquer l'origine du mal
moral, & du mal phyfique : il avoue que Bayle, le
plus grand dialecticien qui ait jamais écrit, n'a fait
qu'aprendre à douter, & qu'il fe combat lui-même :
il avoue qu'il y a autant de faibleffes dans les lumières
de l'homme que de mifères dans fa vie. Il expofe tous les
fyftêmes en peu de mots. Il dit que la révelation feule
peut dénouer ce grand nœud que tous les philofophes
ont embrouillé ; il dit que l'efpérance d'un développe-
ment de notre être dans un nouvel ordre de chofes,
peut feule confoler des malheurs préfens, & que la
bontéde la Providence eft le feul afyle auquel l'homme
puiffe recourir dans les ténébres de fa raifon, & dans
les calamités de fa nature faible & mortelle.

P. S. Il eft toujours malheureufement néceffaire
d'avertir qu'il faut diftinguer les objections que fe
fait un auteur, de fes réponfes aux objections, & ne
prendre ce qu'il réfute pour ce qu'il adopte.

NOTE particulière fur ce paffage de cette Préface :

Lorfque l'illuftre Pope dévelopa dans fes vers immortels les fyftémes du Lord Shaftiers-buri & du Lord Bolingbrooke, &c.

pag. 403, ligne 20.

C'eft peut-être la première fois qu'on a dit que le fyftême de Pope était celui du Lord Shaftersburi ; c'eft pourtant une vérité inconteftable. Toute la partie phy-fique eft prefque mot-à-mot dans la première partie du chapitre intitulé, *Les Moraliftes*, fection 3. MUCH IS ALLEG'D IN ANSWER TO SHOW &c. *On a beaucoup à répondre à ces plaintes des défauts de la nature. Comment eft-elle fortie fi impuiffante & fi défectueufe des mains d'un être parfait ? Mais je nie qu'elle foit défectueufe ... Sa beauté réfulte des con-trariétés, & la concorde univerfelle nait d'un combat perpétuel .... il faut que chaque être foit immolé à d'autres ; les végétaux aux animaux, les animaux à la terre .... & les loix du pouvoir central & de la végétation, qui donnent aux corps céleftes leur poids & leur mouvement, ne feront point dérangés pour l'a-mour d'un chétif & faible animal, qui tout protégé qu'il eft par ces mêmes loix fera bientôt par elles ré-duit en pouffière.*

Cela eft admirablement dit : & cela n'empêche pas que l'illuftre docteur Clarke, dans fon traité de l'exif-

Z 2

tence de Dieu, ne dife que le *genre humain fe trouve dans un état où l'ordre naturel des chofes de ce monde eft manifeftement renverfé.* Page 10. Tome II. 2. édition, traduction de Mr. Riçotier: cela n'empêche pas que l'homme puiſſe dire ; Je dois être auſſi cher à mon maître, moi être penſant & fentant, que les planètes qui probablement ne fentent point : cela n'empêche pas que les chofes de ce monde ne puiſſent être autrement, puiſqu'on nous apprend que l'ordre a été perverti, & qu'il fera rétabli : cela n'empêche pas que le mal phyſique & le mal moral ne foient une chofe incompréhenfible à l'efprit humain : cela n'empêche pas qu'on ne puiſſe révoquer en doute le *Tout eft bien*, en refpectant Shaftersburi & Pope , dont le fyftême a d'abord été attaqué comme fuſpect d'athéiſme, & eft aujourd'hui canonifé.

La partie morale de l'*Eſſai fur l'homme* de Pope , eft auſſi toute entière dans Shaftersburi, à l'article de la recherche fur la vertu, au fecond volume des *Caractériſtics.* C'eft là que l'auteur dit que l'intérêt particulier bien entendu fait l'intérêt général. Aimer le bien public & le nôtre eft non feulement poſſible, mais inféparable : *To be well affected towards the publick intereſt and ones own, is not only confiſtent, but inſeparable.* C'eft là ce qu'il prouve dans tout ce livre, & c'eft la bâfe de toute la partie morale de l'*Eſſai* de Pope *fur l'homme.* C'eft par là qu'il finit.

> *That reaſon paſſion anſver one great aim ,*
> *That true ſelf love and ſocial be the ſame.*

La raifon & les paſſions répondent au grand but de Dieu. Le véritable amour propre & l'amour focial font le même.

Une ſi belle morale bien mieux dévelopée encor dans Pope que dans Shaftersburi , a toujours charmé l'auteur des poëmes fur Lisbonne & fur la loi naturelle : voilà pourquoi il a dit,

Mais Pope aprofondit ce qu'ils ont effleuré,
Et l'homme avec lui feul aprend à fe connaître.

Le lord Shaftersburi prouve encor que la perfection de la vertu eft néceffairement à la croyance d'un Dieu. *And thus perfection of virtue muft be owing to the belief of a God.*

C'eft aparemment fur ces paroles que quelques perfonnes ont traité Shattersburi d'athée. S'ils avaient bien lû fon livre, ils n'auraient pas fait cet infame reproche à la mémoire d'un pair d'Angleterre, d'un philofophe élevé par le fage Locke.

C'eft ainfi que le père Hardouin traita d'athées Pafcal, Mallebranche & Arnauld. C'eft ainfi que le docteur Lange traita d'athée le refpectable Wolf, pour avoir loué la morale des Chinois : & Wolf s'étant apuyé du témoignage des jéfuites miffionnaires à la Chine, le docteur répondit, *Ne fait-on pas que les jéfuites font des athées!* Ceux qui gémirent fur l'avanture des diables de Loudun, fi humiliante pour la raifon humaine, ceux qui trouvèrent mauvais qu'un recollet, en conduifant Urbain Grandier au fupplice, le frapât au vifage avec un crucifix de fer, furent apelés athées par les recollets. Les convulfionnaires ont imprimé, que ceux qui fe mocquaient des convulfions étaient des athées : & les Moliniftes ont cent fois batifé de ce nom les Janféniftes.

Lorfqu'un homme connu écrivit le premier en France il y a vingt ans fur l'inoculation de la petite vérole, un auteur inconnu écrivit, *Il n'y a qu'un athée imbu des folies Anglaifes qui puiffe propofer à notre nation de faire un mal certain, pour un bien incertain.*

L'auteur des nouvelles eccléfiaſtiques qui écrit tranquillement depuis ſi longtems contre les puiſſances,
contre les loix, & contre la raiſon, a employé une
feuille à prouver que Mr. de Monteſquieu était athée,
& une autre feuille à prouver qu'il était déïſte.

St. Sorlin des Marets, connu en ſon tems par le
poëme de *Clovis*, & par ſon fanatiſme, voyant paſſer un jour dans la galerie du Louvre La Mothe le
Vayer, conſeiller d'état & précepteur de Monſieur;
Voilà, dit-il, *un homme qui n'a point de religion:*
La Mothe le Vayer, ſe retourna vers lui, & daigna
lui dire, *Mon ami, j'ai tant de religion, que je ne
ſuis point de ta religion.*

En général, cette ridicule & abominable démence
d'accuſer d'Athéïſme à tort & à travers tous ceux qui
ne penſent pas comme nous, eſt ce qui a le plus con-
tribué à répandre d'un bout de l'Europe à l'autre ce
profond mépris que tout le public a aujourd'hui pour
les libelles de controverſe.

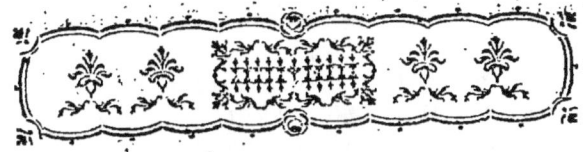

POEME

SUR

LE DÉSASTRE DE LISBONNE,

OU EXAMEN DE CET AXIOME,

TOUT EST BIEN.

O Malheureux mortels! ô terre déplorable!
O de tous les fléaux assemblage effroyable!
D'inutiles douleurs éternel entretien!
Philofophes trompés, qui criez, *Tout eft bien,*
Accourez: contemplez ces ruïnes affreufes,
Ces débris, ces lambeaux, ces cendres malheureufes,
Ces femmes, ces enfans, l'un fur l'autre entaffés,
Sous ces marbres rompus ces membres difperfés;
Cent mille infortunés que la terre dévore,
Qui fanglans, déchirés, & palpitans encore,
Enterrés fous leurs toits terminent fans fecours,
Dans l'horreur des tourmens, leurs lamentables
   jours.
  Aux cris demi-formés de leurs voix enpirantes,
Au fpectacle effrayant de leurs cendres fumantes,
Direz-vous, c'eft l'effet des éternelles loix,
Qui d'un Dieu libre & bon néceffitent le choix?
Direz-vous, en voyant cet amas de victimes,
      Z 4

Dieu s'est vengé, leur mort est le prix de leurs cri-
　　mes ?
Quel crime, quelle faute ont commis ces enfans,
Sur le sein maternel écrasés & sanglans ?
Lisbonne qui n'est plus eut-elle plus de vices
Que Londre, que Paris, plongés dans les délices ?
Lisbonne est abîmé, & l'on danse à Paris.
Tranquilles spectateurs, intrépides esprits,
De vos frères mourans contemplant les naufrages,
Vous recherchez en paix les causes des orages ;
Mais du sort ennemi quand vous sentez les coups,
Devenus plus humains, vous pleurez comme nous.
　　Croyez-moi, quand la terre entr'ouvre ses abî-
　　mes,
Ma plainte est innocente, & mes cris légitimes.
Partout environné des cruautés du sort,
Des fureurs des méchans, des piéges de la mort,
De tous les élémens éprouvant les atteintes,
Compagnons de nos maux, permettez - nous les
　　plaintes.
C'est l'orgueil, dites-vous, l'orgueil séditieux,
Qui prétend qu'étant mal, nous pouvions être mieux.
Allez interroger les rivages du Tage,
Fouillez dans les débris de ce sanglant ravage,
Demandez aux mourans dans ce séjour d'effroi,
Si c'est l'orgueil qui crie, *O ciel, secourez-moi,*
O ciel, ayez pitié de l'humaine misère.
　　Tout est bien, dites-vous ; & tout est *nécessaire.*
Quoi ! l'univers entier, sans ce gouffre infernal,
Sans engloutir Lisbonne eût-il été plus mal ?
Etes-vous assuré que la cause éternelle,
Qui fait tout, qui sait tout, qui créa tout pour elle,
Ne pouvait nous jetter dans ces tristes climats,
Sans former des volcans allumés sous nos pas ?
Borneriez-vous ainsi la suprême puissance ?
Lui défendriez-vous d'exercer sa clémence ?

L'éternel artisan n'a-t-il pas dans ses mains
Des moyens infinis tout prêts pour ses desseins?
Je désire humblement, sans offenser mon maître,
Que ce gouffre enflammé de soufre & de salpêtre
Eût allumé ses feux dans le fond des déserts.
Je respecte mon Dieu, mais j'aime l'univers:
Quand l'homme ose gémir d'un fléau si terrible,
Il n'est point orgueilleux, hélas! il est sensible.

Les tristes habitans de ces bords désolés,
Dans l'horreur des tourmens seraient-ils consolés,
Si quelqu'un leur disait ; *Tombez, mourez tran-*
    quiles,
Pour le bonheur du monde on détruit vos asyles ;
D'autres mains vont bâtir vos palais embrasés ;
D'autres peuples naîtront dans vos murs écrasés ;
Le Nord va s'enrichir de vos pertes fatales ;
Tous vos maux sont un bien dans les loix générales ;
Dieu vous voit du même œil que les vils vermisseaux,
Dont vous serez la proye au fond de vos tombeaux ?
A des infortunés quel horrible langage !
Cruels, à mes douleurs n'ajoutez point l'outrage.

    Non, ne présentez plus à mon cœur agité
Ces immuables loix de la nécessité,
Cette chaîne des corps, des esprits, & des mondes.
O rêves de savans ! ô chimères profondes !
Dieu tient en main la chaîne, & n'est point en-
    chaîné ; *a)*
Par son choix bienfaisant tout est déterminé :
Il est libre, il est juste, il n'est point implacable.
Pourquoi donc souffrons-nous sous un maître équi-
    table ? †
Voilà le nœud fatal qu'il falait délier.
Guérirez-vous nos maux en osant les nier ?
Tous les peuples tremblans sous une main divine,

a). Voyez les notes à la fin du poëme.
† *Sub Deo justo nemo miser nisi mereatur.* St. Augustin.

Du mal que vous niez ont cherché l'origine.
Si l'éternelle loi qui meut les élémens,
Fait tomber les rochers sous les efforts des vents;
Si les chênes touffus par la foudre s'embrasent,
Ils ne ressentent point les coups qui les écrasent.
Mais je vis, mais je sens, mais mon cœur opprimé
Demande des secours au Dieu qui l'a formé.
Enfans du tout-puissant, mais nés dans la misère,
Nous étendons les mains vers notre commun père.
Le vase, on le sait bien, ne dit point au potier,
Pourquoi suis-je si vil, si faible, si grossier ?
Il n'a point la parole, il n'a point la pensée;
Cette urne en se formant, qui tombe fracassée,
De la main du potier ne reçut point un cœur,
Qui désirât les biens, & sentît son malheur.
Ce malheur, dites-vous, est le bien d'un autre être.
De mon corps tout sanglant mille insectes vont naître:
Quand la mort met le comble aux maux que j'ai souf-
            ferts,
Le beau soulagement d'être mangé des vers !
Tristes calculateurs des misères humaines,
Ne me consolez point, vous aigrissez mes peines:
Et je ne vois en vous que l'effort impuissant
D'un fier infortuné qui feint d'être content.
    Je ne suis du grand *Tout* qu'une faible partie,
Oui; mais les animaux condamnés à la vie,
Tous les êtres sentans nés sous la même loi,
Vivent dans la douleur & meurent comme moi.
    Le vautour acharné sur sa timide proie,
De ses membres sanglans se repaît avec joie:
Tout semble bien pour lui, mais bientôt à son tour
Une aigle au bec tranchant dévore le vautour.
L'homme d'un plomb mortel atteint cette aigle al-
            tière;
Et l'homme aux champs de Mars couché sur la pous-
            sière,

Sanglant, percé de coups, sur un tas de mourans,
Sert d'aliment affreux aux oiseaux dévorans.
Ainsi du monde entier tous les membres gémissent:
Nés tous pour les tourmens, l'un par l'autre ils pé-
     rissent :
Et vous composerez, dans ce cahos fatal,
Des malheurs de chaque être un bonheur général?
Quel bonheur! ô mortel, & faible, & misérable!
Vous criez, *Tout est bien*, d'une voix lamentable.
L'univers vous dément, & votre propre cœur
Cent fois de votre esprit a réfuté l'erreur.

   Elémens, animaux, humains, tout est en guerre.
Il le faut avouer, le *mal* est sur la terre :
Son principe secret ne nous est point connu.
De l'auteur de tout bien le mal est-il venu?
Est-ce le noir Tiphon*, le barbare Arimane †,
Dont la loi tyrannique à souffrir nous condamne?
Mon esprit n'admet point ces monstres odieux,
Dont le monde en tremblant fit autrefois des dieux.
Mais comment concevoir un Dieu, la bonté même,
Qui prodigua ses biens à ses enfans qu'il aime,
Et qui versa sur eux les maux à pleines mains?
Quel œil peut pénétrer dans ses profonds desseins?
De l'Etre tout parfait le mal ne pouvait naître:
Il ne vient point d'autrui *, puisque Dieu seul est
     maître :
Il existe pourtant. O tristes vérités!
O mélange étonnant de contrariétés!
Un Dieu vint consoler notre race affligée ;
Il visita la terre, & ne l'a point changée † ;
Un sophiste arrogant nous dit qu'il ne l'a pû ;

* Principe du mal chez les Egyptiens.
† Principe du mal chez les Perses.
* C'est-à-dire d'un autre principe.
† Un philosophe Anglais a prétendu que le monde physique
avait dû être changé au premier avénement, comme le monde
moral.

Il le pouvait, dit l'autre, & ne l'a point voulu;
Il le voudra sans doute. Et tandis qu'on raisonne,
Des foudres souterrains engloutissent Lisbonne,
Et de trente cités dispersent les débris,
Des bords sanglans du Tage à la mer de Cadis.
   Ou l'homme est né coupable, & Dieu punit sa
     race,
Ou ce maître absolu de l'être & de l'espace,
Sans courroux, sans pitié, tranquille, indifférent,
De ses premiers décrets suit l'éternel torrent :
Ou la matière informe à son maître rebelle,
Porte en soi des défauts *nécessaires* comme elle;
Ou bien Dieu nous éprouve; & ce séjour mortel †
N'est qu'un passage étroit vers un monde éternel.
Nous essuyons ici des douleurs passagères.
Le trépas est un bien qui finit nos misères.
Mais quand nous sortirons de ce passage affreux,
Qui de nous prétendra mériter d'être heureux?
   Quelque parti qu'on prenne, on doit frémir sans
    doute.
Il n'est rien qu'on connaisse, & rien qu'on ne re-
   doute.
La nature est muette, on l'interroge en vain.
On a besoin d'un Dieu qui parle au genre humain.
Il n'apartient qu'à lui d'expliquer son ouvrage,
De consoler le faible, & d'éclairer le sage.
L'homme au doute, à l'erreur, abandonné sans lui,
Cherche en vain des roseaux qui lui servent d'apui.
Leibnitz ne m'aprend point; par quels nœuds in-
   visibles
Dans le mieux ordonné des univers possibles,

† Voilà avec l'opinion des deux principes toutes les solu-
tions qui se présentent à l'esprit humain dans cette grande difficulté ; & la révélation seule peut enseigner ce que l'esprit
humain ne saurait comprendre.

Un défordre éternel, un cahos de malheurs,
Mêle à nos vains plaifirs de réelles douleurs;
Ni pourquoi l'innocent, ainfi que le coupable,
Subit également ce mal inévitable;
Je ne conçois pas plus comment tout ferait *bien* :
Je fuis comme un docteur, hélas, je ne fais rien.

   Platon dit qu'autrefois l'homme avait eu des aîles,
Un corps impénétrable aux atteintes mortelles;
La douleur, le trépas, n'approchaient point de lui.
De cet état brillant qu'il diffère aujourd'hui !
Il rampe, il fouffre, il meurt ; tout ce qui naît ex-
     pire.
De la deftruction la nature eft l'empire.
Un faible compofé de nerfs & d'offemens,
Ne peut être infenfible au choc des élémens ;
Ce mélange de fang, de liqueurs, & de poudre,
Puifqu'il fut affemblé, fut fait pour fe diffoudre ;
Et le fentiment promt de ces nerfs délicats
Fut foumis aux douleurs miniftres du trépas.
C'eft là ce que m'apprend la voix de la nature.
J'abandonne Platon, je rejette Epicure.
Bayle en fait plus qu'eux tous : je vais le con-
     fulter :
La balance à la main, Bayle enfeigne à douter. *b*)
Affez fage, affez grand, pour être fans fyftême,
Il les a tous détruits, & fe combat lui-même:
Semblable à cet aveugle en bute aux Philiftins,
Qui tomba fous les murs abattus par fes mains.

   Que peut donc de l'efprit la plus vafte étendue?
Rien : le livre du fort fe ferme à notre vûe.
L'homme étranger à foi, de l'homme eft ignoré.
Que fuis-je ? où fuis-je ? où vais-je ? & d'où fuis-je
     tiré ? *c*)

b) Voyez les notes à la fin du poëme.
c) Voyez les notes à la fin du poëme.

Atomes tourmentés sur cet amas de boue,
Que la mort engloutit, & dont le sort se joue,
Mais atomes pensans, atomes dont les yeux
Guidés par la pensée ont mesuré les cieux ;
Au sein de l'infini nous élançons notre être ;
Sans pouvoir un moment nous voir & nous con-
 naître.

 Ce monde, ce théatre, & d'orgueil & d'erreur,
Est plein d'infortunés qui parlent de bonheur.
Tout se plaint, tout gémit en cherchant le bien-
 être.
Nul ne voudrait mourir ; nul ne voudrait renaî-
 tre. *
Quelquefois dans nos jours consacrés aux douleurs,
Par la main du plaisir nous essuyons nos pleurs.
Mais le plaisir s'envole, & passe comme une ombre.
Nos chagrins, nos regrets, nos pertes sont sans
 nombre.
Le passé n'est pour nous qu'un triste souvenir :
Le présent est affreux, s'il n'est point d'avenir,
Si la nuit du tombeau détruit l'être qui pense.
 Un jour tout sera bien, voilà notre espérance ;
Tout est bien aujourd'hui, voilà l'illusion.
Les sages me trompaient, & Dieu seul a raison.
Humbles dans mes soupirs, soumis dans ma souf-
 france,
Je ne m'élève point contre la providence.
Sur un ton moins lugubre on me vit autrefois,
Chanter des doux plaisirs les séduisantes loix.
D'autres tems, d'autres mœurs : instruit par la
 vieillesse,

---

* On trouve difficilement une personne qui voulût recom-
mencer la même carrière qu'elle a courue, & repasser par les
mêmes événemens.

Des humains égarés partageant la faiblesse,
Dans une épaisse nuit cherchant à m'éclairer,
Je ne sais que souffrir, & non pas murmurer.
  Un calife autrefois à son heure dernière,
Au Dieu qu'il adorait dit pour toute prière ;
Je t'apporte, ô seul roi, seul être illimité,
Tout ce que tu n'as point dans ton immensité,
Les défauts, les regrets, les maux & l'ignorance.
Mais il pouvait encor ajouter l'espérance. d)

  d) Voyez les notes à la fin du poëme.

NOTES.

a) *Dieu tient en main la chaîne, & n'est point enchaîné.*

La chaîne universelle n'est pas, comme on l'a dit, une gradation suivie qui lie tous les êtres. Il y a probablement une distance immense entre l'homme & la brute, entre l'homme & les substances supérieures ; il y a l'infini entre Dieu & toutes les substances. Les globes qui roulent autour de notre soleil n'ont rien de ces gradations insensibles, ni dans leur grosseur, ni dans leurs distances, ni dans leurs satellites.

Pope dit que l'homme ne peut savoir pourquoi les lunes de Jupiter sont moins grandes que Jupiter ; il se trompe en cela ; c'est une erreur pardonnable qui a pû échaper en son beau génie. Il n'y a point de mathématicien qui n'eût fait voir au Lord Bolingbrooke, & à Mr. Pope, que si Jupiter était plus petit que ses satellites, ils ne pouraient pas tourner autour de lui ; mais il n'y a point de mathématicien qui pût découvrir une gradation suivie dans les corps du système solaire.

Il n'est pas vrai que si on ôtait un atome du monde, le monde ne pourrait subsister : & c'est ce que Mr. de Crouzas, savant géomètre, remarque très-bien dans son livre contre Mr. Pope. Il paraît qu'il avait raison en ce point, quoique sur d'autres il ait été invinciblement réfuté par Mrs. Warburton & Silhouëtte.

Cette chaîne des événemens a été admise & très ingénieusement défendue par le grand philosophe Leibnitz ; elle mérite d'être éclaircie. Tous les corps, tous les événemens dépendent d'autres corps & d'autres

tres

tres événemens. Cela est vrai : mais tous les corps
ne sont pas nécessaires à l'ordre, & à la conservation
de l'univers ; & tous les événemens ne sont pas essen-
tiels à la série des événemens. Une goutte d'eau, un
grain de sable de plus ou de moins, ne peuvent rien
changer à la constitution générale. La nature n'est
asservie ni à aucune quantité précise, ni à aucune forme précise. Nulle planète ne se meut dans une courbe
absolument régulière ; nul être connu n'est d'une figure précisément mathématique : nulle quantité
précise n'est requise pour nulle opération : la nature
n'agit jamais rigoureusement. Ainsi on n'a aucune
raison d'assurer qu'un atome de moins sur la terre serait la cause de la destruction de la terre.

Il en est de même des événemens. Chacun d'eux a
sa cause dans l'événement qui précède ; c'est une chose
dont aucun philosophe n'a jamais douté. Si on n'avait
pas fait l'opération Césarienne à la mère de César,
César n'aurait pas détruit la république ; il n'eût pas
adopté Octave, & Octave n'eût pas laissé l'empire à
Tibère. Maximilien épouse l'héritière de la Bourgogne
& des Pays-bas, & ce mariage devient la source de
deux cent ans de guerre. Mais que César ait craché à
droite ou à gauche, que l'héritière de Bourgogne ait
arrangé sa coëffure d'une manière ou d'une autre,
cela n'a certainement rien changé au système général.

Il y a donc des événemens qui ont des effets, &
d'autres qui n'en n'ont pas. Il en est de leur chaîne
comme d'un arbre généalogique ; on y voit des bran-
ches qui s'éteignent à la première génération, & d'autres qui continuent la race. Plusieurs événemens restent sans filiation. C'est ainsi que dans toute machine,
il y a des effets nécessaires au mouvement, & d'autres
effets indifférens qui sont la suite des premiers, &
qui ne produisent rien. Les roues d'un carrosse, ser-

vent à le faire marcher ; mais qu'elles faſſent voler
un peu plus ou un peu moins de pouſſière, le voyage ſe
fait également. Tel eſt donc l'ordre général du monde,
que les chaînons de la chaîne ne ſeraient point dérangés par un peu plus ou un peu moins de matière, par
un peu plus ou un peu moins d'irrégularité.

La chaîne n'eſt pas dans un plein abſolu ; il eſt démontré que les corps céleſtes font leurs révolutions
dans l'eſpace non réſiſtant. Tout l'eſpace n'eſt pas rempli. Il n'y a donc pas une ſuite de corps depuis un
atome juſqu'à la plus reculée des étoiles. Il peut donc
avoir des intervalles immenſes entre les êtres ſenſibles
comme entre les inſenſibles. On ne peut donc aſſurer
que l'homme ſoit néceſſairement placé dans un des
chaînons attachés l'un à l'autre par une ſuite non interrompue. *Tout eſt enchaîné,* ne veut dire autre choſe, ſinon, que tout eſt arrangé. Dieu eſt la cauſe & le
maître de cet arrangement. Le Jupiter d'Homère était
l'eſclave des deſtins. Voyez Clarke *Traité de l'exiſtence de Dieu.*

     b) La balance à la main, Bayle enſeigne à douter.

Une centaine de remarques répandues dans le dictionnaire de Bayle lui ont fait une réputation immortelle. Il a laiſſé la diſpute ſur *l'origine du mal* indéciſe.
Chez lui toutes les opinions ſont expoſées ; toutes les
raiſons qui les ſoutiennent, toutes les raiſons qui les
ébranlent, ſont également aprofondies ; c'eſt l'avocat
général des philoſophes, mais il ne donne point ſes
concluſions. Il eſt comme Ciceron, qui ſouvent dans
ſes ouvrages philoſophiques ſoutient ſon caractère
d'académicien indécis, ainſi que l'a remarqué le ſavant & judicieux abbé d'Olivet.

Je crois devoir eſſayer ici d'adoucir ceux qui s'a-
charnent depuis quelques années avec tant de violen-

ce & fi vainement contre Bayle : j'ai tort de dire vainement ; car ils ne fervent qu'à le faire lire avec plus
d'avidité : ils devraient apprendre de lui à raifonner
& à être modérés. Jamais d'ailleurs le philofophe
Bayle n'a nié ni la Providence ni l'immortalité de l'a-
me. On traduit Ciceron, on le commente, on le
fait fervir à l'éducation des princes. Mais que trouve-
r-on prefque à chaque page dans Ciceron , parmi plufieurs chofes admirables ? On y trouve que *s'il eft
une Providence , elle eft blâmable d'avoir donné aux
hommes une intelligence dont elle favait qu'ils devaient abufer.* « Sic veftra ifta providentia reprehen-
» denda quæ rationen dederit eis quos fcierit ea per-
» verfè ufuros. (*Libro tertio de naturá Deorum.*)

*Jamais perfonne n'a cru que là vertu vînt des
Dieux , & on a eu raifon.* « Virtutem nunquam Deo
» acceptam nemo retulit , nimirùm rectè. *Idem* -

*Qu'un criminel meure impuni, vous dites que les
Dieux le frapent dans fa poftérité. Une ville fouffrirait-
elle un légiflateur qui condamnerait les petits enfants
pour les crimes de leur grand père ?* » Ferretne ulla
» civitas latorem legis ut condemnaretur nepos fi avus
» deliquiffet ?

Et ce qu'il y a de plus étrange , c'eft que Ciceron
finit fon livre de la *Nature des Dieux* fans réfuter de
telles affertions. Il foutient en cent endroits la mor-
talité de l'ame dans fes Tufculanes , après avoir fou-
tenu fon immortalité.

Il y a bien plus. C'eft à tout le fénat de Rome qu'il
dit dans fon plaidoyer pour Cluentius : *Quel mal lui
a fait la mort ? Nous rejettons tous les fables ineptes
des enfers. Qu'eft-ce donc que la mort lui a ôté, finon le fentiment des douleurs ?* » Quid illi mors at-
» tulit mali , nifi forte ineptiis ac fabulis ducimur ut
» exiftimemus illum apud inferos fupplicia perferre ?

» quæ fi falfa funt, quod omnes intelligunt, quid
» ei mors eripuit præter fenfum doloris ?

Enfin dans fes lettres où le cœur parle, ne dit - il
pas, *Cum non ero, fenfu omni carebo* : « Quand je
» ne ferai plus, tout fentiment périra avec moi.

Jamais Bayle n'a rien dit d'approchant. Cependant
on met Ciceron entre les mains de la jeuneffe ; on fe
déchaine contre Bayle : Pourquoi ? C'eft que les
hommes font inconféquens, c'eft qu'ils font injuftes.

e) Que fuis-je ? où fuis-je ? où vais-je ? & d'où fuis-je tiré ?

Il eft clair que l'homme ne peut par lui-même être
inftruit de tout cela. L'efprit humain n'acquiert aucune notion que par l'expérience ; nulle expérience
ne peut nous apprendre ni ce qui était avant notre
exiftence, ni ce qui eft après, ni ce qui anime notre exiftence préfente. Comment avons-nous reçu la
vie ? quel reffort la foutient ? comment notre cerveau
a-t-il des idées & de la mémoire ? comment nos membres obéiffent-ils incontinent à notre volonté ? &c. nous
n'en favons-rien. Ce globe eft-il feul habité ? A-t-il
été fait après d'autres globes, ou dans le même inftant ? Chaque genre de plantes vient-il ou non d'une
première plante ? Chaque genre d'animaux eft-il produit ou non par deux premiers animaux ? Les plus
grands philofophes n'en favent pas plus fur ces matières que les plus ignorans des hommes. Il en faut
revenir à ce proverbe populaire : *La poule a-t-elle
été avant l'œuf, ou l'œuf avant la poule ?* Le proverbe eft bas : mais il confond la plus haute fageffe,
qui ne fait rien fur les premiers principes des chofes
fansun fecours furnaturel.

d) Mais il pouvait encor ajouter l'efpérance.

La plûpart des hommes ont eu cette efpérance,
Avant même qu'ils euffent le fecours de la révélation.

L'espoir d'être après la mort, est fondé sur l'amour de l'être pendant la vie ; il est fondé sur la probabilité que ce qui pense pensera. On n'a point de démonstration, parce qu'une chose démontrée est une chose dont le contraire est une contradiction, & parce qu'il n'y a jamais eu de disputes sur les vérités démontrées. Lucrèce, pour détruire cette espérance, apporte dans son troisiéme livre des argumens dont la force afflige ; mais il n'oppose que des vraisemblances à des vraisemblances plus fortes. Plusieurs Romains pensaient comme Lucrèce ; & on chantait sur le théâtre de Rome ; *Post mortem nihil est. Il n'est rien après la mort.* Mais l'instinct, la raison, le besoin d'être consolé, le bien de la société prévalurent, & les hommes ont toujours eu l'espérance d'une vie à venir : espérance à la vérité, souvent accompagnée de doute. La révélation détruit le doute, & met la certitude à sa place.

PRÉFACE

SUR LE POEME

DE LA

LOI NATURELLE.

ON fait affez que ce poëme n'avait point été fait pour être public : c'était depuis trois ans, un fecret entre un grand roi & l'auteur. Il n'y a que trois mois qu'il s'en répandit quelques copies dans Paris, & bientôt après il y fut imprimé plufieurs fois d'une manière aufli fautive que les autres ouvrages qui font partis de la même plume.

Il ferait jufte d'avoir plus d'indulgence pour un écrit fecret tiré de l'obfcurité où fon auteur l'avait condamné, que pour un ouvrage qu'un écrivain expofe lui-même au grand jour. Il ferait encor jufte de ne pas juger le poëme d'un laïque comme on jugerait une thèfe de théologie. Ces deux poëmes font les fruits d'un arbre tranfplanté. Quelques-uns de ces fruits peuvent n'être pas du goût de quelques perfonnes : ils font d'un climat étranger ; mais il n'y en a aucun d'empoifonné , & plufieurs peuvent être falutaires.

Il faut regarder cet ouvrage comme une lettre où l'on expofe en liberté fes fentimens. La plupart des livres reffemblent à ces confervations générales & gênées , dans lefquelles on dit rarement ce qu'on penfe. L'auteur a dit ici ce qu'il a penfé à un prince philofo-

phe auprès duquel il avait alors l'honneur de vivre.
Il a appris que des esprits éclairés n'ont pas été mé-
contens de cette ébauche : ils ont jugé que le poëme
sur la loi naturelle est une préparation à des vérités plus
sublimes. Cela seul aurait déterminé l'auteur à rendre
l'ouvrage plus complet & plus correct, si ses infirmi-
tés l'avaient permis. Il a été obligé de se borner à
corriger les fautes dont fourmillent les éditions qu'on
en a faites.

Les louanges données dans cet écrit à un prince
qui ne cherchait pas ces louanges, ne doivent surprendre personne, elles n'avaient rien de la flatterie,
elles partaient du cœur ; ce n'est pas là cet encens
que l'intérêt prodigue à la puissance. L'homme de
lettres pouvait ne pas mériter les éloges & les bontés
dont le monarque le comblait ; mais le monarque méritait la vérité que l'homme de lettres lui disait dans
cet ouvrage. Les changemens survenus depuis dans
un commerce si honorable pour la littérature, n'ont
point altéré les sentimens qu'il avait fait naître.

Enfin puisqu'on a arraché au secret & à l'obscurité
un écrit destiné à ne point paraître, il subsistera chez
quelques sages comme un monument d'une corres-
pondance philosophique qui ne devait point finir ; &
on ajoute que si la faiblesse humaine se fait sentir partout, la vraie philosophie domte toujours cette faiblesse.

Au reste ce faible Essai fut composé à l'occasion
d'une petite brochure qui parut en ce tems-là. Elle
était intitulée, *Du Souverain Bien*, & elle devait
l'être, *Du Souverain mal*. On y prétendait qu'il
n'y a ni vertu, ni vice, & que les remords sont une
faiblesse d'éducation qu'il faut étouffer. L'auteur du
poëme prétend que les remords nous sont aussi natu-
rels que les autres affections de notre ame. Si la fougue
p assion fait commettre une faute, la nature ren—

due à elle-même sent cette faute. La fille sauvage trou-
vée près de Châlons avoua que dans la colère elle avait
donné à sa compagne un coup dont cette infortunée
mourut entre ses bras. Dès qu'elle vit son sang couler, elle se repentit, elle pleura, elle étancha ce sang,
elle mit des herbes sur la blessure. Ceux qui disent
que ce retour d'humanité n'est qu'une branche de
notre amour-propre, font bien de l'honneur à
l'amour-propre. Qu'on appelle la raison & les remords comme on voudra, ils existent, & ils sont les
fondemens de la loi naturelle.

LA
LOI NATURELLE,
POEME
EN QUATRE PARTIES.
EXORDE.

O Vous, dont les exploits, le règne & les ouvrages
Deviendront la leçon des héros & des fages;
Qui voyez d'un même œil les caprices du fort,
Le trône & la cabane, & la vie & la mort;
Philofophe intrépide affermiffez mon ame,
Couvrez-moi des rayons de cette pure fiâme,
Qu'allume la raifon, qu'éteint le préjugé.
Dans cette nuit d'erreur, où le monde eft plongé,
Apportons, s'il fe peut, une faible lumière.
Nos premiers entretiens, notre étude première,
Etaient, je m'en fouviens, Horace avec Boileau.
Vous y cherchiez le *vrai*, vous y goûtiez le *beau*:
Quelques traits échapés d'une utile morale,
Dans leurs piquants écrits brillent par intervale:
Mais Pope approfondit ce qu'ils ont effleuré.
D'un efprit plus hardi, d'un pas plus affuré,
Il porta le flambeau dans l'abime de l'être,
Et l'homme avec lui feul apprit à fe connaître.
L'art quelquefois frivole, & quelquefois divin,
L'art des vers eft dans Pope utile au genre humain,
Que m'importe en effet que le flateur d'Octave,
Parafite difcret, non moins qu'adroit efclave,
Du lit de fa Glycère, ou de Ligurinus,

En profe mefurée infulte à Crifpinus ?
Que Boileau répandant plus de fel que de grace,
Veuille outrager Quinault, penfe avilir le Taffe ?
Qu'il peigne de Paris les triftes embarras,
Ou décrive en beaux vers un fort mauvais repas ?
Il faut d'autres objets à votre intelligence.
    De l'efprit qui vous meut, vous recherchez l'ef-
      fence,
Son principe, fa fin, & furtout fon devoir.
Voyons fur ce grand point ce qu'on a pu favoir;
Ce que l'erreur fait croire aux docteurs du vulgaire,
Et ce que vous infpire un Dieu qui vous éclaire.
Dans le fond de nos cœurs il faut chercher fes traits:
Si Dieu n'eft pas dans nous, il n'exifta jamais.
Ne pouvons-nous trouver l'auteur de notre vie
Qu'au labyrinthe obfcur de la théologie ?
Origène & Jean Scot font chez vous fans crédit:
La nature en fait plus qu'ils n'en ont jamais dit.
Ecartons ces romans qu'on apelle fyftêmes,
Et pour nous élever defcendons dans nous-mêmes.

PREMIERE PARTIE.

DIEU *a donné aux hommes les idées de la juftice, &
la confcience pour les avertir, comme il leur a donné
tout ce qui leur eft néceffaire. C'eft là cette loi naturelle fur laquelle la religion eft fondée. C'eft
ce feul principe qu'on dévelope ici. L'on ne parle
que de la loi naturelle, & non de la religion & de
fes auguftes myftères.*

SOit a qu'un être inconnu par lui feul exiftant,
Ait tiré depuis peu l'univers du néant,

a) Voyez les notes à la fin du Poëme.

Soit qu'il ait arrangé la matière éternelle ;
Qu'elle nage en son sein, ou qu'il règne loin d'elle ;
Que l'ame, ce flambeau souvent si ténébreux,
Ou soit un de nos sens, ou subsiste sans eux :
Vous êtes sous la main de ce maître invisible.

  Mais du haut de son trône obscur, inaccessible,
Quel hommage, quel culte exige-t-il de vous ?
De sa grandeur suprême indignement jaloux,
Des louanges, des vœux, flatent-ils sa puissance ?
Est-ce le peuple altier, conquérant de Bisance,
Le tranquille Chinois, le Tartare indomté,
Qui connaît son essence, & suit sa volonté.
Différens dans leurs mœurs, ainsi qu'en leur hom-
    mage,
Ils lui font tenir tous un différent langage.
Tous se sont donc trompés. Mais détournons les
    yeux
De cet impur amas d'imposteurs odieux, *
Et sans vouloir sonder d'un regard téméraire,
De la loi des chrétiens l'ineffable mystère,
Sans expliquer en vain ce qui fut révélé,
Cherchons par la raison si Dieu n'a point parlé.

  La nature a fourni d'une main salutaire,
Tout ce qui dans la vie à l'homme est nécessaire,
Les ressorts de son ame, & l'instinct de ses sens.
Le ciel à ses besoins soumet les élémens,
Dans les plis du cerveau la mémoire habitante
Y peint de la nature une image vivante.
Chaque objet de ses sens prévient la volonté.
Le son dans son oreille est par l'air apporté.
Sans efforts, & sans soins son œil voit la lumière.
Sur son Dieu, sur sa fin, sur sa cause première,
L'homme est-il sans secours à l'erreur attaché ?

---

* Il faut distinguer Confutzée, qui s'en est tenu à la religion
naturelle, & qui a fait tout ce qu'on peut faire sans révélation.

Quoi ! le monde est visible, & Dieu serait caché !
Quoi ! le plus grand besoin que j'aye en ma misère,
Est le seul qu'en effet je ne peux satisfaire !
Non : le Dieu qui m'a fait, ne m'a point fait en
    vain.
Sur le front des mortels il mit son sceau divin.
Je ne puis ignorer ce qu'ordonna mon maître ;
Il m'a donné sa loi, puisqu'il m'a donné l'être.
Sans doute il a parlé, mais c'est à l'univers ;
Il n'a point de l'Egypte habité les déserts.
Delphes, Delos, Ammon, ne sont pas ses asyles,
Il ne se cacha point aux antres des Sybilles.
La morale uniforme en tout tems, en tout lieu,
A des siécles sans fin parle au nom de ce Dieu.
C'est la loi de Trajan, de Socrate, & la vôtre.
De ce culte éternel la nature est l'apôtre ;
Le bon sens la reçoit, & les remords vengeurs,
Nés de la conscience, en sont les défenseurs ;
Leur redoutable voix partout se fait entendre.
    Pensez-vous en effet que ce jeûne Alexandre,
Aussi vaillant que vous, mais bien moins modéré,
Teint du sang d'un ami trop inconsidéré,
Ait pour se repentir consulté des augures ?
Ils auraient dans leurs eaux lavé ses mains impures ;
Ils auraient à prix d'or absous bientôt le roi.
Sans eux, de la nature il écouta la loi ;
Honteux, désespéré du moment de furie,
Il se jugea lui-même indigne de la vie.
Cette loi souveraine à la Chine, au Japon,
Inspira Zoroastre, illumina Solon.
D'un bout du monde à l'autre elle parle, elle crie,
ADORE UN DIEU, SOIS JUSTE, ET CHÉRIS TA
    PATRIE.
Ainsi le froid Lapon crut un être éternel ;
Il eut de la justice un instinct naturel ;
Et le nègre vendu sur un lointain rivage,

Dans les nègres encor aima sa noire image.
Jamais un parricide, un calomniateur,
N'a dit tranquillement dans le fond de son cœur :
» Qu'il est beau, qu'il est doux d'accabler l'inno-
  cence,
» De déchirer le sein qui nous donna naissance !
» Dieu juste, Dieu parfait ! que le crime a d'appas !
Voilà ce qu'on dirait, mortels, n'en doutez pas,
S'il n'était une loi terrible, universelle,
Que respecte le crime en s'élevant contr'elle.
Est-ce nous qui créons ces profonds sentimens ?
Avons-nous fait notre ame, avons-nous fait nos
  sens ?
L'or qui naît au Pérou, l'or qui naît à la Chine,
Ont la même nature & la même origine :
L'artisan les façonne, & ne peut les former.
Ainsi l'être éternel qui nous daigne animer,
Jetta dans tous les cœurs une même semence.
Le ciel fit la vertu, l'homme en fit l'apparence.
Il peut le revêtir d'imposture & d'erreur,
Il ne peut la changer ; son juge est dans son cœur.

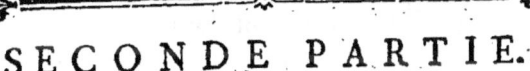

SECONDE PARTIE.

*Réponses aux objections contre les principes d'une
morale universelle. Preuve de cette vérité.*

J'Entends avec Cardan, Spinosa qui murmure.
Ces remords, me dit-il, ces cris de la nature,
Ne font que l'habitude, & les illusions,
Qu'un besoin mutuel inspire aux nations.
Raisonneur malheureux, ennemi de toi-même,
D'où nous vient ce besoin ? pourquoi l'être suprême
Mit-il dans notre cœur à l'intérêt porté

Un inſtinct qui nous lie à la ſociété?
Les loix que nous faiſons, fragiles, inconſtantes,
Ouvrages d'un moment, ſont partout différentes.
Jacob chez les Hébreux put épouſer deux ſœurs;
David, ſans offenſer la décence & les mœurs,
Flatta de cent beautés la tendreſſe importune;
Le pape au vatican n'en put poſſéde une.
Là, le père à ſon gré choiſit ſon ſucceſſeur;
Ici l'heureux aîné de tout eſt poſſeſſeur.
Un Polaque à mouſtache, à la démarche altière,
Peut arrêter d'un mot ſa république entière.
L'empereur ne peut rien ſans ſes chers électeurs.
L'Anglais a du crédit, le Pape a des honneurs.
Uſages, intérêts, culte, loix, tout diffère.
Qu'on ſoit juſte, il ſuffit, le reſte eſt arbitraire. *
   Mais tandis qu'on admire & ce juſte & ce beau,
Londre immole ſon roi par la main d'un bourreau.
Du pape Borgia le bâtard ſanguinaire
Dans les bras de ſa ſœur aſſaſſine ſon frère.
Là, le froid Hollandais devient impétueux,
Il déchire en morceaux deux frères vertueux.
Plus loin la Brinvilliers, dévote avec tendreſſe,
Empoiſonne ſon père en courant à confeſſe.
Sous le fer du méchant le juſte eſt abattu.
Hé bien! concluerez-vous qu'il n'eſt point de vertu?
Quand des vents du midi les funeſtes haleines
De ſemences de morts ont inondé nos plaines,
Direz-vous que jamais le ciel en ſon courroux
Ne laiſſa la ſanté ſéjourner parmi nous?
Tous les divers fléaux dont le poids nous accable,
Du choc des élémens effet inévitable,
Des biens que nous goûtons corrompent la douceur;
Mais tout eſt paſſager, le crime & le malheur.

---

* Il eſt évident que cet *arbitraire* ne regarde que les choſes
d'inſtitution, les loix civiles, la diſcipline, qui changent tous
les jours ſelon le beſoin.

De nos défirs fougueux la trompette fatale
Laiffe au fond de nos cœurs la règle & la morale.
C'eft une fource pure : en vain dans fes canaux
Les vents contagieux en ont troublé les eaux;
En vain fur la furface une fange étrangère
Apporte en bouillonnant un limon qui l'altère;
L'homme le plus injufte, & le moins policé,
S'y contemple aifément quand l'orage eft paffé.
Tous ont reçu du ciel, avec l'intelligence,
Ce frein de la juftice & de la confcience.
De la raifon naiffante elle eft le premier fruit ;
Dès qu'on la peut entendre, auffi-tôt elle inftruit :
Contrepoids toujours promt à rendre l'équilibre
Au cœur plein de défirs, afservi, mais né libre ;
Arme que la nature a mis en notre main,
Qui combat l'intérêt par l'amour du prochain.
De Socrate en un mot c'eft-là l'heureux génie ;
C'eft-là ce Dieu fecret qui dirigeait fa vie,
Ce Dieu qui jufqu'au bout préfidait à fon fort,
Quand il but fans pâlir la coupe de la mort.
Quoi ! cet efprit divin n'eft-il que pour Socrate ?
Tout mortel a le fien qui jamais ne le flate.
Néron cinq ans entiers fut foumis à fes loix,
Cinq ans des corrupteurs il repouffa la voix.
Marc-Aurèle appuyé fur la philofophie,
Porta ce joug heureux tout le tems de fa vie.
Julien s'égarant dans fa religion ;
Infidèle à la foi, fidèle à la raifon,
Scandale de l'églife, & des rois le modèle,
Ne s'écarta jamais de la loi naturelle.
  On infifte, on me dit ; L'enfant dans fon berceau
N'eft point illuminé par ce divin flambeau ;
C'eft l'éducation qui forme fes penfées,
Par l'exemple d'autrui fes mœurs lui font tracées ;
Il n'a rien dans l'efprit, il n'a rien dans le cœur;
De ce qui l'environne il n'eft qu'imitateur;

Il répéte les noms de devoir, de justice,
Il agit en machine : & c'est par sa nourrice
Qu'il est Juif ou Payen, fidèle ou Musulman,
Vêtu d'un juste-au-corps, ou bien d'un doliman.
  Oui, de l'exemple en nous je sais quel est l'em-
    pire.
Il est des sentimens que l'habitude inspire.
Le langage, la mode, & les opinions,
Tous les déhors de l'ame, & ses préventions,
Dans nos faibles esprits sont gravés par nos péres,
Du cachet des mortels impressions légères.
Mais les premiers ressorts sont faits d'une autre main;
Leur pouvoir est constant, leur principe est divin.
Il faut que l'enfant croisse, afin qu'il les exerce;
Il ne les connait pas sous la main qui le berce.
Le moineau dans l'instant qu'il a reçu le jour,
Sans plumes dans son nid peut-il sentir l'amour?
Le renard en naissant va-t-il chercher sa proïe?
Les insectes changeans, qui nous filent la soïe,
Les essaims bourdonnans de ces filles du ciel,
Qui paîtrissent la cire & composent le miel,
Si-tôt qu'ils sont éclos forment-ils leur ouvrage?
Tout meurit par le tems, & s'accroit par l'usage.
Chaque être a son objet, & dans l'instant marqué
Il marche vers le but par le ciel indiqué.
De ce but, il est vrai, s'écartent nos caprices.
Le juste quelquefois commet des injustices.
On suit le bien qu'on aime, on hait le mal qu'on
    fait.
De soi-mème en tout tems quel cœur est satisfait?
  L'homme (on nous l'a tant dit) est une énigme
    obscure;
Mais en quoi l'est-il plus que toute la nature?
Avez-vous pénétré, philosophes nouveaux,
Cet instinct sûr & promt qui sert les animaux?
Dans son germe impalpable avez-vous pû connaître
                                L'herbe

L'herbe qu'on foule aux pieds, & qui meurt pour
  renaître ?
Sur ce vaste univers un grand voile est jetté ;
Mais dans les profondeurs de cette obscurité,
Si la raison nous luit, qu'avons-nous à nous plaindre ?
Nous n'avons qu'un flambeau, gardons-nous de l'é-
  teindre.
  Quand de l'immensité Dieu peupla les déserts,
Alluma des soleils & souleva des mers ;
Demeurez, leur dit-il, dans vos bornes prescrites.
Tous les mondes naissans connurent leurs limites.
Il imposa des loix à Saturne, à Vénus,
Aux seize orbes divers dans nos cieux contenus,
Aux élémens unis dans leur utile guerre,
A la course des vents, aux flèches du tonnerre,
A l'animal qui pense, & né pour l'adorer ;
Au ver qui nous attend, né pour nous dévorer.
Aurons-nous bien l'audace en nos faibles cervelles,
*D'ajouter nos décrets à ces loix immortelles ?
Hélas serait-ce à nous, fantômes d'un moment
Dont l'être imperceptible est voisin du néant,
De nous mettre à côté du maître du tonnerre,
Et de donner en Dieux des ordres à la terre ?

TROISIEME PARTIE.

*Que les hommes ayant pour la plûpart défiguré, par
les opinions qui les divisent, le principe de la
religion naturelle qui les unit, doivent se suporter
les uns les autres.*

L'Univers est un temple où siége l'Eternel.

*On ne doit entendre par ce mot *Décrets* que les opinions
passagères des hommes qui veulent donner leurs sentimens
particuliers pour des loix générales.

Mélanges, &c.   B b

Là † chaque homme à son gré veut bâtir un autel.
Chacun vante sa foi, ses saints, & ses miracles,
Le sang de ses martyrs, la voix de ses oracles.
L'un pense, en se lavant cinq ou six fois par jour,
Que le ciel voit ses bains d'un regard plein d'amour,
Et qu'avec un prépuce on ne saurait lui plaire.
L'autre a du dieu Brama désarmé la colère,
Et pour s'être abstenu de manger du lapin,
Voit le ciel entr'ouvert, & des plaisirs sans fin.
Tous traitent leurs voisins d'impurs & d'infidelles.
De chrétiens divisés les infames querelles
Ont au nom du Seigneur apporté plus de maux,
Répandu plus de sang, creusé plus de tombeaux,
Que le prétexte vain d'une utile balance
N'a désolé jamais l'Allemagne & la France.
     Un doux inquisiteur, un crucifix en main,
Au feu par charité fait jetter son prochain,
Et pleurant avec lui d'une fin si tragique,
Prend pour s'en consoler son argent qu'il s'appli-
     que;
Tandis que de la grace ardent à se toucher,
Le peuple en louant Dieu danse autour du bucher.
On vit plus d'une fois, dans une sainte yvresse,
Plus d'un bon catholique, au sortir de la messe,
Courant sur son voisin, pour l'honneur de la foi,
Lui crier, *Meurs, impie, ou pense comme moi.*
Calvin, & ses supôts, guettés par la justice,
Dans Paris en peinture allèrent au supplice.
Servet fut en personne immolé par Calvin.
Si Servet dans Genève eût été souverain,
Il eût pour argument contre ses adversaires,
Fait serrer d'un lacet le cou des trinitaires.

---

† [Chaque homme] signifie clairement chaque particulier
qui veut s'ériger en législateur, & il n'est ici question que des
cultes étrangers, comme on l'a déclaré au commencement de
la première partie.

Ainſi d'Arminius les ennemis nouveaux
En Flandre étaient martyrs, en Hollande bour-
   reaux.
  D'où vient que deux cents ans cette pieuſe rage
De nos ayeux groſſiers fut l'horrible partage ?
C'eſt que de la nature on étouffa la voix ;
C'eſt qu'à ſa loi ſacrée on ajouta des loix ;
C'eſt que l'homme amoureux de ſon ſot eſclavage,
Fit dans ſes préjugés Dieu même à ſon image.
Nous l'avons fait injuſte, emporté, vain, jaloux,
Séducteur, inconſtant, barbare comme nous.
  Enfin grace en nos jours, à la philoſophie,
Qui de l'Europe au moins éclaire une partie,
Les mortels plus inſtruits en ſont moins inhumains :
Le fer eſt émouſſé, les buchers ſont éteints.
Mais ſi le fanatiſme était encor le maître,
Que ces feux étouffés ſeraient promts à renaître !
On s'eſt fait, il eſt vrai, le généreux effort
D'envoyer moins ſouvent ſes frères à la mort.
* On brûle moins d'hébreux dans les murs de Liſ-
   bonne ;
Er même le Muphti qui rarement raiſonne,
Ne dit plus aux chrétiens que le Sultan ſoumet,
Renonce au vin, barbare, & crois à Mahomet.
† Mais du beau nom de chien ce Muphti nous
   honore ;
Dans le fond des enfers il nous envoye encore.
Nous le lui rendons bien : nous damnons à la fois
Le peuple circoncis vainqueur de tant de rois,
Londre, Berlin, Stockolm, & Genève, & vous-
   même ;

---

* On ne pouvait prévoir alors que les flammes détruiraient une
partie de cette ville malheureuſe, dans laquelle on alluma
trop ſouvent des buchers.
  † Les Turcs appellent indifféremment les chrétiens *Infidèles*
& *Chiens.*

Vous êtes, ô grand roi ! compris dans l'anathême.
En vain par des bienfaits signalant vos beaux jours,
A l'humaine raison vous donnez des secours,
Aux beaux arts des palais, aux pauvres des asyles,
Vous peuplez les déserts, & les rendez fertiles.
De fort savans esprits jurent sur leur salut, †
Que vous êtes sur terre un fils de Belzebut.

    Les vertus des payens étaient, dit-on, des crimes.
Rigueur impitoyable ! odieuses maximes !
Gazettier clandestin, dont la platte âcreté
Damne le génre humain de pleine autorité,
Tu vois d'un œil ravi les mortels tes semblables,
Paîtris des mains de Dieu pour le plaisir des diables.
N'ès-tu pas satisfait de condamner au feu
Nos meilleurs citoyens, Montagne & Montesquieu ?
Penses-tu que Socrate, & le juste Aristide,
Solon, qui fut des & Grecs l'exemple & le guide,
Penses-tu que Trajan, Marc-Aurèle, Titus,
Noms chéris, noms sacrés, que tu n'as jamais lus,
Aux fureurs des démons sont livrés en partage,
Par le Dieu bienfaisant dont ils étaient l'image ?
Et que tu seras, toi, de rayons couronné,
D'un cœur de chérubins au ciel environné,
Pour avoir quelque tems, chargé d'une besace,
Dormi dans l'ignorance, & croupi dans la crasse ?
Sois sauvé, j'y consens, mais l'immortel Newton,

---

† On respecte cette maxime, *hors de l'église point de salut* ;
mais tous les hommes sensés trouvent ridicule & abominable
que des particuliers osent employer cette sentence générale
& comminatoire contre des hommes qui sont leurs supérieurs
& leurs maîtres en tout genre : les hommes raisonnables n'en
usent point ainsi. L'archevêque Tillotson aurait-il jamais écrit à
l'archevêque Fénelon, *Vous êtes damné* ? Et un roi de Portu-
gal écrirait-il à un roi d'Angleterre qui lui envoye des secours,
Mon frère, vous irez à tous les diables ? La dénonciation des
peines éternelles à ceux qui ne pensent pas comme nous, est
une arme ancienne qu'on laisse sagement reposer dans l'arsenal,
& dont il n'est permis à aucun particulier de se servir.

Mais le savant Leibnitz, & le sage Adisson,
b Et ce Locke, en un mot, dont la main courageuse
A de l'esprit humain posé la borne heureuse;
Ces esprits qui semblaient de Dieu même éclairés,
Dans des feux éternels seront-ils dévorés ?
Porte un arrêt plus doux, prens un ton plus modeste;
Ami, ne prévien point le jugement céleste,
Respecte ces mortels, pardonne à leur vertu:
Ils ne t'ont point damné, pourquoi les damnes-tu ?
A la religion discrettement fidelle,
Sois doux, compatissant, sage, indulgent comme
    elle;
Et sans noyer autrui songe à gagner le port:
Qui pardonne a raison, & la colère a tort.
Dans nos jours passagers de peines, de misères,
Enfans du même Dieu, vivons du moins en frères,
Aidons-nous l'un & l'autre à porter nos fardeaux.
Nous marchons tous courbés sous le poids de nos
    maux;
Mille ennemis cruels assiégent notre vie,
Toujours par nous maudite, & toujours si chérie:
Notre cœur égaré, sans guide & sans appui,
Est brûlé de désirs, ou glacé par l'ennui.
Nul de nous n'a vécu sans connaître les larmes,
De la société les secourables charmes
Consolent nos douleurs au moins quelques instans:
Remède encor trop faible à des maux si constans,
Ah ? n'empoisonnons pas la douceur qui nous reste.
Je crois voir des forçats dans un cachot funeste,
Se pouvant secourir, l'un sur l'autre acharnés,
Combattre avec les fers dont ils sont enchaînés.

b) Voyez les notes à la fin du poëme.

QUATRIEME PARTIE.

C'est au Gouvernement à calmer les malheureuses disputes de l'école qui troublent la Société.

Oui, je l'entens souvent de votre bouche auguste,
Le premier des devoirs, sans doute, est d'être juste;
Et le premier des biens est la paix de nos cœurs.
Comment avez-vous pû, parmi tant de docteurs,
Parmi ces différends que la dispute enfante,
Maintenir dans l'état une paix si constante?
D'où vient que les enfants de Calvin, de Luther,
Qu'on croit delà les monts bâtards de Lucifer,
Le Grec & le Romain, l'empésé Quiétiste,
Le Quakre au grand chapeau, le simple Anabatiste,
Qui jamais dans leur loi n'ont pû se réunir,
Sont tous, sans disputer, d'accord pour vous bénir!
C'est que vous êtes sage, & que vous êtes maître!
Si le dernier Valois, hélas! avait sçu l'être,
Jamais un Jacobin, guidé par son prieur,
De Judith & d'Aod fervent imitateur,
N'eût tenté dans Saint Cloud sa funeste entreprise!
* Mais Valois aiguisa le poignard de l'église;
Ce poignard qui bientôt égorgea dans Paris,
Aux yeux de ses sujets le plus grand des Henris.
Voilà le fruit affreux des pieuses querelles:
Toutes les factions à la fin sont cruelles;
Pour peu qu'on les soutienne, on les voit tout
　　　　oser:
Pour les anéantir, il les faut mépriser.

---

* Il ne faut pas entendre par ce mot l'église catholique, mais
le poignard d'un ecclésiastique, le fanatisme abominable de
quelques gens d'église de ces tems-là, détestés par l'église de
tous les tems.

Qui conduit des soldats peut gouverner des prêtres.
Un roi dont la grandeur éclipsa ses ancêtres,
Crut pourtant, sur la foi d'un confesseur Normand,
Jansénius à craindre, & Quesnel important ;
Du sceau de sa grandeur Il chargea leurs sotises.
De la dispute alors cent cabales éprises,
Cent bavards en fourure, avocats, bacheliers,
Colporteurs, capucins, jésuites, cordeliers,
Troublèrent tous l'état par leurs doctes scrupules :
† Le régent plus sensé les rendit ridicules :
Dans la poussière alors on les vit tous rentrer.

    L'œil du maître suffit, il peut tout opérer.
L'heureux cultivateur des présens de Pomone,
Des filles du printemps, des trésors de l'automne,
Maître de son terrain, ménage aux arbrisseaux
Les secours du soleil, de la terre & des eaux ;
Par de légers appuis soutient leurs bras débiles,
Arrache impunément les plantes inutiles ;
Et des arbres touffus, dans son clos renfermés,
Emonde les rameaux de la sève affamés.

Son docile terrein répond à sa culture ;
Ministre industrieux des loix de la nature,
Il n'est pas traversé dans ses heureux desseins ;
Un arbre qu'avec peine il planta de ses mains,
Ne prétend pas le droit de se rendre stérile :
Et du sol épuisé tirant un suc utile,
Ne va pas refuser à son maître affligé
Une part de ses fruits dont il est trop chargé.
Un jardinier voisin n'eut jamais la puissance
De diriger des cieux la maligne influence,
De maudire ses fruits pendans aux espaliers,
Et de sécher d'un mot sa vigne & ses figuiers.

---

† Ce ridicule si universellement senti par toutes les nations,
tombent sur les grandes intrigues pour de petites choses, sur
la haine acharnée de deux partis qui n'ont jamais pû s'entendre sur plus de quatre mille volumes imprimés.

Malheur aux nations dont les loix oppofées
Embroüillent de l'état les rênes divifées !
Le fénat des Romains , ce confeil de vainqueurs,
Préfidait aux autels , & gouvernait les mœurs,
Reftraignait fagement le nombre des Veftales,
D'un peuple extravagant réglait les Bacchanales.
Marc-Aurèle & Trajan mêlaient aux champs de Mars
Le bonnet de pontife au bandeau des Céfars :
L'univers repofant fur cet heureux génie,
Des guerres de l'école ignora la manie;
Ces grands légiflateurs d'un faint zèle enyvrés ,
Ne combattirent point pour leurs poulets facrés.
Rome encor aujourd'hui confervant ces maximes,
Joint le trône à l'autel par des nœuds légitimes;
Ses citoyens en paix fagement gouvernés
Ne font plus conquérans , & font plus fortunés.
    Je ne demande pas que dans fa capitale,
Un roi portant en main la croffe épifcopale ,
Au fortir du confeil, allant en miffion ,
Donne au peuple contrit fa bénédiction :
Toute églife a fes loix , tout peuple a fon ufage;
Mais je prétends qu'un roi , que fon devoir engage
A maintenir la paix , l'ordre , la fûreté ,
A fur tous fes fujets égale autorité; *
Ils font tous fes enfans : cette famille immenfe
Dans fes foins paternels a mis fa confiance.
Le marchand, l'ouvrier , le prêtre , le foldat ,
Sont tous également les membres de l'état.
De la religion l'appareil néceffaire,
Confond aux yeux de Dieu le grand & le vulgaire;
Et les civiles loix , par un autre lien ,
Ont confondu le prêtre avec le citoyen.

---

* Ce n'eft pas à dire que chaque ordre de l'état n'ait fes
diftinctions, fes privileges indifpenfablement attachés à fes
fonctions. Ils jouiffent de fes privilèges dans tout pays : mais
la loi générale lie également tout le monde.

La loi dans tout état doit être universelle.
Les mortels, quels qu'ils soient, sont égaux devant
    elle.
Je n'en dirai pas plus sur ces poins délicats.
Le ciel ne m'a point fait pour régir les états,
Pour conseiller les rois, pour enseigner les sages;
Mais du port où je suis, contemplant les orages,
Dans cette heureuse paix où je finis mes jours,
Eclairé par vous-même, & plein de vos discours,
De vos nobles leçons, salutaire interprète,
Mon esprit suit le vôtre, & ma voix vous répète.
Que conclure à la fin de tous mes longs propos?
C'est que les préjugés font la raison des sots;
Il ne faut pas pour eux se déclarer la guerre:
Le vrai nous vient du ciel, l'erreur vient de la terre;
Et parmi les chardons qu'on ne peut arracher,
Dans des sentiers secrets le sage doit marcher.
La paix enfin, la paix, que l'on trouble & qu'on aime,
Est d'un prix aussi grand que la vérité même.

PRIERE.

O DIEU qu'on méconnait, ô DIEU que tout annonce,
Enten les derniers mots que ma bouche prononce.
Si je me suis trompé, c'est en cherchant ta Loi:
Mon cœur peut s'égarer, mais il est plein de toi.
Je vois sans m'allarmer l'éternité paraître,
Et je ne puis penser qu'un DIEU qui m'a fait naître,
Qu'un DIEU qui sur mes jours versa tant de bienfaits,
Quand mes jours sont éteints, me tourmente à jamais.

NOTES.

a *Soit qu'un être inconnu, &c.*

Dieu étant un être infini, sa nature a dû être inconnue à tous les hommes. Comme cet ouvrage est tout philosophique, il a fallu raporter les sentimens des philosophes. Tous les anciens, sans exception, ont cru l'éternité de la matière; c'est presque le seul point sur lequel ils convenaient. La plûpart prétendaient que les dieux avaient arrangé le monde; nul ne savait que Dieu l'avait tiré du néant. Ils disaient que l'intelligence céleste avait par sa propre nature le pouvoir de disposer de la matière, & que la matière existait par sa propre nature.

Selon presque tous les philosophes & les poëtes, les grands Dieux habitaient loin de la terre. L'ame de l'homme, selon plusieurs, était un feu céleste; selon d'autres, une harmonie résultante de ses organes; les uns en faisaient une partie de la Divinité, *Divinæ particulam auræ*; les autres, une matière épurée, une quintessence; les plus sages, un être immatériel : mais quelque secte qu'ils ayent embrassée, tous, hors les Epicuriens, ont reconnu que l'homme est entièrement soumis à la Divinité.

b) *Et ce Locke, en un mot, dont la main courageuse A de l'esprit humain posé la borne heureuse;*

Le modeste & sage Locke est connu pour avoir dévelopé toute la marche de l'entendement humain, & pour avoir montré les limites de son pouvoir. Convaincu de la faiblesse humaine, & pénétré de la puissance infinie du créateur, il dit que nous ne connaissons la nature de notre ame que par la foi : il dit que l'homme n'a point par lui-même assez de lumière pour assurer que Dieu ne peut pas communiquer la pensée à tout être auquel il daignera faire ce présent, à la matière elle-même.

Ceux qui étaient encor dans l'ignorance s'élevèrent contre lui. Entêtés d'un Cartéfianifme aussi faux en tout que le péripatétisme, ils croyaient que la matière n'est autre chofe que l'étendue en longueur, largeur, & profondeur : ils ne favaient pas qu'elle a la gravitation vers un centre, la force d'inertie & d'autres propriétés ; que fes élémens font indivifibles, tandis que les compofés se divifent fans cesse. Ils bornaient la puissance de l'Etre tout-puissant ; ils ne faisaient pas réflexion qu'après toutes les découvertes fur la matière, nous ne connaissons point le fond de cet être. Ils devaient fonger que l'on a longtems agité si l'entendement humain est une faculté ou une fubstance. Ils devaient s'interroger eux-mêmes & fentir que nos connaissances font trop bornées pour fonder cet abîme.

La faculté que les animaux ont de fe mouvoir, n'est point une fubstance, un être à part ; il paraît que c'est un don du Créateur. Locke dit que ce même Créateur peut faire ainsi un don de la penfée à tel être qu'il daignera choisir. Dans cette hypothèse, qui nous foumet plus que tout autre à l'Etre fuprême, la penfée accordée à un élément de matière, n'est est pas moins pure, moins immortelle, que dans toute autre hypothèse. Cet élément indivifible est impériffable : la penfée peut assurément subsister à jamais avec lui, quand le corps est dissous. Voilà ce que Locke propofe fans rien affirmer. Il dit ce que Dieu eût pû faire, & non ce que Dieu a fait. Il ne connaît point ce que c'est que la matière : il avoue qu'entre elle & Dieu il peut y avoir une infinité de fubstances créées absolument différentes les unes des autres : la lumière, le feu élémentaire paraît en effet, comme on l'a dit, dans les élémens de Nevvton, une fubstance mitoyenne entre cet être inconnu nommé matière, & d'autres êtres encor plus inconnus. La lumière ne tend point vers un centre comme la matière ; elle ne paraît pas impénétrable : aussi Nevvton dit fouvent dans fon optique, *Je n'examine pas fi les rayons de la lumière font des corps, ou non.*

Locke dit donc qu'il peut y avoir un nombre innombrable de fubstances, & que Dieu est le maître d'accorder des idées à ces fubstances. Nous ne pouvons deviner par quel art divin un être tel qu'il soit a des idées ; nous en sommes bien loin : nous ne saurons jamais comment un ver de terre a le pouvoir de se remuer. Il faut dans toutes ces recherches s'en remettre à Dieu & sentir son néant. Telle est la philosophie de cet homme, d'autant plus grand qu'il est plus simple ; & c'est cette soumission à Dieu qu'on a osé appeller impiété ; & ce sont ses sectateurs convaincus de l'immortalité de l'ame qu'on a nommés matérialistes ; & c'est un homme tel que Locke à qui un compilateur de quelque physique a donné le nom d'ennuyeux.

Quand même Locke se serait trompé sur ce point, (si on peut pourtant se tromper en n'affirmant rien) cela n'empêche pas qu'il ne mérite la louange qu'on lui donne ici : il est le premier, ce me semble, qui ait montré qu'on ne connait aucun axiome avant d'avoir connu les vérités particulières ; il est le premier qui ait fait voir ce que c'est que l'indentité, & ce que c'est que d'être la même personne, le même soi : il est le premier qui ait prouvé la fausseté du système des idées innées. Sur quoi je remarquerai qu'il y a des écoles qui anathématisèrent les idées innées, quand Descartes les établit, & qui anathématisèrent ensuite les adversaires des idées innées, quand Locke les eut détruites. C'est ainsi que jugent les hommes qui ne sont pas philosophes.

NB. *Le Lecteur curieux peut consulter le chapitre sur Locke dans les Mélanges de Littérature*, &c. &c.

TABLE

DES PIECES

contenues dans ce Volume.

Fin de la Table.

www.ingramcontent.com/pod-product-compliance
Lightning Source LLC
Chambersburg PA
CBHW050748030726
47505CB00002B/452